编委会

学术顾问：陈思和　陈晓明
总主编：蒋述卓　陈剑晖　贺仲明
编委（按姓氏笔画排序）：

丁　帆　丁晓原　王　尧　王兆胜　王春林
叶立文　刘　勇　刘　艳　刘晓明　李　怡
李建军　李春雨　李继凯　李遇春　汪树东
宋剑华　张志忠　张清华　陈国恩　陈思和
陈剑晖　陈晓明　周　群　於可训　咸立强
贺仲明　郭小东　郭冰茹　唐永亮　黄红丽
蒋述卓　雷　实　管　宁　谭桂林

本丛书入选：
2018年度国家出版基金资助项目
2017年广东省重点出版物暨"百部好书"扶持项目
2018年广东省原创精品出版项目

丛书总主编
蒋述卓
陈剑晖
贺仲明

本土经验与民族精神

文化自信与中国现当代文学丛书

贺仲明 著

广东高等教育出版社
Guangdong Higher Education Press
·广州·

图书在版编目（CIP）数据

本土经验与民族精神/贺仲明著. —广州：广东高等教育出版社，2018.12（2021.8重印）

（文化自信与中国现当代文学丛书/蒋述卓，陈剑晖，贺仲明主编）
ISBN 978-7-5361-6391-1

Ⅰ.①本… Ⅱ.①贺… Ⅲ.①中国文学－现代文学－文学研究 ②中国文学－当代文学－文学研究 Ⅳ.①I206.6 ②I206.7

中国版本图书馆 CIP 数据核字（2018）第 301901 号

策划统筹：黄红丽
责任编辑：钱　丹
责任技编：朱星华
责任校对：刘翠霞
装帧设计：国　梁

书　　名	本土经验与民族精神
	BENTU JINGYAN YU MINZU JINGSHEN
出版发行	广东高等教育出版社
	地址：广州市天河区林和西横路　电话：(020) 87554153
	http://www.gdgjs.com.cn
印　　刷	佛山市浩文彩色印刷有限公司
开　　本	890 毫米×1 240 毫米　32 开
印　　张	8.875
字　　数	235 千
版　　次	2018 年 12 月第 1 版　2021 年 8 月第 2 次印刷
定　　价	42.00 元

如发现印装质量问题，请直接与印刷厂联系调换。

总　　序

　　党的十八大以来，以习近平同志为核心的党中央要求全党要坚定道路自信、理论自信、制度自信与文化自信。在这几个"自信"中，文化自信是更基本、更深沉、更厚重和更持久的力量，因它深植于中华优秀传统文化的沃土之中。而中华优秀传统文化既是中华民族独特的智慧结晶，也是全人类共享的精神财富，体现了"人类共同价值"。那么，当前应如何传承传统，实现中华优秀传统文化的创造性继承和创造性发展，从而提升中华民族的文化自信？这是近年来党和国家在思想文化建设领域关注的重点，也是当前学术界关注的热点。"文化自信与中国现当代文学丛书"正是立足于这一历史和现实语境，希望通过对传统文化的挖掘和再发现，将其有价值和有现实针对性的精神资源植入中国现当代文学，以此推进"文化自信"这一重大命题的理论与实践，为中国梦提供有益有效的精神支撑和文化滋养。

　　本丛书不是面面俱到地阐释传统文化，而是以专题为统领，针对中国现当代文学，尤其是当代文学存在的弊端，将优秀传统文化的基因与其对接并灌注其中，从而催生出一种符合新时代的新文学。比如，丛书的第一本《"文"的传统与现代中国文学》，针对中国现当代文学语言技巧越来越高，艺术形式越来越精致，但文学的路子却越走越窄，文学精神越来越稀缺的事实，提出中国现当代文学有必要到传统的源头去汲取营养，以丰富和强大自身。所谓"传统的源头"，就是"文"的传统或"杂文学"的传统。在"文"的传统中，文体既是体也是用，既是道也是器，文体的变革也是文学的变革。该书还从文章的体制、风格、文气以及叙事传统等方面,论述现当代文学应如何从传统文学中汲取营养,而不应矮化自己,"以西方的标准为标准,以西方的是非为是非"。

从文学所体现的实用价值和政治功能方面的内涵看,以"修身齐家治国平天下"的"家国情怀",是文学忧患意识、使命感和责任感的集中体现。它主要从"入世""有用"的精神维度,确立了中国文学"文以载道"的传统。但中国当代文学自20世纪90年代以来,随着人的欲望的膨胀,人文理想的失落,多元价值观的出现,作家的写作立场也发生了重大改变:从20世纪80年代的"大叙事"变为个人的"小叙事",从过去高扬理想主义和集体主义,转变为犬儒主义、物质主义和享乐主义,不少作家失去了介入时代和社会现实的激情和勇气,而忧患意识、责任感、使命感与他们也就渐行渐远。因此,要振兴当代文学,就必须要求作家"文以载道",追求文学的"有用"功能,要求作家创作要有"家国情怀",要修身齐家治国平天下,将"小家"和国家民族的"大家"统一起来,这样才有可能创造出无愧于新时代、无愧于当下的优秀作品。丛书的第二本《载道传统与文学的使命意识》通过对"文以载道"概念的梳理阐释,重申文学的伦理道德与使命意识。

我国的另一个优秀文化传统,就是"道法自然"。老子说:"人法地,地法天,天法道,道法自然。"庄子说:"天地与我并生,万物与我为一。"这都是强调人与物即自然的融合和转化。在"万物将自化"的理念中,物化既包含人的变化,也包含物的变化,同时也是物与人的互化。在中国的传统散文中,如《世说新语》《秋声赋》等,都达到一种"神与物游"的境界。而中国现当代文学已在很大程度上丢掉了中国传统文学这一优良的传统。中国现当代文学过于夸大人的地位、作用和力量,从而导致对天地自然的忽略乃至无知,也导致了社会和谐的失衡。所以,在倡扬文化自信和文化自觉的当下,当代作家要向古典文学学习遵循天地自然的法则,克服人类至上的立场,将人与自然同一化,从而将自己及其作品培育得臻于完美。丛书第三本《天人合一与当代生态文学》对此做出了回应。

中国文学一直有一个浪漫翱翔、瑰意琦行的传统,从庄子的"鹏之徙于南冥也,水击三千里"、屈原的《离骚》,到李白的诗歌、陶渊明的"桃花源",这一浪漫传统的归潜与飞扬,一直是中国文学的骄傲。然而,新中国成立以来,这一浪漫主义的传统几近绝迹。尽管有过"现实主义与浪漫主义相结合"的倡导,但那不过是一个口号,并没有真正成功的文学创作实践。因此,中国当代文学要从重物质、轻精神,重欲望、轻理想的状态中解脱出来,就必须继承浪漫主义文学传统,为文学注进生命激情和梦想。唯其如此,理想的文学才有可能出现。丛书中的《中国新时期文学的浪漫与理想》既重拾这一文学传统,又恢复了中国文学应有的文化自信。

总体来说,丛书确立了三个维度:一是优秀传统文化的维度;二是中国现当代文学的维度;三是中西文化比较的维度。丛书通过对三个维度的融会贯通,推进中国现当代文学的文化自觉与文化自信。为此,丛书共收录12本著作,有些侧重从传统文化的思想内涵方面挖掘有价值的精神资源,有些侧重从艺术方面探讨中国当代文学如何从传统文化中汲取营养。

丛书虽属主题性出版,但具有鲜明的个性特色和原创性。具体表现在以下几方面:

第一,强烈的问题意识与建设性和前瞻性。中国现当代文学面临的问题:一是写作技巧越来越高,越来越精致化,但同时却是越来越小气和匠气,创作的路子越走越窄。二是许多作家缺乏社会时代担当和家国情怀。三是缺乏理想的文化生命人格塑造,也缺乏诗性精神和浪漫情怀。四是审美缺失,文风粗鄙。五是当代作家大多言必称"西方",一切"以西方的标准为标准,以西方的是非为是非"。丛书正是以问题意识为导向来设计主题,这样便既有现实针对性，也不会重复别人。与此同时，丛书又注重"大传统"与"小传统"的传承对接，尽量从现当代文学中挖掘"文化自信"的因素，并强调在"解构"中"建构"，力图使丛书既有建设性又有前瞻性。

第二，注重传统文化的传承与创新。中华传统文化虽历史悠久、博大精深，但也存在着不少糟粕，因此要立足于现实，用时代精神去凝练、去整合传统文化，并善于进行创造性的转化。丛书从传统文化中提炼出"文的传统""文以载道与家国情怀""道法自然与天地并作""超然浪漫与文学理想""诗性飞翔与审美之维""理想文化生命人格的重塑"等主题，正是在创造创新中彰显传统文化的时代价值，让中华优秀传统文化在当代文学创作中焕发出新的生命力。

第三，宏观研究与实证研究相结合。丛书虽有较宏大的构想和命题，但绝不同于那种假、大、空的理论。因为丛书要求每位分册作者，一定要把"文化自信"的理念落实到某个层面、某一个点，要有具体细致的个案分析。总之，命题要宏大，观点要创新，方法要实证，细节要丰满。

第四，强调学理性，又兼顾可读性。丛书作者均为国内知名，长期从事中国现当代文学研究，且有较好的古代文学素养的学者，这为将丛书打造成学术精品这一总体要求打下了坚实的基础。同时，为了让读者更好地了解传统文化，提高他们阅读的兴趣，丛书兼顾了学理性和可读性两方面，尽量回避过于"学院化"的表述，用鲜活优美、灵动诗性的文字来探讨传统文化与中国现当代文学问题。当下的中国已进入一个需要理论而且一定能够产生理论的时代，一个需要思想而且一定能够产生思想的时代。中华民族伟大复兴的生动实践为理论创新提供了丰厚土壤，构建"中国学派"可以说是恰逢其时。但是，过去中国的思想理论贡献与经济的高速发展，与中华民族的伟大复兴极不相称，这其中有西方话语霸权的原因，更主要的在于我们热衷于向"西天取经"，在为西方思想提供注脚方面花费了太多时间和精力，而忽略了从中华优秀传统文化汲取营养，这样自然便不够自信，便妄自菲薄，一切"以西方的标准为标准，以西方的是非为是非"，无法让世界知道"学术中的中国""理论中的中国"。"文化自信与中国现当代文学丛书"希望通过对中华优秀传统文化的挖掘与价值再发现，在构建"学术中的中国"方面有所作为，有所贡献。

文化是民族的灵魂和血脉，是人民的精神家园。习近平总书记一再指出：要加强对中华优秀传统文化的挖掘和阐发，为人类提供正确精神指引；要围绕我国和世界发展面临的重大问题，着力提出能够体现中国立场、中国智慧、中国价值的理念、主张、方案。是的，在有着5000多年文明发展历史中孕育出来的中华优秀传统文化，积淀着中华民族最深沉的精神追求，代表着中华民族独特的精神标识，是中华民族生生不息、发展壮大的丰厚滋养，是中国特色社会主义植根的文化沃土，是当代中国发展的突出优势。它将对延续和发展中华文明、促进人类文明进步，发挥重要作用。"文化自信与中国现当代文学丛书"由于有着深厚的文化情怀和自觉的文化担当，坚守中华文化立场，立足中国现当代文学现实，面向世界，面向现代化和中国文学的未来，用时代精神去凝练、整合中华优秀传统文化和中国现当代文学，以文学来阐述"文化自信"，以此推进"文化自信"这一重大命题的理论与实践。因此，丛书获得了评审专家和有关部门的充分肯定，先后获得"2018年度国家出版基金资助项目""2017年广东省重点出版物暨'百部好书'扶持项目"和"传承弘扬岭南优秀传统文化和原创精品立项"。相信随着丛书的出版，"文化自信与中国现当代文学"这一命题，会越来越广泛地引发中国现当代文学研究者和读者进一步探究的兴趣。

蒋述卓　陈剑晖　贺仲明
2018年9月4日

目录

绪论　文学本土化与民族化理论引论 /1

第一章　追求与探索：新文学的本土化历史 /25
　　第一节　历史的回顾与检讨 /26
　　第二节　新文学的自我批判传统反思 /43
　　第三节　新时期小说对古典文学传统的探寻 /55

第二章　思想与伦理：民族精神的内在核心 /77
　　第一节　民族化的基石：生活与现实 /78
　　第二节　爱：文化底蕴中的情感世界 /93
　　第三节　伦理的异域与本土：个人主义 /104

第三章　形式与内容：文学本土化的呈现方式 /119
　　第一节　中国故事与文学传统 /120
　　第二节　文学地域性中的本土质素 /129
　　第三节　大众接受与新文学的本土化 /142

第四章　我们如何进入本土（一）：方法学的思索/155

第一节　"道"与"器"：文学本土化的深层取舍/156

第二节　别求新声寻异路：废名的本土化探索/170

第三节　文学人物如何本土化——以格非《江南三部曲》为个案/181

第四节　本土深度的意义与难度——以雪漠作品创作为例/198

第五章　我们如何进入本土（二）：以乡土作家为典型/211

第一节　乡土文化的无声浸润：孙犁/212

第二节　坚韧的自觉与努力的回归：周立波/227

第三节　乡村精神的自由放纵：莫言/243

附　关于文学本土化问题答客问/259

后记/269

绪　论

文学本土化与民族化理论引论

近年来，随着西方文化对现代性越来越频繁而深入的批判性反思，中国文学界也开始有人质疑文学现代性（化）的合理性。然而，尽管质疑之声不少，但一直未能有新的思想和概念将之取代。究其原因，现代性思想历经多年浸淫，更有现代物质文化为坚实后盾，已经深入大众脑海，欲短期内予以颠覆或剔除，实非易事。当前更需要做的，是充实可以更替现代性之新的理论概念，在学理上推究现代性之弊端，并建构充分的理由，方能博得大众更广泛的认可。在我看来，本土性（化）应该是可以承担这一职责的重要概念。只是其内涵丰富，牵系广博，需赖同志者共识以达深入。

一、文学目的和文学本土性

讨论文学的本土性，首先必须讨论文学的目的。"文学是为什么人的"的追问一度被演变成一个政治问题，但实际上，对于任何一种文学来说，它都是一个先在的根本问题。因为只有明确了写作的目标，文学才能给自己一个清晰的定位，才能确立标准和规范，寻找到自己的发展方向。

"为人类写作"是当前盛行的观点。这一观点与社会的发展、现代思想的引入有密切关系。德国作家歌德在 18 世纪提出"世界文学"的概念，将人类社会的交往与文学的世界内涵联系起来，可以看作是这一思想的现代起点。随着人类进入现代社会，文化传播迅速发展，文学的世界性内涵得到充分彰显，作家们的写作目的也从民族走向世界。广有影响的诺贝尔文学奖，其评奖标准就弃置了民族国别和语种差异，寓含的是人类关怀的普泛标准。当前许多中国作家（包括许多文学管理工作者）热切地希望将自己的作品译为外文，进入西方读者的视野，体现的也是这一思想。

在一定程度上，这一看法是有道理的。人类具有许多共性，审美上也有相通性，这使文学具有了为广泛人类写作的基础。翻译的普及、文化交往的深入,则使文学为人类写作有了实现的可能。特别是在全球化时代的当下,人类面临的许多问题和未来命运都具有很大的共通性和关联性,文学关注人本身,思考和探索人类共同的命运,是其应该具有的使命,也是其深远魅力之所在。

但在具体的文学实践中,文学为人类写作的思想也会遇到一些障碍。首先是"谁是人类"的问题。人类是没有抽象地存在的,它不可避免地包裹着具体的民族和文化身份。在西方文化占据绝对强势地位的现实背景下,"人类"的内涵往往会带上西方文化的浓厚色彩。如果简单而抽象地强调文学的人类性,很容易不自觉地走进西方文化的影响中,陷入"为西方写作"的陷阱。诺贝尔文学奖之所以会为人所诟病,是因为其实质上并未摆脱西方文化的主导色彩。同样,中国那些积极认同为普泛人类写作的作家,希望自己的创作能够获得西方社会更大程度的接受和认可,虽然不能否定其追求,但确实需要保持清醒的认识,以免不自觉地成为西方文化的工具。

其次是能否真正地"为人类写作"。在信息已经非常先进的现代社会,文学走出民族语言的障碍,通过翻译等方式进入世界,已经并不困难,但是,在深层的文学理解和接受中,翻译却始终存在着较大的局限性。进入较高境界的文学作品,其精神内涵和表现形式都必然蕴含着独特的民族特征。由于文化历史、语言方式等方面的差异,这种特征的很多方面很难为外民族读者所理解和接受,更难通过翻译的方式传达出来。所以,我们在不同语言民族文学之间的交流中存在着严重的不对称现象,在对文学作品的理解和接受上,也经常出现"具有不同文化背景的读者,必然会对同一作品产生阅读的文化误差"的"误读"现象[①]。

[①] 钱念孙. 重建文学空间 [M]. 合肥:安徽教育出版社,2003:461.

所以，比较起为人类写作的普泛而抽象的理念，我更倾向于文学首先要为本民族和现实时代写作的观点。或者说，文学可以（或者应该）拥有世界关怀和世界眼光，但它最基本的写作目标还是其所属的民族和时代。

因为其一，这是文学的基础和作家的责任。任何一个作家，他的基本表现对象和接受对象都是本民族同时代的大众，他创作的意义和价值也都首先体现于本民族和时代中。它可以传达出世界性的思想主题和艺术精神，但它所借用的具象，所展现的生活画面和所运用的语言形式，都带有很强的民族和时代特点，文学写作的基础点是民族和时代的；同样，任何一个作家最基本的影响力和最深入的读者都只能是在本民族中——就像任何一个作家他首先是一个社会人，他所承担的社会价值应该是其文学价值重要的一部分。所以，作为一个作家，成为时代和民族的歌者，并不是他的局限，而是他的基本义务。

其二，文学创作也具有这方面一定的内在要求。文学在思想、审美等方面具有许多共性的标准，但就世界文学氛围来说，个性是其不可忽视的重要特征。也就是说，文学只有具备了充分的个性，才能拥有独特的魅力，才能在人类文学中占据一席之地，缺乏独特个性和原创意义的写作是不具备很大价值的。文学的个性特点有多个重要来源，如作家的才华、个性等。但最根本的只能是两个：一个是建立在民族和地域特征基础之上的多彩生活，另一个是具有独立个性和深邃价值的民族文化思想。这两者都离不开民族本土个性。因为只有深广的民族文化才能酿造丰富的思想，只有多元的民族个性才能造就生活的多样化。

作家在具体的民族和时代文化环境中长大，也受到各种群体利益和思想的影响，他的创作不可避免地打上这些影响的烙印。甚至可以说，作家在一定程度上承担的是时代或民族代言人的角色——

当然，杰出的作家可以超越时代，但其超越也必定是建立在时代文化之上，与时代具有不可分割的必然联系——即使作家没有这种自觉，实质上，他的作品也总是在代表着民族和时代中某一部分人的思想，传达出民族和时代文化的基本信息。

正是建立在这一思考上，文学本土化的基本内涵可以确定为文学与其产生的本土现实和文化之间的关联性，看其关联是否密切，能否体现出本土的深刻和独特，能否以独特深度和个性呈现其意义。具体说，它大致包含以下三方面的内容：

其一是立足于本土的文学内容。就绝大多数情况而言，文学创作都是对创作者本民族生活的反映。对日常生活状貌、形态做出真实的展示，对生活流程、人物事件做细致的再现，以及对社会伦理情态、人物精神的揭示，都是其自然的任务和基本内容。这也是文学本土性的基本点。当然，文学本土性要求的绝不只是题材，它更要求对生活的深度揭示。也就是说，本土化文学的深刻之处应该反映生活自身的呼吁和要求，具有针对本土现实的问题意识，不是虚悬于现实上空，站在民族生活的外边发问。它应该能够超越生活表象，深入到生活背后，把握到生活中的潜流和暗礁，对生活做出比一般人更深入的认识、理解和表现，呈现出时代人们的深层精神世界，描画出他们的喜悦、痛苦、梦想和追求。在这一基础上，文学以自然而具体的状态抵达人性世界，对复杂的人性问题进行揭示和思考。只有这样，它才能展示出别人看不到或者看得不深刻之处，才能显示出自己视野的深邃和独特。

其二是来源于本土的精神和思想。它包括两方面内容：一是本土文化传统。任何优秀作家作品的思想欲具有独特的深度，必定是依靠着深广的、具有独特性和延展性的文化来解释世界和表现世界的（除了极个别的例外，如流亡作家或文化流寓作家）。这当中包括整体上的思想文化传统，也包括以文学为中心的审美文化传统。

二是与本土生活的情感和文化联系。优秀文学作品对生活的表现不是浮浅的、麻木的，而是渗透了思想和感情因素，蕴含着作者对生活的深切关注。事实上，只有拥有了对生活的感情，作家才能潜心于对生活的深入观察和思考，对生活做出切实的艺术表现。同时，考虑到文学接受的一个重要基础是文学作品与接受者在民族文化和心理认同上的一致性，因此，作者与本土生活的情感联系，也是一部文学作品能够感染其民族大众的重要前提。

其三是融入本土大众的生活和文化世界中。真正成熟的文学应该是融入本土生活，能够被社会大众所接受，并产生以精神陶冶为基本方式的社会影响，成为民族优秀文化传统之一方面。这就特别涉及文学的接受问题。很多人轻视文学接受，其实文学接受对文学的成熟和发展具有重要意义。作为作家个体，也许存在其天才超群、一时难以为大众所认识和接受的情况。但是，作为一种文学整体来说，能否为民族大众所接受应该是考察其是否成熟的一项重要标准，其顺利发展也不能缺少大众的认可。因为虽然文学接受的关联因素很多，但在正常情况下，真正表达现实生活关注，传达民族思想和审美精神，与民族大众之间形成密切的精神和现实联系，是文学接受的重要前提。而且，文学是一种成熟文化的重要构成部分，在文化的形成和发展中，文学代表着文明的情感和心灵世界，参与文化的进步和完善，有非常重要的滋养作用——就像哲学、数学等代表着文明的理性面，生产技术代表着文明的物质文化面一样。

从中外文学史来看，几乎所有的优秀作家作品都呈现出强烈的本土性特点，甚至可以说，都是依靠与本土的深刻联系，才得以实现文学的高峰。这些优秀创作大体无外乎这么几种情况：一是植根于本土的深厚文化，表现出蕴含民族独特思想个性的文化精神，以文学的形式传达出民族文化遥远的精神回声，从而形成对其他民族文化的冲击、启迪和影响。二是深刻揭示本民族生活，成为其时代和民族生活的深刻表现者——这类作品以具体深刻取胜，但由于文学个性化的原则，它们的价值往往并不局限于其时代和民族，而是能够得到更广泛的认可。"越是民族的，就越是世界的"这一说法主要适用于这个意义上。三是以独特的民俗风情和地域特色的生活，以及个性化的艺术传统和表现方式，丰富了世界文学之林，并获得广泛认同。

也许有人会以时代社会的"全球化"来否定文学的本土性和本土化诉求，认为在"地球村"的时代，一切都处在相互交流与融合状态，再谈本土性，是一种自我封闭、自我倒退，悖逆于时代潮流。但其实，这种看法存在严重的片面性，或者说严重忽视了文学的独特性。

其一，全球化时代并不能排斥文学的本土化和民族化。在文学交流越来越普遍、人类命运越来越相互密切关联的情况下，文学当然不能狭隘地只关心某一族群或地区的利益，它应该追求普世人性价值，要有人类的整体关怀。但是，一个重要的前提是，文学的任何关怀都不是表现为抽象的理论，而是由对具体的人或物的关怀所构成，其爱和关怀的情感最终要落在具体的人或物上。而且，这些情感因素都是由具体的创作，由具体的文学场景、文学意象和文学情感体现出来，这些以具体生活为对象的文学作品不可避免会带有文学的本土色彩，其"世界主题"也必然会带有本土的痕迹。换句话说，没有具体的本土化、民族化文学场景和文学情感，也就谈不上有真正深入的世界关怀。

其二，文学的本土个性正是一体化世界文化的反抗者。在现时代，所谓的"世界化"，本质上其实就是商业化和物质化，虽然不能否定这种文化对人类发展的促进作用，但它同时也给人类生活和精神个性带来了很大的伤害。文学的个性化，其中也自然包含着本土化和民族化的特征，正是对这种单一的一体化文化方向的批判和否定。正如著名学者弗莱所说："文学艺术无论具有多大局限性，都可以在解放人类心灵中起到必要的作用。"① 丰富的个性和精神特征是文学对抗物质文化潮流的重要基础，或者说，正是因为文学有独立的个性，有丰富的本土性和民族性为基础，它才能超越物质文化的羁绊和束缚，表现出其显著的个性和自由特征。如果文学真的失去了民族个性，被"世界化"了，它也就完全成为物质文化的奴隶，其魅力也就基本上荡然无存了。

其三，也是更重要的，中国新文学有着这方面的迫切要求。因为中国新文学主要以西方文学为蓝本，是在对自我传统的否定和批判基础上建立起来的。虽然在事实上，这一否定不可能那么彻底，其内在精神上还保留着很深的传统民族文学因素，其发展历史中也不时有着民族化文学潮流的出现，某些时候甚至还占据着文学潮流的主导地位，但是，总体而言，新文学的发展方向是以西方化为主体的，它需要经过本土化和民族化的洗礼才能真正走向成熟。由于种种原因的影响，新文学尽管已经发展了近一个世纪，但它并没有真正完成本土化和民族化的过程。

中国新文学的典型性体现在两个方面：一是文学与大众的日益疏离。虽然新文学一开端就以"平民文学"为旨趣，在其发展历史中，也多次寻求大众化的实现；但是，一个严酷的现实是，新文学始终没有真正进入普通大众中。包括在新文学已经发展了近一个世纪后的今天，它依然游离于大众之外，甚至是更远地离开了大众。赵树理在半个世纪前曾经批评过"五四以来的新小说和新诗一样，

---

① 弗莱. 文学是一种纯理性的批判［M］//吴持哲. 诺思洛普·弗莱文论选集. 北京：中国社会科学出版社，1997：188.

在农村中根本没有培活了"①,这依然是今天农村文学现实的真实写照。农民和大多数市民们喜欢的,依然不是新文学,而是言情和通俗故事——我们只要了解一下金庸和琼瑶等在社会中的受欢迎程度,再对比一下主流新文学作家的阅读状况,就会有清晰的认识。虽然为大众接受不是评价文学成熟的唯一标准,这种情况的出现,也与影视、网络文化的冲击等外在因素有关;但它还是反映了新文学与本土大众的疏离,很有可反思之处。

二是新文学尚未形成真正具有民族个性的审美特征。一个作家创作是否成熟,在于其是否形成了独特的个性。将它拓展到民族文学也是一样。一种优秀的民族文学,同样会呈现出显著的民族个性特征。从世界文学格局看,比如德国文学的哲学性、俄国文学的神性、美国文学的世俗性等,这些特点的背后是其民族的文化个性,或者说就是其本土特色。但是,新文学到底形成了什么独特的个性,使它能够在世界文学之林中显示出别样和独特?我认为还没有做到,至少是还不充分。② 这不能归咎于我们的民族文化和生活。中国的传统文化有很深厚和独特的底蕴,传统文学也有鲜明的艺术个性。新文学未能形成独特个性的原因,显然与其本土化和民族化程度不够、未能充分建立与本土文化精神的深刻联系有直接关系。

二、文学标准与文学本土性内涵

文学的评价标准与"为什么人写作"的问题密切相关。也就是说,文学普泛价值基础的存在,赋予了文学标准一定的世界共性。如思想的悠远深邃和艺术表现的新颖纯熟等,都是超越某一民族和

---

① 赵树理. 艺术与农村[M]//赵树理. 赵树理文集:四. 北京:中国工人出版社,2000:1551.
② 正因为这样,前些年人们一直谈论中国当代文学中的"后殖民色彩"。近年来人们虽然不太直接谈论这一话题,但实质并未发生改变。

时代的标准。在进行一个时代或个体文学评判时，需要有这些标准的介入。这是文学走出单一民族局限、深入发展的重要前提。

但是，这并不是说存在有放之四海而皆准的简单明确的世界标准。这首先指的是，世界性标准确乎存在，但其内涵却并不狭窄封闭，而是呈现复杂宽阔的状态。由于文化、历史等多方面的影响，不同文化、民族对文学的认识和理解存在着较大的差异，其评判文学的标准也有很多不同。这是文学的自然状态，甚至可以说，正是丰富民族个性所形成的对世界和人类生活的不同理解方式，艺术形式上的独特表现，才形成了人类文学的多姿多彩和产生深远的生命力。所以，文学评判的世界标准不是由哪一民族、文化单独构成的，而是综合了全人类优秀文学的特点和个性。其次，世界性标准并不能涵盖所有的文学，不能作为所有文学评判的圭臬。正如前面所言，有些作家并不着意于世界性的视野，他的关怀度相对比较狭窄。对这些作家作品的评价就不能完全采用世界性标准。以赵树理为例，他只是为他所关爱的农民写作，带有强烈的地方问题意识。这使他主要只是在民族范围（或者说在一定地域）内得到认可，难以为外民族读者所接受。但这并非意味着赵树理的文学就没有存在的价值，也不能简单否定其文学高度；同样，世界性的标准也需要民族和时代标准的调节和补充。比如鲁迅，当然是有世界视野和世界价值关怀的作家，但只有在中国的独特语境下，他的文字才能够得到更准确深入的理解，脱离了这一语境，其被理解和被接受的幅度肯定会大大降低。

所以，我所理解的文学标准，应该是共性和个性的统一，既有世界性标准共性的一面，更有民族个性化的空间。具体地说，文学评价标准大致体现为这样几个方面：

首先，人类关怀与时代精神的统一。时代精神是对时代的深刻反映，它往往潜藏在生活表象背后，只有深刻的思想和艺术洞察力才能将之揭示出来并加以表现。揭示时代精神，是优秀文学自然而必要的品质。其中的更突出者，则能够通过时代生存折射到整个人类命运，借以把握整个人类社会的精神脉络，并生发出对整个人类命运的思考。

其次，人性的深度与生活具象的统一。文学应该表现人性，人性揭示的真实深入是文学重要的评价标准，也是文学超越自我视域、进入人类关怀高度的重要表现。但人性不是抽象虚幻的，它以具体实在的方式存在，与一个个具体的人的生存、命运密切关联，它的深邃和幽暗隐藏在日常生活的真实细节中，只能在作家充满生活质感和生命气息的细节场景中才能得以充分体现。

再次，创新艺术与民族个性的统一。创新是文学艺术的生命。墨守成规，固守传统，是肯定没有出路的。但是，拥有自己的个性、不被同一性所泯灭，是文学生存和发展的重要前提。中华民族文化底蕴渊深，其文学所蕴含的思想和审美个性都相当独特而深刻。如何创造性地继承民族的思想和审美传统，使之焕发出新的生机，是对当前中国作家的最高期待，也是当前文学评价的最高标准。

通过以上对文学目的和文学标准的探讨，我们显然可以明确：在文学创作和文学评价中，单一的民族立场和世界标准都是有局限的。只有将二者进行有效的融合，实现和谐和互补，才能真正把握到文学的精髓，才是文学评价和文学发展最恰当的方式。

在我看来，要有效地实现这种结合，需要特别提倡文学的本土精神。相比于单纯的世界性或民族性立场，本土精神更具有融合和统一意识。因为第一，在大多情况下，本土的深入意识与普泛性的世界主题有很大程度的内在关联性，在深层次上它们可望实现融会而不是割裂。正如"从一粒沙里看整个世界"和"一叶知秋"的诗谚，对生活的深层把握和关切，能够自然地贴近人的本质，从而超越其对象本身，体现出建立在深度之上的普泛关怀意识——这就是为什么在文学史上，大多优秀作家都具有深度上的相通性，都蕴含着实质上的人性关怀和人道主义精神。第二，对本土精神的强调，能够使民族性的呈现更为自然和客观，而不是生硬和勉强。因为民族性融合在日常生活之中，就如同盐溶于水，难以见出痕迹。立足于本土精神，将重心放在生活本身，就会在自然客观中呈现出民族个性，避免刻意的捕捉和渲染。

当然，本土精神既是一种极具抽象和普泛意义的精神指向，也有具体实在的实践性诉求，尤其是在进入全球化时代的当代中国，本土精神的内涵表现更为复杂和艰深。

首先，它需要有特别的深度意识。在全球化时代，各民族大众的生活方式正在趋同，随着社会的发展，这种趋同还会进一步加剧。而且，随着文化交流的普及和大众文化水平的提高，文学技术正逐渐被不同民族的作家所共享，人们的阅读趣味也会越来越走向世界化。在这种情况下，立足于本土的民族化创新难度更大，对深度的要求也更高。作家们不能满足于书写生活的表面和采用民族文学的外在形式，而是要揭示表层生活背后的独特文化底蕴，激发出独特民族审美精神的活力，才可望呈现出真正内在的民族个性。

其次，它需要更清晰地辨析和扬弃自己的民族文学传统。这一方面是指中国传统文学精芜并存，需要在甄别和选择中继承；另一方面是指传统文学内涵丰富，在现代背景下存在着被误读的危险。比如中国传统文学受儒家入世精神的影响，强调现实功用，审美上也重视读者的接受，总体风格偏向于通俗实用一面。在消费文化盛行的当下，这一特点很容易被利用，有人就借民族文学传统的外衣来放弃精神追求、迎合低俗。这其实是对传统文学的极大误读。因为中国传统文学固然重视大众接受，但其目的不是迎合读者，而是意在对读者的教谕。并且，中国文学始终不缺乏高雅和精致的一面。深入地辨析传统，是更客观全面地继承和发展传统的前提。

最后，还需要特别声明，对文学本土精神的强调绝对不是封闭保守。本土精神主要体现为一种姿态和向度，不是以之对文学创作做简单的规范和制约。所以，对传统，需要遵循批判和创新的重要前提；同样，对本土生活的沉潜也绝不是为生活所局限和淹没。作家不只可以在题材上超越现实，更需要在精神上拥有超越的意识，透过现实，渗透到更辽阔深远的空间。说到底，文学的终极目的还是人类，文学的最深处既是个人的、民族的，也自然是世界的。抵达民族生活的深处，也就自然达到了世界价值的深处。反之亦然。

三、新文学如何本土化

在新文学历史上，并非没有对本土化和民族化的努力，甚至可以说，自新文学诞生之日起，就有许多作家在努力探求着本土化和民族化的道路，寻求着新文学的独立与自我完备。就主要的说，曾经出现过三个高峰。一是从20世纪30年代初的"大众化"讨论开始，到1938年毛泽东在延安提出"新鲜活泼的、为中国老百姓所喜闻乐见的中国作风和中国气派"①，以及"工农兵文学"口号，也就是一般所称的"大众化讨论"和《在延安文艺座谈会上的讲话》形成的过程。这当中，30年代的"普罗文学""大众语运动"都体现了明确的民族化（大众化）精神特征，本土化是其蕴含的内在精神指向。40年代的解放区文学在对这一问题进行讨论之余，更将民族化的口号付诸文学实践，产生了大量具有民族审美特点的文学作品。在这整个阶段中，鲁迅、茅盾、瞿秋白、赵树理等新文学作家都起了重要的推动和深化作用。

---

① 毛泽东. 中国共产党在民族战争中的地位［M］//毛泽东. 毛泽东选集：2卷. 北京：人民出版社，1977：500.

二是"十七年文学"。这一阶段事实上是 20 世纪 40 年代解放区文学思想的延续，或者说是继承着 30 年代的传统，不过范围更大，力度也更充分而已。这一时期产生的《红旗谱》《林海雪原》等具有浓郁传统审美特点的作品，创作内容上也更为写实，与生活贴得更近。它与上一阶段的差别在于：虽然它也保留着民族化（大众化）的基本方向，但更注意与中国传统文学，尤其是与传统通俗文学的融合，吸收了较多古典文学传统的因素。

三是 20 世纪 80 年代的"寻根文学"。这是一次以知青作家为主体、带着这一代人精神印记的回归传统的过程，也可以看作是在长期与传统隔离之后爆发的一次对传统的皈依和寻找过程。韩少功、阿城等作家提出的"寻根"主张，在理论上表达了将新文学与民族文化结合起来的愿望。不过，在创作实践上，他们没有达到理论的高度，甚至出现了与理论相悖的情况，从而导致"寻根文学"的昙花一现。不过，在"寻根"运动沉寂之后，还是有一些作家继续着这一方面的追求。比较典型的有 20 世纪 90 年代后莫言、格非、李锐等作家在这方面的努力，他们创作的《檀香刑》《生死疲劳》《山河入梦》《旧址》等作品，重新回归传统文学的形式和技巧，对本土化和民族化做了新的尝试。

这只是对几次文学潮流的概括，实际上，在潮流之外还有许多作家、理论家做了许多探求工作。比如 20 世纪 30 年代施蛰存、废名等人对中国传统小说形式现代化的尝试，比如在新文学历史中始终没有中断的诗歌格律化思想和实践，以及汪曾祺等人在 20 世纪 80 年代对传统"笔记小说"形式的现代应用，等等。然而，尽管新文学作家们的种种努力非常值得尊重和肯定，但客观来说，这些尝试都存在着一定的缺陷，限制了所能取得的成就。

首先是对本土化和民族化内涵的理解过于狭窄，缺乏包容性和开放性。这一点最突出地体现在 20 世纪 40 年代的"大众化"讨论中,向林冰等人片面要求回归传统,是极端的民族化、狭隘化的观点,也是将民族化内涵完全局限于现实层面,其内涵基本上等同于"大众化"。尽管这些观点受到胡风等人的批评,但事实上却成为当时创作的主要方向,解放区的"民歌体"和"新章回小说"的复归就是典型的体现。并且,这种思想和创作方向一直延伸到"十七年文学"和80年代的文学中,以至于许多人一谈起文学"民族化",就自然想到"大众化",似乎二者是完全同一的。考虑文学与大众的关系,关注文学的社会效果,本身并不是错误,但是,完全单一地将它作为首要原则,自然会忽略文学的其他要素,甚至是最根本的文学要素,变成了文学完全为迎合大众的通俗化审美趣味而进行创作。民族文学中那些更深层和内在的因素就被弃置了,更丰富的内涵被单一化,形成了狭隘而局促的民族化和本土化。对于一个民族的文学来说,这种单一显然是不完备和不合适的。

其次,受政治影响太大,文学自身的考虑太少。这主要体现在20世纪30年代和"十七年"时期。"大众化运动"最早兴起,主要是左翼文学群体出于宣传的功利考虑,为了让文学更多地适应现实宣传的需要,其讨论的出发点和归结点与文学自身的关系不是太大,主要是为现实政治功利服务。因此,这一运动中提出的口号,基本上停留在实用的目的,很少考虑到文学自身的发展。同样,"十七年文学"的民族化方向,也有很强的政治主导因素,政治领袖毛泽东的个人倾向起了很大的作用。这种从政治出发的本土化和民族化思考,自然不会真正深化对文学自身的思考,相反会影响真正本土化和民族化方法的实施和深入,会招致人们对本土化和民族化理论和实践的反感。

再次,受强烈的西方文化影响,未能真正回归本土化和民族化。本土化和民族化的追求,需要明确的精神主体性,也就是说,它应该是建立在自我主体上的,独立的,客观冷静的回归。但是,

20世纪西方文化对中国的影响太大,作家们很难摆脱其影响,许多民族化和本土化的尝试也陷入了西方影响的窠臼之中。这一点,20世纪80年代的"寻根文学"有一定的代表性。作家们的"寻根"思想,与改革开放初追赶西方文学(文化)潮流的心态密切相关,这决定了它不可能是真正冷静、客观的。因此,"寻根文学"的倡导者们其实只是将"根"的内涵局限在表面或者说是概念之上,缺乏对民族文化尤其是对民族文学深层细致的考察,更没有将它与民族精神结合起来。因此,他们的创作之"根"基本上没有落实到本土生活之上,没有扎到本土生活之"根"中。

正因为这样,新文学历史上的这些本土化和民族化潮流都只是暂时性和局部性的,它们尚没有完成这一关系新文学发展方向的建设任务,也直接影响到新文学创作的水准和实绩。更重要的是,这些多重束缚下的探索不但是"戴着镣铐的跳舞",而且还造成了对本土化和民族化思想的狭隘印象,影响了人们对其进一步的思考。甚至可以说,新文学之最终走向以西方化为主的方向,与新文学历史上民族化和本土化提倡得不成功,与其在策略和方向上的失误有直接关系。

由于中国近现代社会独特的文化环境,新文学的本土化问题更为特别也更为复杂。这首先是因为,对于处于19世纪末20世纪初的中国文学来说,现代化确实是其必需的选择,或者说是其必须完成的任务。在整个社会文化都亟待转型的情况下,文学不可避免地要走上与社会文化一致的现代化道路,而且,无论是形式还是内容,传统文学也亟须一个现代转型来完成对自己的蜕变。正因为这样,现代化成为五四一代知识分子的集体共识,也成为时代的主导思想潮流,并且取得出乎意料的顺利发展。但也正因为如此,五四新文学没有充分重视本土化的吁求,甚至是将之全盘忽略。

客观地说,五四新文学的发端以西方文学为蓝本、对传统持颠覆性批判有其时代必然之处,关键是它此后的发展中应该逐渐割断与西方文化(文学)的模仿关系,立足于本土生活和文化中,培养和发展自己的创新力。然而,由于复杂的社会环境等多方面因素的影响,五四后的新文学发展并没有成功地做出这一调整。虽然早在新文学诞生不久,胡适、周作人等人就已经开始对新文学进行自我反省和检讨,表达了对文学本土化的要求,此后,也有"新格律诗""大众化讨论"等思想的延续,更有不少作家进行创作上的实践,但是,就整体而言,新文学的本土化思想始终处于边缘和受压抑的状态,没有得到充分发展的空间,其成就也必然受到严重制约。

新文学的发展不是孤立的,而是与整体上的政治、文化方向密切关联。也正因为如此,随着时间的推移,新文学与本土性之间的距离越来越远,其缺陷也越来越明显、严重。从作家本身来说,两方面的文学能力日渐退步。一是传统文学的功底。由于教育政策对传统因素的严重忽略和限制,中华人民共和国成立前后出生的几代人的传统文化素养越来越浅陋,作家与传统文化也严重疏离。二是生活的功底。作家创作需要作家对生活潜心地深入和感悟,但由于多种因素的影响(详见下面的分析),作家们严重地轻视生活,导致其感受和表现生活的能力明显下降。这样的后果是一方面新文学创作的成就缺乏不断上升和发展的原动力,呈现徘徊和停顿的态势;另一方面新文学与大众之间的距离越来越远,甚至基本上离开了大众的视野。

在这样的情况下,新文学急切需要对历史进行深入细致的梳理,对未来发展方向做出适当的纠偏,更明确和自觉地回归本土和立足本土,进入更自然和恰当的发展空间。结合新文学历史的影响和现实文学的格局,我以为,以下两个方面是当前新文学在本土化方面最迫切需要做到的。

首先,真正创造性地认识和延续传统。五四文化对传统文化持全面的批判和否定的态度,这一点在近年来已经有许多学者表示了反思,在如何去芜存菁、批判性扬弃的基础上做了许多思考。然而,对于新文学来说,比反思态度更重要也更迫切的是如何真正有效地利用和承接传统,也就是如何真正创造性地认识和延续传统。我以为,要真正创造性地唤醒传统,有两点是最重要的:一是在精神上继承与发展传统。也就是说,我们在今天认识传统,不是简单地回归常态,不是针对具体的体裁和方法,而更是一种思维方式、一种哲学精神。因为传统是发展的,而不是僵死的,它的真正生命力在于其独特的哲学文化精神。只有在发展和不断更新的前提下,传统才可能灵活且客观地面对现实,才能针对现实发出自己有价值的声音。在今天的时代,传统已经不可能,也没有必要简单地复活,它具有价值的只能是整体精神和价值观念。如果将传统局限于具体方式,只能让传统充分凸显其落伍和失效,只能使其停滞。比如文学审美,不是让传统语言、传统文学形式进行现代的复活,而是在进行现代整合和再造的基础上,对传统审美鉴赏做创造性的再生和发展。二是将传统与现实密切关联。文学是现实的产物。只有将传统内涵与现实生活相联系,使传统内涵自然地融贯于现实社会事件与背景当中,让传统精神与现实关注结合起来,才能让传统在现实中发出声音,在与现实生活的交流沟通中被激活,获得不断发展的生命力。如果只是简单追求对传统文学方法的还原,像中国古典文学作品一样停留在传统生活方式的书写,甚至对传统文学场景和方法进行翻版式的模仿(当前确实有一些作品存在这方面的趋向),既不能引起大众的兴趣,也不能焕发传统文学精神的生命力。

其次,真正追求对生活的深度表现。一段时间以来,文学界似乎讳言文学与生活的关联,更讳言生活的深度。这中间有复杂的历史、政治和文化原因，西方的后现代文化起了推波助澜的作用，历史的原因则更内在而深刻。如在特殊政治时期，对文学"只能歌颂不能暴露"的要求，以及对"现实主义"的简单理解和粗暴要求，既极大地局限了文学表现生活的范围，也严重阉割了生活的深度内涵。此外，长期在中国文学界盛行的所谓"体验生活"方式，貌似重视生活，实是限制生活，具有强烈的政治化和仪式化特征。这些历史（当然不仅是历史），既局限了时代现实中作家追求生活深度的勇气和表现生活深度的力量，也促使后来的许多作家反感和拒绝生活，以规避的方式反抗人为的政治羁绊。作家们的意图是积极的，但后果却是灾难性的。

除此之外，还有一个观念长期局限着人们对文学与生活关系的认识。人们在谈论作家处理生活时，经常有"入乎其内，出乎其外"的认识，意思是既要深入，更要开放和超越。这话听来似乎公允，但由于"外"所体现的是现代性的要求，符合时代文化的方向，所以这句话所表达的实际上是对"外"的强调，也就是强调开放和超越，"内"只不过做个铺垫和陪衬而已。因此，这么些年来，我们真正能实现对生活深度表现的作品非常之少，追求与所表现的生活融为一体的作家也很少见。事实上，文学与生活关系具有前提和基本意义的应该是"内"，只有具备了内在深度，才可能进入外部的开放和超越。不具备自我深度是不可能真正实现超越的。并且，对自我的深度认知必然蕴含着自我否定的因素，蕴含着对异质因素的寻求，从而实现自我超越。退一步说，具备了内在深度，即使不能实现有效超越，甚至走向片面乃至狭隘，但它始终会拥有自己的独特性，依然有其价值。而如果在自我深度匮乏的前提下盲目求取超越，既达不到超越的目的，也不能拥有自己的主体性和独特性。

四、如何协调文学现代化与本土化？

至少自 20 世纪 80 年代以来，现代性就成为中国文学发展最基本的方向和准则。无论是在文学创作还是文学批评中，现代性都是使用频率最高的理论术语，也无论人们评价一个时期的文学成就，还是具体分析一个作家和一部作品，都以是否符合现代性方向作为几乎唯一的尺度和标准。

但是，近年来，文学界表现出对现代性方向的批判性反思。这与西方后现代文学思潮的巨大影响有关，也是社会文化多方位检讨和深入认识现代性的结果。这些反思主要体现在这样两个方面。

其一，现代性是否适合作为文学评价的标准？文学不同于科学技术，也不同于一般文化意识形态，它的标准具有跨时代性，甚至永恒性。古典文学的品质并不一定逊色于现代和当代文学，现代作品的艺术魅力也不一定就能够达到前人水准。以"现代性"为唯一原则来评价文学，很可能会遮蔽文学创作的丰富和多元个性。在中国新文学历史中，旧体诗词和"通俗文学"就曾经被完全排斥在外。但近年来，人们对这种排斥表达了强烈的不满意见。

其二，现有的文学现代性标准背后是否有西方中心价值理念的存在？现代性标准完全是以现代西方文化为准绳建立的。这当然有其合理性，特别是在科学技术、文化理念和制度等方面。但是，这一理念是否绝对合理？是否一切文化发展都应该以西方为目标和模板？特别是思想和审美特性都非常崇尚个性和独特性的文学创作，一味以西方文学为准绳，是否会降低本土文学的创造性品质？

在这个背景下，文学本土性的价值逐渐被许多人所认识。如果说在冷战时期或者说在改革开放之前，提倡本土化是一种保守和封闭，那么，在进入全球化时代，民族文化被西方文化大面积覆盖的时候，对本土性的倡导就具有特别重要的意义，甚至可以说，本土性是一种比现代性更重要也更切时的文学品格。至少，本土性可以与现代性并存。它能够照亮被现代性遮蔽的许多地方，更切合中国新文学的历史环境和现实处境。

而非常明确的是，本土性不是固守自我，墨守过去，它与现代性之间不是冲突，而是相辅相成的促进关系。二者的差别是明显的：首先，较之现代性，本土性更强调对文学本身的关注。本土性认同文学是文化和生活的一部分，但更关注其独特个性。其次，本土性虽然立足于现实，但并不局限于此，它更强调与传统的关系，将自己作为绵延不绝的文化（文学）传统的一部分。因此，它对传统的态度更注重继承而不是批判和否定。但是，本土性与现代性之间也有和谐共存的一面。最基本一点，文学本土性的内涵是随着时代发展而变化的，在现代社会背景下，它肯定要带上很多现代的因素，如社会的进化、思想的进步、艺术的丰富和创新，都是文学本土性不可缺少的内容。这其中特别是本土性的思想资源，它不可能是古代思想的简单再现，而是要经过现代洗礼，熔铸了现代因素的再创造和再发现。所以，文学发展的最佳方式是本土性和现代性的共存互补，既符合现代性的基本方向（这里的"现代性"当然不是简单地发展现代性，而是蕴含着批判性思想在内的丰富的现代性)，又扎根于本土传统和现实，以本土精神为主导，它们的相互交织融会（当然也会有矛盾纠结，这也是交融不可缺少的因素），是文学不断深入开拓的重要基础。

新文学一直由现代性文化所主导，要回归到本土性本位，在现代性与本土性之间建立和谐的关系，显然远非一朝一夕能够完成的，其中也必然会包含着许多的复杂矛盾和尴尬困境，需要作家和理论家们付出艰辛的努力。我以为，要从现代性中心转移到本土性中心，最迫切需要调整的是以下两个方面。

一是让文学从文化中适度剥离，回归主体。

这看起来似乎与文学本土化问题无关，但实质上二者之间有着密切关联。因为长期以来，正如新文学运动被当作新文化运动的一部分看待一样，新文学也基本上被当作一种文化工具，承担着文化（后面被政治所取代）的使命，如此，现代性才成为新文学的最基本准则，现代化成为新文学发展的基本方向。然而，文学其实应该不同于一般的文化，它不是自然科学，也不同于政治、经济等社会科学，它拥有自己独有的特征和要求，其内涵和标准都不能简单地以现代性来进行衡量。一方面，文学价值具有很强的独立性和超时代性。如对生存意义的探究，对未来希望的憧憬，对人类和自然的爱，对强权的谴责和对弱者的同情，以及和谐自然的艺术表达等，都是文学的独立价值，也是其根本性的价值标准。它们与一般文化的现代因素有一定关系，但却绝不能与之等同。另一方面，文学的评判标准不像一般文化那样具有很强的时效特点，而是具有较强的恒定性，不轻易随时代变迁而改变。所以，我们既不能说现代的文学就比古代文学有魅力，也不能说发达的政治经济就能诞生优秀的文学，更不能用现代与否来评判文学的价值高下（在现在的文学研究界，确实存在着这么一种现象，即将所有的优点都以"现代"来概括之。这其实已经将"现代"的内涵无限扩大化了）。《诗经》、"荷马史诗"是中西方最古老的文学创作，其魅力和价值完全可以与此后任何时段的文学相比。马克思曾经感叹过古希腊文学的美，认为其所表现的人类童年时代的纯真是后来者永远无法复制的[1]。其缘由也在于此。

要让文学回归本土，建立（回到）其独立主体，不让其承担文化启蒙（当然更非政治）工具的职责，是其迫切而必要的转型。这

---

[1] 马克思. 《政治经济学批判》导言[M]//中共中央马恩列斯著作编译局. 马克思恩格斯选集：第二卷上. 北京：人民出版社，1972：112-114.

并非让文学远离社会、逃避文学的社会职责。只是由于文学拥有自己更独特的意义，其方式也不一样，只有立足于自身独特性，才能充分展现自己的价值。在20世纪40年代，沈从文曾经表达过这样的思考，我以为，对于今天文学的发展来说，依然具有启迪和针对意义。沈从文认为，真正优秀的文学经典应该"就是那类增加人类的智慧，增加人类的爱，提高这个民族精神，丰饶这民族感情的作品"①，文学对社会的作用不应该是急功近利的，而应该是深远的、潜移默化的。

二是调整与大众之间的关系，对文学接受给予更多的重视。

这一点与上一点密切相关。因为正是由于新文学传统一直以现代性思想和文化启蒙为中心，因此，它在对待大众和文学接受时，一直强调自身启蒙者的身份，对大众持永远的俯视和批判姿态，对以大众审美为目的的通俗文学（包括信息时代的网络文学）持鄙视和排斥的态度。所以，虽然不能说新文学不重视大众接受，但它始终不以大众为中心，对大众缺少尊重的心态和平等对话的立场。这样必然导致新文学在大众接受效果上的不尽如人意。新文学尽管已经有了近一百年的历史，但是大众与它始终还是有相当大的隔阂，它没有真正进入大众生活。

文学接受对文学本土化的意义前面已经谈过，而且，从本质上来说，文学与大众的关系不只是居高临下的教育与启蒙，还应该包含有服务的内容，且应该是平等的交流。另外，文学接受并不像我们很多人理解的那样只能以迎合大众为唯一方式。事实上，迎合大众的感官刺激、让文学成为大众低级趣味的共谋，只能获得短期的接受效果，并不能真正持久地受到大众喜爱。要真正深入大众之

---

① 沈从文. 文学界联合战线所有的意义 [M] //沈从文. 沈从文全集：第17卷. 太原：北岳文艺出版社，2002：112.

中、被大众长久地喜爱,需要文学与大众之间在情感上的认同,需要文学给予大众思想上的引导和激励,以及与民族文化心理的挖掘和深度契合。所以,我们认为新文学要重视文学接受,努力得到大众的认同,并不是要作家们想方设法去迎合大众,而是要其真正地深入大众、理解大众、关注大众,将文学之根深扎在本土生活和文化之中。这一点,对于新文学来说是非常重要的。特别是在今天,图像艺术和网络文化的影响日益增长,文学的生存面临严峻困境,精神的意义受到亵渎,文学绝对不可忽略与大众的关系——这不是对自我精神的放弃,而是在更深层次上认识自我,认识自己的生命力和价值所在。它关系到新文学的未来,甚至关系到中国文化的命运和方向。

具体地说,新文学实现本土化和民族化是一个漫长而艰难的过程,在它已经历了将近一个世纪发展历史的背景下,需要特别强调的是对这一问题的重视。只有在更多人的理论探索和丰富的创作实践中,新文学的这一任务才能得到深化和完成。

第一章

追求与探索：新文学的本土化历史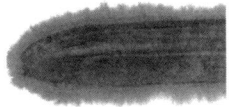

从宽泛的意义上说，文学向本土化的追求，应该是其一种自然的要求。因为文学是民族文化的一种，由民族语言所创造，为民族大众所阅读和接受，其继承民族文化、为民族大众服务的意图是天然存在着的。新文学的发端虽然主要源于西方文学的影响，但也强烈蕴含着自我更新的愿望，是内在要求与外在影响的共同结果。所以，新文学自诞生之日起，就存在着是否彻底西化的思想差异，或者说，虽然真正提出本土化和民族化的理论要求已经并不算早，但包含这样精神诉求的声音，几乎在一开始就存在了。在新文学此后的发展过程中，这种趋势更是越来越明确。人们不只是在思想领域有所探索，在创作上也有着多方面的实践。对于新文学发展来说，这些思想和实践探索都是难能可贵、值得充分珍惜的，对它们的回顾与检讨也具有特别的意义。

第一节　历史的回顾与检讨

一、新文学的本土传统

由于独特的历史状况，中国新文学与民族性和本土性有着更深的渊源。因为新文学发轫于对西方文学的借取，是在对自己传统文学的背离与反叛中诞生的，这使它在发展过程中，必然要经历艰难的本土化过程。也就是说，一方面，它需要将自己身上的异文化因素尽可能地融入本土，与本土生活和文化结合起来。只有当它真正融合了本土文化，成为人们生活文化中的一部分，才能说是真正成熟。另一方面，它作为一种从反叛传统而来的创造物，不可能始终与传统相背离，如何在创新与继承、现代与传统之间寻找到一个适当的平衡，是一个必需的任务——当然，这并不是说文学只是被动地改变自己，它同时也在改变大众和社会，文学与现实之间是一个互相改造和磨合的过程。换句话说,新文学既需要现代化的洗礼,也不可缺少本土化的深入。

以诗歌为例。新诗在五四诞生时,基本上是以西方诗歌为蓝本创造出来的,其"自由"特征中只能看到西方文学的影像,却基本没有中国诗歌传统的痕迹。对于已经过于成熟的中国诗歌来说,这种全面的现代转换是必然的。但是,它的发展路途绝对不是一直照着西方文学走下去,而应该是逐渐回归中国本土,与现实生活和民族文学(文化)传统相融会,使自己成为民族精神的一部分。所以,中国新诗的发展道路,一方面始终以现代性为主流和基本方向,并以新的内容和形式改变国人传统的诗歌理念、意象和审美习惯;另一方面,也没有忘记向本土现实和传统文学做出某种程度的归依。在新诗历史上,我们不可忽略这样几个情况:第一,在新诗发展中,始终存在着以大众化为中心的创作潮流。20世纪20年代即有"歌谣运动",30年代也有"街头诗""大众诗"创作,40年代和"十七年文学"更有影响甚大的民歌化运动。我们不排除这当中有外在政治因素等方面的影响,但它确实深刻蕴含着诗歌内在的要求和愿望,体现了诗歌与广泛生活相关联的精神欲求[①]。第二,中国古典诗歌艺术的影响始终没有断绝。最典型的是在诗体形式上,包括鲁迅、胡适、茅盾、郭沫若、郁达夫等新文学旗帜人物在内的许多作家都有创作古典诗词的爱好,一些人的创作还达到了相当高的水准。即使在新诗界,与中国古典诗歌艺术传统有密切关联的格律化探索始终方兴未艾,从闻一多到何其芳再到冯至,一直具有比较大的影响力。即使是那些以西方文学为方向的诗人,包括穆旦、戴望舒这样的现代诗人,在其创作过程中,也大多有过将传统

---

① 贺仲明. 论民歌与新诗发展的复杂关系:以三次民歌潮流为中心[J]. 中国现代文学研究丛刊,2008(4).

与西方嫁接的尝试，传统也在他们诗歌中占有一定成分①。

　　新文学本土化的基本方式，主要表现为两种。一种是对中国本土文学资源的重新认识和借用。新文学最初对本土文学资源基本上持完全否定态度，作家和批评家们站在西方文学视野上，以西方文学的眼光来审视和评价中国本土文学。在这样的情况下，中国传统文学资源不只被整体否定，而且被肢解得支离破碎，没有在系统的整体视野下形成比较科学客观的认识和整理。不过，这种混乱的状况维持得并不长久。五四大潮刚过不久，胡适、周作人等人对传统文学的态度就有了较大改变，他们不但开展了系统评价和认识传统文学的"整理国故"运动，而且，胡适的《白话文学史》和周作人的《中国新文学的源流》等论著客观上将新文学的精神之"根"往传统文学延伸。在这些活动的影响下，人们对中国传统文学的认识日趋客观，传统文学历史的脉络和价值定位更为明确（如影响甚大的"四大名著"的经典地位就是在这期间正式确立的），白话文学创作中也多了一些与传统关联的规范，使作家们借鉴传统有迹可循，更多了一些精神上的支持。在这一前提下，一些新文学作家对民族文学传统有了更多的热情，在认识和激发出其中有生命力部分的前提下，加以创造性地继承和应用。其中可作为典型的是"诗化小说"创作。由废名开端、沈从文大成、汪曾祺和孙犁等人继承的"诗化小说"，是现代作家将传统文学与现代小说形式相结合的创造性产物。它不是简单地运用传统小说的技巧，而是将诗歌艺术融合在小说艺术中，是传统文学的换形变体，是传统审美的现代创造。

　　另一种表现方式是对西方文学资源进行中国化的改造并与之交融。发轫之初的新文学，广泛地吸收了西方文学的资源，在其之后的发展过程中，许多作家将这些资源与中国本土现实和传统文学艺

---

① 李怡. 中国现代新诗与古典诗歌传统 [M]. 北京：北京大学出版社，2008.

术进行了密切的改造并与之交融。它包括两方面内容：一是对西方文学形式的改造。最典型的例子是话剧艺术。作为一种完全舶来的文学形式，它经历了从演出到改写再到创作，从完全的西方化到中国故事、中国场景和中国艺术化的本土化全过程，逐渐从"小众"走向"大众"，从西洋文学形式演变成为本土文化。在这当中，从曹禺的《雷雨》，到夏衍的《上海屋檐下》，再到老舍的《茶馆》，戏剧经历了几个关键阶段的发展，接受了从中国文学母题到传统艺术形式（包括民间戏曲和传统戏剧），再到传统审美精神的几次本土化飞跃和提升，从而逐渐成为中国大众耳熟能详的文学形式。不只是戏剧如此，其他多种文学体裁也有不同程度的改造过程。如随笔体散文、知性诗歌，从英国和德国移植到中国扎根，也经历了非常明确的中国化（本土化）过程。

二是与本土生活的密切交融。文学书写本土生活，应该是很自然的事情，但是，在多大程度上关联生活和深入生活，是对文学与本土关系亲密度的重要检验。因为只有在对生活全面深切的表现中，文学才能真正实现艺术的深度个性要求，也才能为大众所认可和接受。试想，如果没有杜甫、辛弃疾、关汉卿等作家那些关注民生和民族命运的作品，没有从《诗经》开始的凝结着普通大众生活智慧的民间创作，以及屈原、李白和曹雪芹等对人生存意义和困境的探究，还有像"锄禾日当午，汗滴禾下土"这样凝结着对普通百姓的深情关注，从而为人们所熟知和吟诵的诗句，那么中国古典文学就很难说是深入了本土，也不可能会在民族文化中有这么大的影响。新文学在这方面做出了显著的努力。五四文学刚一诞生就明确提出了"平民文学"的口号，密切关联现实大众生活。此后，新文学的总体趋向是不断接近现实和深入现实，不断靠近大众的生活和审美需求。其中，20世纪40年代文学特别值得关注。战争使新文学作家逐渐深入到生活的基层，也极大地拓展了新文学的表现内容，普通大众的日常生活真正以平实的状态进入新文学中，是文学与本土生活交融的标志性阶段。正是在与本土生活相纠葛和交织的过程中，新文学逐渐进入社会，为大众所认识和接受。如果说五四时期的新文学基本上局限在知识分子内部，那么，随着大众生活进入新文学的视野，新文学也成了大众生活文化的一部分。

所以，从文学潮流来说，中国新文学的主潮自然是现代性的方向，但本土化潮流也不可忽视，它以自己的方式对现代化方向进行着批判或补充的完善性工作。从文学史角度，如果说五四文学的基本方向是西方化的话，那么，20世纪30年代则包含着对五四文学方向最明确的本土化反动。在瞿秋白、沈雁冰等对五四文学传统"仿佛是白费了似的"①、"只有'不劳苦'的小资产阶级知识分子来阅读"② 的尖锐批判中，"文学大众化运动"和20世纪40年代的"民族形式讨论"相继兴起，其背后蕴含的正是对过于西方化特征的适度修正，反映的是向本土文学传统回归的内在要求。抗战文学的"旧瓶装新酒"潮流虽然内涵比较狭窄，但意图依然相似，其"旧瓶"指的就是对传统文学形式进行复活。毛泽东"讲话"后的延安文学更是明确向民间化和大众化方向发展，民歌、章回体小说以及更通俗的大鼓词、快板词、秧歌等都得到了充分的创作实践。在"十七年文学"中，英雄传奇小说等也广泛借鉴中国古典通俗小说的技巧，体现了文学本土化的另一种类型和另一个高峰。农村题材小说则以真正的农民口语和文学形式书写了农民生活，塑造了农民形象。这些本土化文学思想和实践，尽管存在有某些偏颇，但却显示了自己的方向性意义，代表着新文学向文学传统和现实大众的亲近趋向。它可能不如现代性方向那么气势恢宏，但它对新文学的发展也起到了重要的影响，是新文学创作特点、总体面貌和发展方

---

① 宋阳（瞿秋白）. 大众文艺的问题[M]//文振庭. 文艺大众化问题讨论资料. 上海：上海文艺出版社，1987：55.
② 茅盾. 从牯岭到东京[J]. 小说月报，1928，19（10）.

向中不可忽略的一部分。从这个意义上说,新文学的历史是现代化的历史,也是本土化的历史。它们之间虽然存在一定的对立,主次之间也太过分明,但也有相互促进的关系。现代化促进了新文学对传统文学的改造和再生,本土化则帮助新文学融入本土生活,产生了更广泛的现实影响力。

二、艰难与坎坷的经过

但是,就总体来说,新文学本土化的发展道路并不顺利。与轰轰烈烈的现代化思想比较起来,本土化思想的影响要微弱暗淡许多。

这与20世纪中国的文化和政治现实有深刻关联。自近代以来,中国社会长期处于民族危难中,先后经历了从洋务运动、戊戌变法到辛亥革命的多次探索并均以失败告终。内忧外患,使当时的先进知识分子充满了强烈的落后追赶意识,优胜劣汰的进化论成为主导知识分子的主流思想形态。在其影响下,中国社会的思想文化形成了两个重要特点:一是唯新唯西。凡是西方的、现代的、新奇的,都会被作为先进和学习的对象,而相对之下,中国的、传统的、本土的等思想文化都与落后保守相关联,受到批判和摒弃。从"新民""新小说"到"新文学"的种种思潮称谓,可以清晰地看出这一点。二是唯实用唯工具。任何事物,不论是文化建设还是文学观念,都被披上了浓重的实用功利色彩,很少从事物本身来考虑问题。五四时期将国家落后的原因归咎于文化上,于是所有的事物都被当作文化来运作和审视,文化变革直接被关联于现实变革。到后来,政治取代了文化,于是文学家们转而集体性地寻求对政治力量的依靠,政治又成了决定其他任何事物的基础。

近现代知识分子的选择有其深刻的必然性与合理性,但它对新文学本土化造成的影响却多是负面的。最直接的是,人们对本土化的理解很容易偏激,对其内涵存有误解。其一,人们多从文化角度来认识文学本土化,将其内涵简单地理解为回归传统文化或者政治保守。文学自身的因素没有从文化中剥离出来,更缺乏对它的独立认识(这一点,不单本土化的批评者如此,许多本土化的支持者和维护者亦如此)。其二,很多人将文学本土化作工具化的狭隘理解。最普遍的误解是将"本土化"等同于"民族化",将其内涵理解为通俗化和大众化。其实,它们之间的差别非常明显,本土化比民族化内涵要丰富许多,也更强调文学与世界性、现代性的关联。

  这种认识和理解,必然会严重影响本土化在新文学历史上的实践和发展。首先,文学本土化的探索被严重边缘化。在现代化毫无争议地成为时代主流的文化背景下,被蒙上浓郁保守文化色彩的本土化思想自然难以得到大家的认可,形成大的潮流,或者说,除了特殊政治环境下的片面发展,几乎在每一个时期,本土化文学思想都是遭到压抑和排斥的。那些有志于本土化探索的作家往往会遭到主流文学的歧视,并感受到巨大的精神和现实压力,对他们的文学思想和文学活动产生影响。以 20 世纪 30 年代的施蛰存为例,他对当时中国小说的发展有深入的认识,认为中国小说创作不应该完全模仿西方,可以在传统中寻找资源,但因为现实和文化的压力,他"心里虽然纠缠着这个问题,但因为到底不敢不承认自十九世纪以来的那些西洋小说为正格","蕴蓄甚久而不敢宣泄",① 最后没能延续自己的思考和探索。无形中受到压抑的作家更多,像废名、沈从文、汪曾祺等有较强回归传统文学意识的作家,始终都徘徊在新文学主流之外。

  更重要的是,新文学作家们的思想和创作实践往往陷入现代化与本土化非此即彼的两难选择中,难以形成真正密切的相互交融和促进。正如前述所言,本土性与现代性之间存在着较大的差异,它

---

① 施蛰存. 小说中的对话 [M] //吴福辉. 二十世纪中国小说理论资料:第三卷. 北京:北京大学出版社,1997:466,468.

们之间出现冲突是自然的现象。或者说，真正优秀的作家正是在这种对立和交融中得到自我更新，实现真正的升华。在新文学中，像鲁迅、沈从文、张爱玲等作家都存在这样的状况，他们身上的传统因素和现代思想既矛盾冲突又相互促进，使他们经常陷入现代与传统、情与理等复杂的矛盾纠结①，却也促成了他们的文学创作既继承传统因素又有现代转型的良好结果。然而，新文学历史上作家们价值选择的矛盾却是太过激烈了，其意识与潜意识层面、理性与感性层面的冲突，确实超出了正常的范围。特别是否定传统文化的作家，态度是令人难以想象的偏激，在秉持单一现代化方向立场的同时，几乎是全盘地鞭挞和抨击传统文学。在这个方面可以说，那些在创作中成功地进行了交融和转型的作家与其说是主动自觉的，不如说是被动自发的，是他们身上太深的传统印记迫使他们借鉴了传统元素。反过来，对否定传统倾向持反对态度的作家又往往会走上另一个极端，即以狭隘的传统和民族立场来对抗现代思想。20世纪40年代的"民族形式"大讨论中双方态度偏激且尖锐对立，延安文学和"十七年文学"的片面民族化方向发展，都是其典型表现。80年代"寻根文学"和"先锋文学"各执一词的明确对立，也典型地体现出新文学价值选择上的不可调和。

这必定会影响文学本土化探索的深度和持续性。本土化的探索并不容易，它需要对传统的爬梳剔抉，需要新的整合与扬弃，进行创新性的现代转换。这份工作是艰难而复杂的，甚至可能需要几代人的努力。然而，因为新文学中主流文化的单一化方向，作家们缺乏本土与现代的交融，且各执一端，对传统的理解不可能深入，更难以实现真正创新意义上的现代转换。或者说，这种西方文化主导的单向嫁接可能会有一时的收获，但是没有形成自我主体的真正自

---

① 普实克. 普实克中国现代文学论文集[M]. 李燕乔，等译. 长沙：湖南文艺出版社，1987.

觉，没有对本土文化和现实的深切体悟，这种嫁接不可能拥有自我的真正独特性，不可能有深层交融的资格，也不可能产生文学持续发展的动力。同时，由于五四作家是在传统文化的滋养中成长起来的，他们尽管臣服于西方文学，但却拥有不可祛除的传统文学功底，因此，完全西方化的后果在他们身上体现得并不明显，甚至还可能造就他们独特的成功。但是，等到他们的后代作家情况就完全不一样了。他们没有五四作家那样的传统基础，又没有坚实的传统和现实为依靠，也许他们能够避免五四作家们剧烈的精神矛盾乃至文化分裂，但只能在匮乏主体自我的道路上越走越远，其结果就只能是悲剧性的。五四作家开启了现代化的文学传统，其影响和后果却会在他们的继承者中显示出来。

而且，西方文化主导的单向嫁接还会导致文学本土化探索出现片面化的趋向。一方面，是传统思想文化资源未能得到充分的吸收。在强烈的意识形态影响下，中国的传统文化一直被新文学和现代政治文化排斥在外。或者说，自新文学运动开始，中国传统文化就是与封建落后直接联系在一起的，它已经被固定为与现代思想相对立的封建保守的思想形象。此后的多次政治运动进一步强化了这一倾向。所以，新文学的发展历史中，即使有对传统资源比较客观的认识和借用，也都基本上局限在文学形式领域，思想意识层面也完全是以西方文化为主导的。在不同时期，它们分别表现为欧美的自由主义，苏俄的激进主义，或者西方后现代思想。比较这些来自遥远地域的思想的巨大影响力，中国传统思想资源显得遥远而缥缈。另一方面，是过于偏重通俗的民间层面，而精英层面受到极大的忽略。新文学历史上多见大众化和民间化的文学潮流，却基本上没有回归古典文学传统的思潮。其片面性是明显的。因为就像希尔斯认为一个民族的传统应该分为"大传统"和"小传统"一样，任何民族的文学也应该分为精英文学与民间文学两部分。一般而言，精英文学肯定会更成熟和精致，能够代表文学艺术的深度方向；而民间文学则更为鲜活，与现实更贴近，有助于文学与生活的关联以及向社会大众的推广。这一情形的出现，除了上面谈到过的文化意识形态的影响，还与政治意识形态有关。新文学发展历史受到政治文化的巨大影响。政治对文学的首要要求是实用，它所要求的时代文学是对大众的宣传和鼓动。因此，它会不遗余力地推动民歌和"大众化运动"，却不可能去肯定和推进古典文学——一个典型的例子是，从个人趣味来说，毛泽东非常喜欢中国古典文学，但从政治要求出发，他的文学思想中多是"厚今薄古"、实用色彩很强的价值观念。

其结果自然是新文学本土化整体成就的较大局限。不能说新文学完全没有继承传统，但其深刻性存在较大局限，创新性发展传统方面更有大的欠缺。以对中国古典文学审美艺术为例①，除了废名、沈从文等人的抒情小说在一定程度上体现出中国传统文学的审美特色外，蕴含中国独特文化哲学思想的审美精神并没有得到有效的继承和发扬。这同样表现在精神领域。这里不谈意识形态层面的思想，即以最日常化的情感表现为例。中国传统文化以儒家思想为中心，形成了自己有独特个性的伦理道德文化。它肯定不是完美的，甚至说其中部分内容还关联着专制文化思想，但它既然包含在民族性当中，就有它值得继承和转型的价值。尤其是文学作为情感的艺术，应该将情感表现自然融合于人们日常生活中，作为文化情感的一部分。然而事实上，受制于西方文化和政治文化的影响，新文学很少表现中国传统的伦理情感。以对爱的情感表现而论，以冰心为代表的爱的讴歌者尽管极有意义，但其前提基本上是西方的基

---

① 早在 20 世纪 80 年代，王瑶先生就指出过新文学与中国古典文学之间的继承关系，后来又有方锡德《现代小说与文学传统》等著作对之进行专门研究，但从研究结果看，新文学并没有对中国古典文学进行深度继承。或者说，作为同一民族、同一地域、同一语言的文学，古典文学对新文学的影响是无处不在的，但却是零散的、表层的，没有进入深层次世界。

督教文化。真正体现传统文化意蕴情感的文学，五四时期出现过朱自清的《背影》等，但之后鲜有后继者，更少有超越者。

所以，从总体上讲，新文学的本土化任务并没有得到真正的完成。无论是与传统，还是与现实生活，它都没有建立起非常密切的深刻联系。在思想情感和艺术表现上（典型如文学语言），它也始终没有摆脱从诞生一开始就带来的与西方文学的深厚渊源，没有真正独立成一个有自己独立思想和行为方式的个体，巨大影响的焦虑还笼罩在它的头顶上空。而且，它还留下了一些误区，比如对文学本土化的理解，在某些历史阶段，许多人将本土化简单地等同于民族化，甚至等同于民间化和通俗化。文学本土化的丰富内涵被忽略，其形象似乎也被与落后的文化政治画上了等号，有了不太光彩的面貌。

三、历史遗患与现实困境

当前文学[①]的本土化状况受到新文学历史与社会现实两方面的影响。从历史来说，最关键的自然是新文学主流的现代化传统。正如前述所言，现代化是新文学的中心方向，本土化基本上处于边缘，其发展也遭遇扭曲。在新文学的发展历史上，这种趋向愈演愈烈，二者之间的割裂也日益严重。典型如从"十七年"到"文化大革命"的近30年间，其"厚今薄古"的思想观念导致了新文学与传统文学的进一步疏离。更重要的是，它们对"民族化"和"大众化"的片面强调，以及对被异化的"现实主义""典型化"的盲目推崇，既影响和伤害了人们对文学本土化的理解认识，还扭曲和割裂了文学与生活的关系。这样，当"文化大革命"结束，文学界迎来的是西方思潮的报复性回流，本土化随着民族化一起被驱

---

① 此处"当前文学"的概念侧重于21世纪以来的文学，但有时也包含"文化大革命"后的文学整体。

逐出了人们的视野,甚至连带着导致许多人反感文学与现实的密切联系。

除了历史,现实的变化也深刻地影响着当前文学的本土化发展。一方面,随着信息社会和经济全球化的到来,消费文化对包括文学在内的精神文化构成了极大的冲击,尤其是物质的同化、经济的一体化,带来的是西方文化对中国文化的强烈冲击并朝一体化趋势发展,各地区人们的生活逐渐趋同,个性被掩盖在相同的表面背后。另一方面,消费文化的主导,导致了文化的平面化和非个性化特征。它拒绝深度和独立的个性,也易于将本土个性当作符号来使用。这种情况对作家的独立性和创造性提出了更高的要求,立足于本土独立深入和自我创新的难度更大,还需要甄别真正的本土个性与外在商业化包装之间的差别。因为在商业文化的主导下,本土个性很容易被利用成为后殖民文化色彩的"作秀",丧失其个性的真正本质,以外在的异质形象获得商业利润。而事实上,这种表面的异质个性与真正的本土化相隔遥远,只能构成对本土个性实质性的伤害。

历史的艰难、现实的复杂,导致的后果是新文学距离本土化越来越远。虽然"文化大革命"结束后的 30 多年是整个新文学历史上、政治上最为平静,文化上也相对自由的时期,虽然新文学已经有了近一百年的历史,作家们在文学本土化方面已经积累了不少的经验和教训,当前也有一些作家在继续努力,但是,就总体而言,当前文学并没有走上真正的本土自觉,它不但没有深化和完成新文学的本土化任务,而且在西方化上愈演愈烈,存在着非常明显的缺失。

这首先表现在作家身上。作家是文学创作的主体,也自然成为历史和现实文化最直接的投射物。其一,它表现在作家的思想态度上。当前作家对传统文学基本上是陌生而冷漠的。一个外在的表现是,作家们(特别是青年作家)谈自己的创作资源时,几乎无一例外都是谈论西方的文学和哲学思想,以及西方的生活方式、价值观念,很少有人谈论中国的文学和思想传统。从中看不到作家们对中国传统文学的热爱和尊敬,更看不到对传统的自觉意识和独立的民族文化意识。同样,作家们也普遍缺乏对中国社会和大众生活的关注与热爱。作家们普遍谈论的是文学与自我,很少有人认识到他们应该承担对时代的意义,也意识不到时代对自己文学的价值,更少有人将自己的创作奉献于时代现实。其二,它表现在作家本土化的能力上。一方面,由于对民族文化传统的严重疏离,许多作家已经没有能力接续中国传统文学的独特精神和艺术个性。长期以来,受单一现代化方向的影响,中国社会对传统文化极度忽略和贬斥。在这一背景下成长起来的当代作家,传统文学的文化素养普遍较低,在深层文化上处于一种漂浮状态,很难与传统文化构成对话和沟通的关系。他们即使想回归传统,也很难真正与传统接上关系。另一方面,许多作家也已经或正在失去把握和表现生活的能力。这既可以看作是对刚刚过去的政治历史的报复,也与西方现代形式主义文学思潮的影响有关。当前中国文学界盛行对生活的排斥,许多作家不只是彻底否定现实主义文学的意义(虽然现实主义文学并非不存在需要反思的地方),更将文学与生活的关系完全割裂。其结果是,许多作家的创作不只失去了鲜活生活的滋养,深入生活、理解生活和表现生活的能力也严重下降。其三,它表现在作家文学和自我信心的严重匮乏上。由于缺乏与本土的深刻关联,许多作家没有形成坚实而牢固的文学基石,他们既缺乏足够的创作自信,更缺乏对文学的信心。正是在这一背景下,许多有才华的作家被商业文化诱惑,放弃了对文学的追求,甚至成为金钱的膜拜者。也有一些作家虽然从事文学创作,但对文学执着真诚的态度,漂浮不定的创作倾向易于为政治、金钱等各种外在的力量所影响,进而影响其创作水准。

其次,它体现在当前文学总体格局上的强烈异质化色彩,或者说西方化色彩上。文学从根本上来说肯定是植根于民族现实、密切联系着时代的,但是,当前中国文学的现实之根却颇为漂浮,无论是文学观念、文学标准还是文学思想和文学形式,无论是创作界还是评论界,在当前文学中都可以清晰地看到西方文化的主导特征。具体有以下两方面的表现:

一是缺乏独立的文学精神和文学价值观。如果追问当前文学的最高目标,毫无疑问是得到西方文化的认可,代表西方文学观念的诺贝尔文学奖固然是所有中国作家最深远的理想,西方文学的各种技巧也都可以在中国作家作品中找到它的仿制品。当前的文学创作,基本上是跟随在西方文学后面亦步亦趋,不但文学思想、文学观念是对西方文学越来越巧妙的模仿,而且连看待问题的方式也基本上西方化了,完全成为西方话语的传声筒。而且,越是有才华的、进入创作前列的作家,越是这种精神的典型体现者。有西方学者曾经说过:"西方人仍然在等待一种具有强烈的中国文化特色的现代中国美学。这种美学不是顺从西方理论,而是能对其提出挑战。"① 但是,在当前的文学作品和文学理论中,我们看不到真正蕴含中国独特文化传统和文化智慧的深邃思想,也看不到民族审美的独特个性,甚至可以说,真正的思想个性已经基本从当前文学(当然不仅是文学,也是哲学等的现状)中失去影踪。以诗歌为例,诗歌是中国最古老而独特的文学样式,有非常高的成就,也有非常优秀的传统,但是,我们看近几年的中国诗歌作品,所充斥的完全是西方文化的典故和意象,所表达的是西方式的文化思考,其中几乎看不到对真实生活的深切追问,也缺乏深邃民族意识的审美精神。"现在的新诗中有的是'德谟克拉西',有的是泰果尔、亚坡罗,有的是'心弦''洗礼'等洋名词。但是,我们的中国在哪

---

① 卜松山. 与中国作跨文化对话 [M]. 刘慧儒, 等译. 北京: 中华书局, 2003.

里？我们四千年的华胄在哪里？哪里是我们的大江、黄河、昆仑、泰山、洞庭、西子？又哪里是我们的《三百篇》，《楚骚》，李，杜，苏，陆？"① 这是闻一多在80多年前对中国新诗西化倾向的批评，放在今天依然完全适合。我不否认现代西方文学有更现代的思想和艺术品质，也不反对向西方文学学习，但是，文学是一种以独立个性为生命的艺术形态，绝对不能丧失"固有之血脉，独立之精神"。缺少了立足于本土之上的现实关注，缺少了现实鲜活性和生命力的呈现，也就失去了自我主体，失去了独立的形象和声音。

二是与现实生活的严重疏离。这既是指文学题材，更是指对现实的关注意识与深度精神。近30年，尤其是最近20年，是中国社会变化最剧烈的时期，生活面貌、文化形态和社会心理都发生了巨大变迁，也演绎了许多或震撼人心或耐人寻味的命运故事。绝大多数作家当然都在书写这些生活，但是，还有许多生活在被有意无意地回避。许多作家选择回到个人世界，拒绝文学与生活的密切关系，也放弃了对社会大众的关注、对压迫和不公正的控诉、对弱者的人道主义关怀。更有许多作家完全臣服于消费欲望之下，使文学沦为金钱的表现物。在这些作家的创作中，看不到正义感和道德精神，看不到心灵的投入和清晰的价值立场，他们似乎游离在社会和生活之外。更重要的是，当前文学缺乏对生活的情感关切和深度揭示。我们很少能看到作家的倾情之作，感受不到作家与人物的共同呼吸和命运担当，也看不到时代精神的深邃透视，更多的是灵魂的迷惘和文化的迷失。因此，在当前文学中，我们难以洞悉时代的状况，更缺乏深刻的洞察和预见，它始终滞后于时代，漂浮于时代生活的表面。

本土化匮乏导致了两个直接关系当前文学命运的重要结果。一

---

① 闻一多.《女神》之地方色彩 [M] //王立信. 闻一多文集：时代的鼓手. 海口：海南国际新闻出版中心，1997：103.

是缺乏高的文学成就。按理说，在新文学已经有了近一个世纪经验的今天，出现超越现代文学大师成就的作家作品是自然的事，但现实却不容乐观。当前文学成就总体虽然超过了现代文学时期，但却没有涌现出真正超越时代的文学大师和文学作品。而且，当前文学的发展态势不是积极向上的，而是颓靡和疲软的。这既体现在思想上，也显示在艺术上。当前文学的思想方向显然要比以往更多元，但思想深度并没有超越现代作家。例如当前作家对传统文化的认识、对社会文化的思考，就很难说达到了鲁迅、周作人等五四时期作家的深度；对人性、自然的思考，也没有超越沈从文、废名等。艺术上也一样。当前文学的技巧当然远比之前要丰富，但同时也失去了细节描写、生动口语等优秀传统，在很多方面延续甚至是扩展着新文学的历史积弊。如果说在鲁迅、沈从文等作家的部分创作中还潜藏着中国传统文学的韵味，从而显示出几分与西方文学分庭抗礼的意味，那么当前文学中已经看不到真正的艺术独创性了。以语言为例，正如周作人所说："我们所要的是一种国语，以白话（即口语）为基本，加入古文（词及成语，并不是成段的文章）方言及外来语，组织适宜，且有论理之精密与艺术之美。"① 优秀的文学语言需要兼顾口语和古文及外来语的优点（这一点在鲁迅、沈从文、老舍等作家身上体现得很突出），但是，这种结合已经基本上从当前文学中隐退。我们很少能够看到那种真正来自生活的、凝结着生活中人物个性气质的口语，更少看到凝聚着文言精华的白话叙述，更多的是充满欧化句式的话语，更多的是生硬的、呆板的知识分子腔调。

二是遭遇到现实拒绝的严峻困境。当前文学接受遭遇到严重困境、被严重边缘化已经是不争的事实。造成这种状态的原因是多样的，它与整个社会的物质化、图像艺术的发达、社会教育程度偏低

---

① 周作人. 理想的国语［J］. 京报副刊·国语周刊，1925（13）.

等都有较密切的关系，但文学自身也难辞其咎。原因很简单，当前社会并非不需要文学，文学的没落也存在程度的差异性。相比于当前文学（主流文学）的接受颓况，网络文学、通俗文学依然有广大的市场，古典文学名著、外国文学名著的读者也远比当代文学更多。虽然文学接受情况只是文学评价的一个方面，我们也并非要求文学要完全迎合现实、以市场为标杆，但这一状况显然表明当前文学未能得到社会大众的普遍认同，或者说，始终未能完成的本土化任务和本土性的匮乏、历史的积淀和现实的匮乏两方面共同造成了当前文学的接受困境。还是以诗歌为例，诗歌在中国文化中有着悠久的传统和广泛的影响，但在当前，现代诗歌已经基本上与大众绝缘，而与现实生活颇不协调的旧体诗歌却拥有比新诗更大的读者群[①]，其原因显然要从诗歌内部去找，需要对当前诗歌与本土生活和文化的关系进行深度反思。

　　对于当前中国文学的困境，人们大多将其归咎于时代、消费、文化等外因的制约，很少有人将它关联到文学自身的本土化内因。事实上，外因与内因之间是相互依存和影响的关系，它们共同造成了当前文学的局面。本土根基不牢固导致它易于受外在文化的侵蚀，外在环境更摧折着原本就脆弱的文学本土性。只是现实文化原因更直接和外在，本土化原因更内在和深远。但不管怎么说，当前文学面临的艰难是不可回避的，它既面临着被西方文化大潮裹挟、完全失去自我的危机，又经受着被大众抛弃、失去社会支持的可能性。而且，在文化全球化的时代，文学的本土化建设意义已经不局限于文学本身，它需要承担保持文化主体性、民族主体性的某些功能。如何处理这些关系，是对当前文学的巨大考验。当然，从另一方面说，这也未尝不是发展的契机。因为在现实困境的映射下，历

---

① 谢轶群. 这一炉温暖的余烬：关于"旧体诗词复兴"的思考[J]. 同舟共进，2011（3）.

史的积弊得到更充分地暴露,现实的压力也呈现为一种挑战,作家们如能真正深入地理解新文学的本质,认识到自己的责任和使命,完全可以既摆脱历史的重负,又在困顿中获得新生。历史上很多次的文学转折都是在这样的环境中完成的。我也相信当前中国文学能够有这样的力量和前景。

第二节 新文学的自我批判传统反思

一、五四:自我批判的传统与张力

中国新文学的自我批判传统自其诞生之初即存在。也就是说,五四文学有比较显著的自我剖析和自我批判特征。

最具代表性的作家是鲁迅。鲁迅在深刻解剖和反思传统文化缺憾的同时,严厉反省自己身上的传统因袭物,将传统文化定性为"吃人",而将自己视作也曾经"吃过人"的人。在此心态下,他自我命名为传统与现代的"中间物",并以绝望而决然的态度看待自己,认为他那一代人已经无法代表中国文化的未来,而将希望寄托在更年轻的青年人身上,表示愿意做一个时代的过渡者,做青年人的垫脚石——"自己背着因袭的重担,掮住了黑暗的闸门,放他们到宽阔光明的地方去"①。他以现代知识分子为中心主题的作品,如《伤逝》《在酒楼上》《孤独者》《祝福》等,几乎每一篇都渗透着强烈的自我反思精神,以特别的深切和沉重,拷问和剖析了他那一代人的深层内心和文化世界;而以《一件小事》《故乡》《药》为代表的部分作品则着力于检讨知识分子与大众之间的隔膜,并将之延伸到对知识分子启蒙和革命的反思。

---

① 鲁迅. 我们现在怎样做父亲[M]//鲁迅. 鲁迅全集:第一卷. 北京:人民文学出版社,1981:130.

鲁迅之外，五四时期还有很多作家表达了自我批判精神。如郁达夫具有自述传性质的小说完全笼罩在自我忏悔和检讨之中，对心灵阴暗处的袒露和自审是其在时代中最显著的个性；郭沫若则着眼于传统文化，特别是旧家庭对他心灵的羁绊，以及给他内心造成的创伤。此外，叶绍钧、许地山、庐隐……也都在创作中寄托着对自我的反思和批判，以至于"感伤"和"自剖"成为他们许多人的创作特征。

五四文学的自我批判传统有其历史和现实背景，或者说有其时代必然性。在五四时期的中国文化现代转型中，知识分子是最直接的推动者。他们最早感受到西方现代思想的价值，洞察到中国传统文化的诸多缺陷和迫切转型的要求，并以积极的态度进行了呼应。在一定意义上说，他们是促进中国文化新生的首功者，也是传统文化的优秀"逆子"。但是同时，他们大多数接受过良好的传统文化教育，传统文化的影响渗透其精神血脉，他们不可避免会受传统文化的某些负面因素所局限和束缚，并影响他们的前行之路。而且，五四文化在中西之间的选择也不可能一蹴而就，西方文化的接受和新文学的现代化发展也需要艰难而漫长的磨砺过程，批判和自我批判都不可缺少。换句话说，五四知识分子在引导现代文化的转型和新文学的建设过程中，既需要批判他者，也需要"自啮其身"，批判性地完善和发展自我，促进自我与时代更新的共同完成。

由于传统与现代、自我与他者等多种内涵的杂糅，五四文学的自我批判存在着复杂的张力，对作家们提出了相当严厉的挑战。从内容上，照理说，五四作家的自我批判应该需要涉及两方面的内容：其一，对自我过去的检讨，即与古老传统文化之间的关系；其二，对现在的反省，即在走向现代中的问题和疑难，以及对现代本身的反思。但如果检讨后者，就有可能会有违于其启蒙的初衷，影响到启蒙的效果。因为新文化运动的目的本就在于引进现代文化，促进中国文化的现代更新。从形式上说，五四作家也存在立场和姿态上的两难。因为在新文化运动中，五四作家的身份是启蒙者，是大众的指导者。在这种身份背景下，他们非常需要维持自我的权威和形象。而至少在显在层面上，自我批判是与这种身份维护相对立的。过于明确的自我批判姿态有可能会损伤到启蒙者的权威性，也会对启蒙者的身份合理性产生不利影响。伤人与自伤，批判他人与自我批判，张力自然而生。

五四作家在内容上的选择相对简单。他们自我批判的目标基本上集中于传统，却将现代批判搁置一旁。对于他们中的绝大多数人来说，自我批判其实也是五四启蒙运动的一部分。它针砭的虽然是自我，但这个自我只是传统的代表者和承载物而已，作家们所批判的是自我身上的传统因素，其真正和终极的批判目标是传统文化。

比如，鲁迅所反复否定和拼命割舍的自我，是与中国传统文化相密切关联的"旧我"，是与鲁四老爷等人难以断绝的心灵关系，是吕纬甫和魏连殳身上摆脱不了的传统重负（当然，鲁迅的《伤逝》等作品也反思了现代路途中的困惑。这也是鲁迅超于同时代人的卓越之处）。同样，困惑着郁达夫、郭沫若、庐隐等人，让他（她）们心灵饱受折磨、痛苦不堪的，是背负着的传统伦理的束缚，是传统的家国观念与现代文明之间所构成的尖锐冲突。从这方面说，五四新文学作家们的自我批判，完全可以看作是他们大力倡导的"国民性"的一部分，是自我投入方式的另一种启蒙。

在民族文化整体向着西方和现代的背景下，作家们单一化的选择无可厚非，也具有一定的历史合理性。但是，从长远来看，它却也留下了不可忽略的后患。一方面是单一化的现代化思维方式，缺乏足够的对现代的反思精神。更重要的是另一方面，那就是许多人因此而缺乏真正的自我批判意识，认识不到自己也存在局限，特别是认识不到现代本身也可能具有不足。长此下来，他们会对自己启蒙者的身份认同过于强烈，不知不觉将自己当作高于民众的先觉者，并习惯以俯视的姿态来指导和批判他人。

相比之下，形式方面的张力也许难度更大，因为它意味着更高的自我要求。也就是说，要解决好自我批判身份和姿态上的困境，最核心的要求是在自我主体和自我批判之间保持良好的平衡。作为批判者，必须拥有独立的自我主体精神，然后在此前提下进行自我批判。在本质上，它所依靠的不是外力，更不是被迫，而是完全出于自我的意愿，是自我思想发展的结果。自我批判的成果也不是对自我的放弃，而是对自我的发展和提升。显然，批评者非常需要有一个批判"度"的分寸把握，只有如此，才可以既保持启蒙者的独立性和足够信心，又能够在批判中深化自我。

在这方面，五四作家具有一定的先天优势。因为他们大多拥有深厚的传统文化功底，所以，他们对传统批判虽然极端，但却不可能真正完全失去对传统的依恃，或者说，传统始终是他们内在的精神依靠。这样，他们更易于在传统与现代之间找到一个和谐点，建立起自己的独立主体。也许正因为如此，鲁迅的自我批判虽然最为尖锐极端，自己的思想也经历了自我否定式的变化，但他始终没有完全失去自我，很少出现人云亦云、随波逐流的情况。此外，胡适、周作人等也基本上形成了比较稳定的思想立场。

但是，客观上说，五四作家们并没有能够做到最好。具体地说，就是在传统与现代、自我与大众之间，作家们的价值选择并没有找到恰当的平衡点。对传统过于极端地否定，致使他们只看到自我身上蕴藏的传统因素的负面，而看不到积极的一面，从而容易在对自我的极端否定中走向自我主体建构的不足，并严重影响其对自我的信心。以鲁迅为例，他不断否定自我，体现了其对自我的不满和发展的要求，但也带来了强烈的自我怀疑和自相矛盾。"彷徨"是鲁迅重要的精神特征，"反抗绝望"的姿态虽然决绝，却也蕴含着强烈的虚无和黑暗倾向。

二、张力之一：自我批判与主体匮乏

如果说五四作家尚能依靠自身的传统积淀，基本上能够在自我批判和主体精神上勉强保持平衡的话，那么，他们的后继者们则没有了这份幸运。因为他们缺乏五四作家那样深厚的传统素养，也尚未能真正深入地接受现代文化，将西方文化作为自己坚强的精神后盾。更重要、也更艰难的是，20世纪30年代后，中国社会现实迅速变迁，现实政治的强大压力让他们没有了充分接受和融合现代文化的时间和心理余裕，反而迫使他们放弃自我。在这样的背景下，连鲁迅都对文学的意义产生了深重的怀疑："我想：文学文学，是最不中用的，没有力量的人讲的；有实力的人并不开口，就杀人，被压迫的人讲几句话，写几个字，就要被杀；即使幸而不被杀，但天天呐喊，叫苦，鸣不平，而有实力的人仍然压迫。虐待，杀戮，没有办法对付他们，这文学于人们又有什么益处呢？"① 除此之外，他们接受的是五四文化未能解决好的批判主体文化的影响，承受的是五四文化所集体造成的匮乏自信心的精神格局。

在这种情况下，作家们的主体精神自然薄弱，也很难建立起足够的自我信心。在强大的现实面前，他们更容易感受到内心的空虚和茫然，其自我批判也很自然地走向放弃自我和对外在强力因素的依附。较早的蒋光慈等"革命的罗曼蒂克"作家，就充分体现出自卑与自恋相结合的特征。他们的自卑源于比较富裕的家庭出身和所接受的传统文化教育背景，于是，仇恨过去、反叛家庭，就成了他们告别昔日自我、追求新我的重要方式——以往我们都将背叛家庭作为具有强大主体力量的表现之一，但实际上需要做更具体的分析。在某些情况下，比如说五四时期，家庭对个人的管制和压抑普遍严重，这时候对家庭的背叛既需要勇气，也往往能够体现出一定的自我主体意志。但是在20世纪30年代的政治背景下，政治的力量已经远胜过家庭，或者说，在政治面前，所谓的家庭压制已经不

---

① 鲁迅. 而已集：革命时代的文学. [M]//鲁迅. 鲁迅全集：第三卷. 北京：人民文学出版社，2005：436.

再是压迫的中心。许多人反抗家庭的行为也不是由于家庭的严厉管制，而是为了响应外在力量的号召，希望借助反抗家庭的方式来表达对革命的皈依、仰慕和追随。茅盾的"农村三部曲"、叶紫的《丰收》等都是如此。典型如蒋光慈的《咆哮了的土地》，相对于革命的强大洪流，作品中的父亲其实是弱者，主人公反叛家庭的行为更多源于主动的寻求而非被动的无奈。从深层次心理上说，这种行为的精神实质是对弱者的拒绝和对强者的追慕，是源于内心严重的自卑和依附心理。

此后的情况更朝着这方面发展。抗战时期，如此之多的青年奔赴延安，表达的首先当然是他们对国统区现实的不满和对理想的追求精神，但是，其中也不排除精神主体匮乏的因素。典型如一些人像膜拜圣地一样亲吻延安的土地，更对一些领导人表现出无条件的崇拜，在工农干部面前产生发自内心的自卑情绪。特别是在延安整风运动中，对现实政治给予的改造自我的要求，绝大多数人或违心或自觉地予以迎合，对自己的家庭出身和过往经历表达强烈的忏悔①，都是这一情况的集中反映。

中华人民共和国成立后的"反右""文化大革命"运动更是将这种情形推向极端。许多知识分子对自我的态度完全变异为自残式的忏悔。历次政治运动中那么多的反省和检讨书，部分是在强大政治压力下被迫而作，其中既难有内心的主动，更无思想的自觉，完全是丧失自我独立性的精神呻吟和无奈屈从。而且，更可怕的是那些主动和真诚的忏悔之作——这种真诚也许比虚假更可怕，因为它意味着心灵完全臣服，以及自我的彻底丧失。

"文化大革命"中和"文化大革命"之前的文学不需多论，

---

① 参见：艾克恩. 延安文艺回忆录 [M]. 北京：中国社会科学出版社，1992. 韦君宜. 思痛录 [M]. 北京：人民文学出版社，2012. 贺仲明. 喑哑的夜莺：何其芳评传 [M]. 南京：南京师范大学出版社，2004.

"文化大革命"后文学也有充分的体现。比如张贤亮、从维熙等"五七作家"的创作。这些作家在过往的政治运动中饱受磨难,他们的作品也对此进行了不同程度的倾诉和展示,但是,这些作品展示苦难的目的不是进行批判和否定,而是如王晓明等学者所分析的,他们的目的是赞美苦难,并在对苦难合理性的肯定中表达对自我的再度否定,从而借此表达与时代的和解或者说对时代的献媚①。从本质上说,这些作品折射出作家的心灵已经完全沦为时代精神的奴仆,主体性已经彻底沦陷。

许多学者对从20世纪30年代开始的漫长的知识分子作家精神蜕变和萎缩历史进行了探讨,或认为源于"救亡与启蒙的冲突"②,或认为是"启蒙与被启蒙的错位"③,但都一致将主要责任归咎于政治时代和外在环境。然而我认为,最根本的原因还是在于知识分子自身的主体性问题,以及与之相关的自我批判问题。正是因为没有形成独立的自我主体,导致精神软弱、主体自信匮乏,才会去寻找精神依靠,进而在外在现实面前丧失清醒的判断力,最终沦为现实附庸的卑微者。

三、张力之二:批判自我与批判他人

五四作家自我批判在内容选择上的片面性,也对后来的作家产生深刻而复杂的影响。如前所述,五四作家的自我批判,绝大多数集中在反思"旧我",即反思与传统的关系上,他们"自我批判"中的"自我"其实只是一个表象,并未真正切入自我实体。在精神上,他们也并没有真正放下心态,接受被批判者(尽管是自我批

---

① 王晓明. 潜流与漩涡:论二十世纪中国小说家的创作心理障碍[M]. 北京:中国社会科学出版社,1991.
② 李泽厚. 启蒙与救亡的双重变奏[M]//李泽厚. 中国现代思想史论. 北京:东方出版社,1987.
③ 许志英. 五四文学精神[M]. 南京:江苏文艺出版社,1991.

判）的角色身份。

这种批判姿态发展到部分后继者那里，就是完全忽视了自我批判的真实内涵和重要意义。他们只是一味努力地向新向前，将自己作为"新"和"前"的绝对代表和时代文化的绝对引领者，却没有考虑自己可能也存在某些缺陷。他们批判的矛头更只是习惯性地对准他人，却很少指向自己。这一点，就如张天翼所说："我们中国现在的许多作品，是在重写着《阿Q正传》。"① 作家们都习惯于批判各式各样的"未庄"和"阿Q"，审视各种各样的"国民性"，却少有深刻审视自己的作品（虽然这当中并非没有例外，如柔石的《二月》、路翎的《财主底儿女们》，都是其中具有强烈自我反思倾向之作）。

在政治运动频繁的20世纪，这样的姿态必然会遇到现实的阻力和打击。只是它所带来的最显著后果不是妥协而是对抗——这与五四强大的精神传统有关，也与政治的粗暴简单有直接联系。

这一点，在胡风等人的例子中可以清晰找到线索。正如有研究者早就指出的，虽然胡风在中华人民共和国成立后遭到了周扬等人的严厉打击，但在精神实质上，胡风与周扬等人并没有不同，如果把他们的位置换过来，很可能只是受害者不一样，发生的事情会基本相同。但是，在政治运动过去之后，胡风等人欣慰和骄傲于自己的坚持，却很少反思自己思想深处可能存在的缺失。当年钱锺书先生在评阅杨绛《干校六记》时，指出其中最需要的应该是"记愧"，也正体现他对这一点的深刻认识②。

从精神层面说，启蒙者的坚持确实值得钦佩，特别是对权力的

---

① 张天翼. 论《阿Q正传》[M]//陈漱渝. 说不尽的阿Q：无处不在的魂灵. 北京：中国文联出版公司，1997：326.
② 钱锺书.《干校六记》小引[M]//杨绛. 干校六记. 北京：生活·读书·新知三联书店，1981.

不妥协精神尤为难得。因为长期以来，知识分子一直作为被改造和被批判的对象，其中许多人的"自我批判"被利用为打击他们的武器。在这种情况下，许多人在恐惧之中逐渐彻底地失去自我，无所坚持，无所独立，甚至沦为权力投靠者。相比之下，这种独立性的坚持自然有其勇毅和韧性的价值。不过，当坚持中缺乏对自我的深入反思，也会对坚持的价值产生负面影响。因为只有对自己有清醒的认识，不断坚持发展和超越，才能真正具有批判和反抗的力量，也才能更赢得大众的尊重和认同。无论对他们自己，还是对启蒙本身，对自我缺乏深入反思都是一种遗憾。

在政治历史中，有信仰的坚持者极为罕见，更多的是庸常者、趋附者甚至共谋者。如果说不管怎样，坚持者始终可以拥有其光荣和意义，那么，庸常者拒绝自省的姿态则未免可笑，而趋附者与共谋者则尽显卑微和丑陋了。"文化大革命"后文学创作的折射非常清晰。此时期一度非常盛行所谓"伤痕""反思"文学，除了极少数作品外，很少有人反思和剖析自己，所有的责任和罪恶被一股脑地推给了历史和他人，他们则成了完全的无辜受害者。对此，已经有许多学者论述过，这里不再赘述。从文学史看，这就是充满自我批判和反思精神的巴金的《随想录》在时代中会成为难得的卓越之声的重要原因，但其问世之后虽然反响很大，追随者却始终寥寥。事实上，从 20 世纪 80 年代到现在，文学创作中的自我批判意识越来越弱，已经很难形成一个基本的创作轨迹和特征。

等而下之，回避自我批判就成了某些人遮蔽历史和维护自我利益的遮羞布。如在"文化大革命"历史中曾经有过某些缺陷的"石一歌"等人，包括一些曾经有过不光彩历史的"红卫兵"，在时过境迁之后，想方设法试图遮蔽真相，拒绝揭示和反思自己，一个重要原因就是他们担心真相的揭示会影响到自己在大众中的形象。这种对自我批判的拒绝，是对自我的掩饰和虚构，更是对虚假知识分子精英形象怯弱的维持。

四、自我批判：远未完成的重任

从根本上说，无论是对于新文学，还是对于新文化运动的思想发展，自我批判都有非常重要的意义。因为任何思想，如果停滞封闭，就绝对不可能成熟、完善，只有在不断的自我否定和变革中，思想才能真正到达高峰。五四之所以伟大，不是其思想本身，而正是其自我否定、自我批判的精神，它是现代思想和文学最宝贵的资源——尽管五四的自我批判传统存在缺陷，但是意义却不可忽略。

只是遗憾的是，20世纪以来的新文学历史没有取得让人骄傲的自我批判成果。其中的原因和值得总结之处甚多，但更值得我们关注的则是对新文学发展和现代思想文化演进所产生的不利影响。

最根本的影响是在作家和知识分子群体的精神层面。缺乏深入而独立的自我批判，现代作家和知识分子文化精神出现严重的缺憾。其一是精神"缺钙"。可以说，一百年来中国作家和知识分子群体的精神倾向越来越软弱，越来越缺乏独立性和坚韧性。在一定程度上，近年来的知识分子精神气节已经不再高于普通大众——而无论是从中国传统，还是从现代西方文化来说，知识分子绝对应该比一般大众有更高的精神自律，有更强大的自我和更坚定的独立性。在今天审视五四后的一百年，可以说知识分子的精神格局和气象是日益衰落的，五四新文化运动所带来的新的质素正逐渐消磨殆尽。其二是思想停滞。自我反省的匮乏，导致思想失去了向前发展的动力和自我更新的可能性，致使现代思想文化呈现日渐下滑而不是上升的趋势。近一百年中国没有给世界提供创造性的哲学思想，悠久而深邃的中国传统哲学完全没有焕发出现代的光华，这已是普遍性定论。而事实上，即使在具体的伦理精神和思想问题层面，中国现代思想文化也都缺少足够的创新性发展。

新文学的成就也同样受到严重影响。精神高度是文学价值的重要体现，也是文学承担社会文化功能的重要基础。但是，近一百年新文学极少表现出独立的精神价值和超越现实的深邃思考,它们更多是在做时代的传声筒和简单的表现者,而没有成为时代冷静的观察者和思考者。在整个20世纪中国文化思想史上,除了极个别作家之外(他们也往往多出现在20和30年代),很少有作家提供真正有深度和高度的创造性思想,大部分作家的思想基本上等同于芸芸众生,人云亦云。新文学正在严重丧失审视和批判现实的勇气和能力。① 其典型表现是近30年间,面对汹涌而至的物质文化潮流,中国文学表现出集体性的精神萎缩和思想失语,基本上没有表现出独立和有力量的批判声音,投靠和屈服却成为时代最醒目的群像姿态。

自我批判的缺失,还严重制约了对新文学发展中一些关键问题的认识深度。五四新文学在西方和传统的复杂融合中诞生,其发展和成熟不可能一蹴而就,许多问题都需要在不断的反思和否定中调整。但是,在新文学发展过程中,只有后来者对五四传统的简单膜拜,或者是粗暴简单的打击,却缺乏深入严肃的反思,致使许多问题悬而未决,甚至步入歧途。

比如新文学与大众的关系问题。两者关系会严重影响新文学发展,因为文学要有生命力,被大众接受是不可或缺的。但是,它又绝对不应该是对大众的臣服和对自我的放弃。自新文学诞生之日起,这个问题就引起了广泛的争议和讨论。特别是20世纪30年代,瞿秋白、茅盾等开展"大众化"问题讨论,并对五四文学有所针砭,抗战时期的"民族形式问题"讨论也与之密切相关。此后,新文学经历了简单化、朴素化的发展道路,一直到80年代后的重新回归。应该说,其中的是非得失,非常需要做深入的讨论。但是事实上,无论是在历史中,还是在今天现实中,简单武断代替了客观论证和冷静思索,对很多问题的讨论都停留在"翻烙饼"的层面

---

① 孙郁. 文学批评中的鲁迅遗产[J]. 文学评论,2016(2).

上。我们检视人们的思想观念,基本上还是停留在 20 世纪三四十年代中,没有发生实质性的进展和改变。而这样的后果则是文学长期疏离于大众,未能在时代文化形成和演变中产生重要的影响,在商业文化冲击下更是日渐被大众抛弃。最突出的例子是诗歌——这一在中国传统文学中最辉煌的文体,今天已经完全沦为圈子化的产物,在诗歌圈外几乎产生不了任何影响。

再如新文学与传统文化、传统文学的关系。这同样是影响新文学发展方向和成就的关键问题。五四新文学以批判传统而促使其进行转型,其中许多极端和片面的言论有其时代合理性,但后来者应该做的不是简单的跟随,而是有所修正。当然,这绝非说新文学要简单回归传统,其现代化道路不但非常必要,而且是不可逆转的潮流。但是,如何创造性地择取传统中的某些因素,以及将传统中的独特因素融入今天的文学当中,是新文学形成独立文学个性的重要前提,也是文学不可缺少的文化命脉之所在。对于这些问题,认真的探讨远比简单的否定重要,但遗憾的是,在历史和现实中,同样多的只是简单的声音。①

在今天,文学的自我批判已经成为一个略显遥远和沉重的话题。因为在长期的政治运动中,知识分子及其文化成为受迫害者,特别是在近年来的商业文化压力下,文学被严重边缘化,知识分子文化也沦为弱势者,遭受多方面的压制和打击。无论是在社会大众角度还是知识分子自身角度,文学和知识分子原有的启蒙身份正被严重消解。在许多人看来,文学已经失去现代思想性意义,知识分子也不再是启蒙者。在此背景下,不少作家和知识分子也丧失了对自我身份的认同感,视自己为普通大众,因此,他们更多的是努力获取个人利益,而不是承担责任。即使仍然有一些立场坚定者还在

---

① 贺仲明. 五四作家对中国传统文学经典的重构[J]. 中国社会科学, 2016(9).

顽强维持其启蒙身份，意图继续启蒙，但带来的现实效果只能是无奈和尴尬。这样，对于现实中的文学和知识分子文化来说，似乎首要问题是生存问题，以及如何维持其生存价值和意义问题。讨论新文学的自我批判话题，似乎与时代潮流相背离。

但我以为，这也许正体现了新文学自我批判的迫切和严峻。新文学的现实困境多少关联于它曾经的失误。也就是说，越是在艰难局势下的反省，越能认识到历史的局限和症结之所在，也才能真正经受时代的淘洗和考验，在逆境中提升自己。从长远来说，思想永远是指引人类前行的重要明灯，它可能暂时暗淡，但却总会光明。只是它所需要的是不断创新和发展，是真正的启迪和创造。所以，无论是从历史还是从现实来说，自我批判都是新文学发展和成长的必由之路，无可选择也无从回避。历史已经充分展示了这一批判的难度和困境，在今天，阻力、陷阱、疑难以及压制都不言自明。如何汲取历史教训，面对现实，新文学以及整个现代文化都任重道远。

第三节　新时期小说对古典文学传统的探寻

一、现代性的思想背景

新时期小说与古典文学的关系受到现代性思想特征的重要影响。无论是新文学的历史传统还是新时期的现实情境，都是以现代性为基本方向和文化表征。现代性与古典文学之间的巨大张力，构成了新时期小说与古典文学关系的决定性前提。

新文学是在20世纪初国家危难之际诞生的，在迫切地求新求变的思想背景下，新文学先驱者们对整个中国文化、文学的审视目光都染上了浓烈的"物竞天择，适者生存"的进化论色彩，西方

（主要是欧洲）文学被当作几乎是唯一的精神圭臬和学习蓝本，中国古典文学则被作为有碍于进化的落伍者代表，受到根本性的否定和批判。新文学最有影响力的檄文——胡适的《文学改良刍议》和陈独秀的《文学革命论》都明确表示了自己的"进化"立场，并寓含着将中国文学脱胎换骨、全盘更新的急切期待。受这一思想的影响，五四新文学尽管如鲁迅所说"新文化仍然有所承传，于旧文化也仍然有所择取"①，在内在精神层面依然保留着许多与古典文学的深层联系，但在外在表现和指导方向上，它与古典文学之间呈现的远不是一般的继承关系，而主要是"别求新声，另寻异路"的状态，甚至可以说，新文学是在对古典文学传统的批判和否定中诞生、发展和成长起来的。五四文学的观念严重影响到新文学此后的发展，在从五四至新时期的数十年历程中，虽然也偶尔可见对古典文学形式某种程度的回归，但从基本上说，新文学都是以五四的现代性为基本方向，于古典文学是批判和疏离的。

新时期初（20世纪80年代）的文化主流明确以"回归五四"为基本方向，也自然承继了五四文学的现代性思想主题。当然，比较五四时代，新时期的现实环境有新的特点，它与古典文学关系的基础也有所变异。首先，从现实文化方面来说，新时期的求新求变思想与五四时期颇为相似，却又更为急迫。经历了50到70年代漫长的封闭，新时期初的国门一旦打开，西方的物质文明固然是密切牵扯着人们的神经，西方的文化观念更直接触动中国社会的每一步改革和发展。人们急切而焦虑地迎接着各种西方文化观念，传统文化则被远远地抛到了边缘。90年代后，随着商业文化的泛滥和全球化信息时代的来临，西方后现代文化更深刻地影响着整个中国社会，促动中国文化潮流的每一次律动。在这当中，文学是主要的推

---

① 鲁迅. 集外集拾遗·《浮士德与城》后记［M］//鲁迅. 鲁迅全集：第七卷. 北京：人民文学出版社，1981：355.

波助澜者。从新时期初的萨特、卡夫卡、博尔赫斯,到90年代的村上春树以及各类影视文化,20世纪以来的西方现代文学流派完全主导着中国文学创作的方向和潮流,对西方作家的模仿和借鉴(其中存在不同程度的差异),是整个新时期文学难以摆脱的巨大精神阴影。其次,从创作主体精神方面说,新时期作家比五四作家更为"现代",离传统也更远。五四作家尽管思想上主张反传统,但实际上他们大都有很深的古典文学根底,其新文学创作也很大程度上得惠于此。新时期作家则不一样。由于新文学在发展过程中与古典文学长期的疏离,更因为中华人民共和国成立后文化政策上对传统文化的批判立场,新时期作家的传统文化和古典文学素养已远不能与五四作家相比,"厚今薄古"的思想更深层次地影响着他们的精神世界。这样,在新时期的现代化文化环境中,作家们很难有能力和勇气逆时代潮流而行,表现独立的创作方向。举一个简单的例子,新时期的许多作家都谈过自己创作时所受到的外在影响,其中几乎无一例外都要谈到西方文学,却很少有人谈到古典文学传统。

如此背景之下,虽然不能说现代性思想完全彻底地割断新时期小说与古典文学的关系,但是,从整体上说,现代性思想确实深刻地影响到新时期小说的发展,并渗透进它与古典文学关系的每一枝节当中。具体而言,新时期小说与古典文学传统主要呈现出以下特点:

第一,艰难性。从总体上说,新时期小说与古典文学关系是艰难的。简单而论,新时期小说没有形成对古典文学的深层自觉和大的创作潮流,排斥和冷漠始终是主流倾向。即使较之五四文学时期,它们也丝毫不显亲密,而是更为疏离。因为正如前所述,五四作家们尽管在口号和旗帜上标榜对古典文学的否定,但实质上他们的创作与古典文学有很深的渊源。鲁迅、叶圣陶、朱自清等人典雅优美的文学语言,废名、周作人的澹远文学意境,都可清晰地看到古典文学传统的深刻印记。但是,新时期小说中基本上没有这样成功地融会了古典文学传统的创作。甚至,在新时期小说走过了近30年之际,作家们的小说艺术呈现出明显的下滑趋势,简洁含蓄而意味悠长的文学语言很少能在作品中见到,深远的艺术韵味、优美的文学意境也离小说越来越远。虽然这其中的原因不止一点,但与古典文学影响的淡薄是有深刻关系的。

艰难性还体现在作家精神世界的两难上。对新时期小说乃至整个新文学的现代性方向,并非没有作家进行过反思和质疑,但受强烈的现代性思想影响,他们往往最终陷入选择的两难中,缺乏批判的坚定性和创作的独立性。这最突出地表现在20世纪80年代中期出现的"寻根文学"潮流上。以韩少功、阿城为代表的作家以强烈的文化敏感,对时代主流的现代性方向表示了深切的怀疑和批判,并声称要以回归传统的方式去寻找新的精神资源。但令人深思的是,这些批判者对"传统"的阐释始终都很模糊和犹疑,对古典文学传统保持回避的态度。他们含混地表示"更为重要的是,乡土中所凝结的传统文化,又更多地属于不规范之列"①,并认为"我们的民族文化之精华,更多的保留在中原规范之外,规矩的、传统的'根',大都枯死了"②。显然,他们的"传统"是将古典文学排除在外的,也就是说,他们虽然在口头上批判五四的现代性传统,但实质上并没有走出其思想的影响。其结果是,"寻根"者的文学实践,既很少与古典文学相联系(除了阿城的《棋王》等极个别作品外),也难以与其他文化有深层次的交融,最后只能在虚幻的"道"或"佛"文化中打圈子,失败也就是必然的了。

第二,潜在性。潜在性指的是古典文学对新时期小说的影响主要是体现在内在的文学精神或深层结构方面,在外在的特征方面则比较匮乏。最典型的是新时期许多小说作品在深层叙述模式上带有

---

① 韩少功. 文学的根 [J]. 作家, 1985 (4).
② 李杭育. 理一理我们的根 [J]. 作家, 1985 (9).

很强的传统小说色彩,如从维熙、张炜等许多作家采用的忠奸对比模式,张贤亮、刘绍棠等人的"英雄落难,美人相救"故事类型,以及许多"伤痕小说"中的"贵人相助,遇难呈祥"模式,但在更表层的艺术形式上,这些作品还是有明显的现代色彩。同样,从作家精神层面说,新时期作家都以现代特征为主,传统文人的气息和特征相当微弱,他们在一些创作中蕴涵一定的古典文学色彩,但这也许是他们自己都没有意识到的,更少有作家自己明确将之归结为古典文学的影响。

这种潜在性既说明古典文学影响力的深远,也说明新时期小说缺乏更深层次的古典文学自觉,许多小说的古典文学特征只能看作是一种传统惯性的延续。此外,潜在性的特点还折射着作家们对古典文学接受的难度。比如,早在 20 世纪 80 年代初,王蒙就敏锐地意识到新时期作家与古典文学传统的疏离以及由此造成的缺陷,提出了"作家学者化"①的口号。但是,真正将这种觉醒化为现实创作,并不是那么容易的事情。王蒙曾声称他 80 年代的"东方意识流"小说吸取了某些传统的素质,但这主要只是体现在潜在层面,掩不住这些作品显在层面的浓烈西方文学色彩。近年王蒙通过对《红楼梦》、李商隐的细致研读,应该说已具备了学者的素质,但遗憾的是,由于多种原因,除了《春堤六桥》等个别作品,他在创作上吸纳的古典文学因素也不是很突出(同样的情况还有刘心武、李国文等作家)。显然,从潜在到显在之间存在很长的距离。

第三,阶段性。新时期小说有两个阶段与古典文学关系比较密切。第一阶段是在新时期初期,在汪曾祺、林斤澜等作家的倡导下,带有浓厚古典文学色彩的"新笔记小说"一时兴盛,吸引了众多青年作家来参与,并产生了一定影响。第二阶段是 20 世纪 90 年

---

① 王蒙. 一个值得探讨的问题:谈我国作家的非学者化 [J]. 读书,1982 (11).

代后，一些作家在经历一段时间对古典文学的拒绝和否定后，有重新认识古典文学的愿望，并在创作中有所体现。这两个阶段有内在联系，也有差异和不同特点。"新笔记小说"的兴起，更主要是一些老作家的发动，或者可以看作是古典文学传统在长期封闭和限制之后的"回光返照"，但并没有在作家中引起深层的自觉追求意识。因此，随着几个老作家创作力的萎缩，这一创作也很快偃旗息鼓。90年代后则有所不同，许多作家经历了对古典文学由排斥到回归的过程，其中包含着许多大胆而自觉的思考，创作也更为全面。最典型的如格非和莫言，在80年代都曾经是受西方文学影响较大的"先锋"小说家，与古典文学相当隔膜。但是，在进入90年代后，他们都表示要重新认识古典文学传统，创作也明显呈现出一些古典文学色彩。如格非认为"当代写作迫切需要走出西方文化的视野，进入真正'中国化'的写作"，指出"中国古典小说的高明与伟大之处是值得我们终生体味的，这些传统才应该成为我们当代小说创作的真正出发点"①。格非创作的《人面桃花》《山河入梦》《望春风》等作品，无论是基本构思还是创作精神，都与古典文学有直接联系。莫言的《檀香刑》《生死疲劳》，也都借用了大量的古典小说技巧，这些技巧中融合着作者对传统的自觉："我们这代作家在写作上曾大量向西方小说学习，反而对我们本国小说的资源学习、借鉴不够。所以，我想用章回体小说不仅仅是一种形式，而是表现了向中国传统的小说，或者是伟大的小说传统致敬的一种表现。"②

---

① 格非. 当代小说面面观[EB/OL]. (2007-07-26). http://www.xici.net/b167447/d55718341.htm.
② 莫言. 向中国古典文学致敬：与《南方周末》记者张英谈话[M]//莫言. 说吧莫言：作为老百姓写作访谈对话集. 深圳：海天出版社，2007：174.

二、入世精神与颓废情怀

中国古典文学的思想内涵很丰富,新时期小说中表现出的古典文学思想影响主要体现在两个方面:一是儒家传统的入世精神,二是士大夫的颓废情怀。

中国古典文学受儒家思想影响严重,带有很强的入世精神和社会参与色彩,"文以载道"的思想贯穿于整个文学史中,文学也因此被人当作"经国之大业,不朽之盛事"。这种入世精神的极端表现是直接为政治服务,其边缘则是"达则兼济天下,穷则独善其身"的人生哲学体现。遍观中国古典文学史,很少有纯粹个人性的创作,作品中无不寄寓着作家的社会化关怀,表达着各种各样的政治或文化理想。从《诗经》、屈原开始,经过杜甫、范仲淹、魏源等的衍变,更形成一股忧国忧民、担当道义的优秀传统,也传达着重教化、重社会功用效果的文学精神命脉。古典文学的入世精神在五四新文学中被以"文以载道"的面目挞伐,但实际上,五四文学并没有真正将它丢掉,而是换了一种方式存在。五四作家们所真正批判的其实只是古典文学所载之"道"的内涵,文学为现实服务的基本精神依然是保持着的——文学不应该维护传统的封建文化和封建制度,而应该为现实中国的变革和强大服务。就小说而言,梁启超的小说革命观依然深刻地影响着五四作家们:"欲新一国之民,不可不先新兴一国之小说。故欲新道德,必新小说;欲新宗教,必新小说;欲新政治,必新小说……"[1] 五四文学的主导倾向依然是面向社会和大众的"为人生",人道主义、爱国主义和现实批判则始终是五四文学最显著的思想特色。这当中尽管灌注了许多新的现代思想内涵,但底子上依然蕴涵着古典文学的某些精神印记。

新时期小说,尤其是新时期初的小说,同样表现出很强的入世

---

[1] 梁启超. 论小说与群治之关系 [J]. 新小说:创刊号,1902.

精神。这一点在作家们的创作思想方面表现得很明确。尽管作家们一般都不直接提古典文学传统，但在谈论自己的文学志向和对文学的认知时，几乎无一例外要谈到文学与现实的关系，将文学与政治和责任感密切联系起来，也就是说，实际上，作家们的思想内核已经内在地体现着古典文学的入世思想。如周克芹所理解的文学是"时代风云、群众生活所给予作者感情影响的形象见证，个人与时代的结合的一个最真实的证物"①；高晓声谈到自己中断创作 20 多年后返回文坛的第一篇作品《"漏斗户"主》时，明确表示为农民呼吁的创作责任感："我写他们，是写我心"②；蒋子龙同样将自己的创作与现实需要密切联系起来："《乔厂长上任记》是'逼'出来的。是被生活'逼'出来的，是被一个普通的中国人对四化的责任感'逼'出来的……"③

入世精神同样体现在创作当中。从小说主题而论，新时期小说最典型的体现是浓郁的教化意识。新时期许多小说蕴涵着明确的教化观念，小说被当作思想教育的工具，被用来传播各种社会文化意识。刘心武的《班主任》、《醒来吧，弟弟》等作品典型地体现了这种思想。也正因为如此，充满说教色彩的《班主任》被作为新时期文学的开端之作，成为一个时期文学的典型。除刘心武外，其他作家的创作也基本相似，像名噪一时的张贤亮、从维熙，就是以苦难作为道德说教的方式，引起了人们的关注。再如历史类小说《李自成》《星星草》等作品，也都是遵循中国传统历史著述的"资治通鉴"思想传统，总结历史教训，以历史来引导、服务现实是这些作品一致的主题。而且，历史小说的这一特点一直延续到 20 世纪

---

① 周克芹.《许茂和他的女儿们》创作之初 [M] //彭华生，钱光培. 新时期作家谈创作. 北京：人民文学出版社，1983：168.
② 高晓声. 也算"经验" [J]. 青春，1979：2.
③ 蒋子龙.《乔厂长上任记》的生活账 [M] //彭华生，钱光培. 新时期作家谈创作. 北京：人民文学出版社，1983：24.

90年代，如陈忠实的《白鹿原》，唐浩明的《曾国藩》，熊召政的《张之洞》《张居正》等作品，也遵循类似的历史观，是传统历史著作（小说）思想的现代体现。

从小说内容而论，则表现在小说与现实政治的密切关联上。新时期的小说创作潮流与现实的政治变革有着密切关系，或者说小说的内容变迁紧密地跟随在时代社会的解放和发展后面。从最初的"伤痕"到"反思"，再从"知青小说"到"改革文学"，新时期小说的每一律动，都与社会现实、政治文化的变化有直接的对应，参与着社会政治的变革和文化观念的解放。而像"人道主义"等具有批判性的文学潮流，实质上也在传达着另一种政治观念，体现着作家们更具独立性的社会关怀。此后，20世纪90年代后的"现实主义冲击波""官场小说"以及新世纪的"底层写作"等小说创作潮流，也都与现实政治形势密切相关，密切联系着作家们的现实参与行动和社会责任意识。

进入20世纪80年代后期，尤其是90年代后，新时期小说的文学精神有一定的变化，传统的入世精神受到一些作家的批判和嘲讽（最典型的是"新历史主义"小说以新的历史观解构和嘲讽传统的历史小说），其表现也有明显的衰退。与此同时，另一种与古典文学有着密切渊源的精神悄然兴起，成为时代性的文学潮流，这就是传统文人的颓废意识。

"颓废"不是完全的中国文学特征，甚至可以说，这一概念本身就来自于西方，但是，这并不意味着中国传统文化和文学中没有这一思想的存在。相反，受道家思想影响的传统文化中包含有很强的颓废内涵，并在此后的发展中与儒家、佛教思想结合起来，形成了具有浓郁士大夫气息的悠久传统，也构成了自己的独特特征。大体而言，中国文学中的颓废更多地与旁观冷嘲的姿态和隐逸享乐的心态联系得紧密。这与西方往往带有厌世色彩，并与唯美思想结合在一起的颓废思潮，形成一定的区别。因为中国文学的颓废往往是传统儒家思想失败后的产物。受主流儒家思想影响，中国知识分子普遍将实现社会抱负和承担社会责任作为自己的基本追求。但是，在现实中，并不是所有的知识分子都有机会实现自己的理想和抱负，要顺利达到"达则兼济天下，穷则独善其身"的精神境界转换也有相当的难度。于是，许多人在失意的情况下，会放弃儒家思想，陷入虚无和怀疑的人生观中，沉溺和满足于个人世界的小情趣中，其生活带着虚幻而放诞的色彩，其文学也就典型地表现出中国文化的颓废思想。另外，中国文学的颓废还有一个突出的特点，就是矛盾和困惑。因为在长期的文化积累中，中国知识分子的社会意识强大而持久，一般人很难遽然摆脱这种思想的影响，也就导致中国文人的颓废往往是不彻底的——就像中国历史上的许多隐士一样。颓废文学精神在魏晋士大夫阶层中有集中的反映，鲁迅的《魏晋文学及风度与药及酒之关系》做了非常透彻的论述。当然，不只是魏晋之际，庄子的文学作品中就包含着颓废思想的内核，明末文学是其更极端的泛滥。

新时期小说颓废思潮的兴起与时代文化的嬗变有密切关联。20世纪80年代末以来，随着改革的深入，政治思想得到进一步解放，与此同时，商业文化进入中国并迅速成为社会的主流文化，社会文化格局发生了巨大改变。在这当中，文学一方面被推下了原有的政治依附者位置，并被暴露出依附时的虚伪和造作之态，使传统的"文以载道"思想受到了根本性的冲击；另一方面，伴随着精神文化的失落大潮，文学逐渐失去了其精神信仰的生存基础。在这种情况下，新时期作家的人生道路选择固然是五花八门，他们的精神世界也是四散逃离，传统文人的颓废思想自然会在一些作家身上暴露出来。这一点，正如有学者对晚明文学的分析："古代儒家传统的理想人格是以修身为本，通过格物、致知、诚意、正心的修养，使人成为能够安贫乐道、道德完善的正人君子。……到了晚明因为程朱理学逐渐失去了崇高的地位，个性之风崛起，晚明文人追求个性的兴趣远远大于对于有规范性的完美人格的兴趣，他们更为欣赏的恰是有特点的狂狷癖病的文人才子性格而不是完美的圣人人格。"①

宽泛一点说，20 世纪 80 年代的"先锋小说"精神就具有一定的颓废色彩。作家们意识到文学在现实中的无力局面，转而以对形式的追求来抗击现实，其中包含着某些传统文学的颓废色彩。有学者的论述是准确的："正是出于同样的对沉郁、颓废的审美偏爱和内心渴求，叶兆言和苏童才一起踏上'怀旧'的艺术之舟，驶向过去的'死亡'的时间河流。"② 然而，真正具有典型意义，或者说开启了新时期小说颓废潮流的是 90 年代初期的贾平凹。他在 80 年代曾经涉猎过改革、"寻根"等题材，其创作中不无"载道"的痕迹。但在 1992 年问世的《废都》中，他敏锐地表达了文学边缘化后知识分子的颓废和无奈主题。作品中庄之蝶的颓废和死亡，以及整个西京文化界的衰败，传达出作者强烈的文化失败感和虚无主义精神。就像小说在表达方式上借鉴了晚明的著名小说《金瓶梅》，其精神也直接承接着晚明的颓废传统。

贾平凹的这一创作精神在 20 世纪 90 年代后有非常广泛的继承者，从个人来说，其代表是比他更年轻的"晚生代"作家，主要有韩东、朱文、张旻等。与贾平凹一样，这些作家也感受到传统文学体制崩溃后的虚无，但相比之下，他们对传统体制的依赖少了许多，并且，他们对残存的文学体制表现了一定的独立精神，也有更高的文学抱负，然而，他们在内心深处还没有真正摆脱现实体制的限制和压力，于是就往往借助于性、虚无、唯美等颓废的方式来表达他们对现实的反抗。具体而言，他们的创作有三个显著的特点：一是生活观念上的虚无态度。他们的主人公往往对现实不满，却无力改变，于是选择性和虚幻等作为反抗社会的方式。二是强烈的个

---

① 吴承学，李光摩. 晚明心态与晚明习气 [J]. 文学遗产，1997（6）.
② 费振钟. 江南士风与江苏文学 [M]. 长沙：湖南教育出版社，1995：81.

人主义。他们所关注的基本局限于个人命运和生存价值,很少思考与社会有关的事物,也很少直接写到个人以外的现实生活。三是艺术上的文人情调。虽然作家们的创作存在较大的个人差异,但总体而言,他们对个人生活的沉湎往往透露出一定程度上的传统文人情调,或者说是自我欣赏、自我陶醉。

需要指出的是,新时期小说家所表现的古典文学精神并不是单一和纯粹的,他们的创作精神与现实主流政治思想,与现代西方文化和文学观念都有密切的联系,或者说这多种因素已经融合成一个整体,很难进行简单的分离。比如新时期小说的入世思想中就包含有现代启蒙精神,也与现实政治观念和现实主义文学思想有直接关联。同样,颓废思潮也受到现代消费文化的影响,带有后现代文化的浓郁印记。甚至可以说,颓废文学思潮在新时期小说中的泛滥,其精神兄弟就是消费文化在中国的方兴未艾。

三、形式美与意境美

新时期小说借鉴古典文学的艺术,最难解决的是技术问题,因为中国古典文学尽管成就辉煌,但它与新文学之间存在着一个巨大的障碍,那就是基本表达方式的转换。古典文学的主体都用文言文写成,其中的许多技巧与文言文表达纠结在一起,难以为新文学所采用。而且,在古典文学中,小说的发展一直比较缓慢,虽然其中有像《红楼梦》《聊斋志异》这样的高峰杰作,但因为小说体裁一直不太受重视,其技巧艺术没有得到很好的总结和整理。就总的表现方式和所达到的艺术高度来说,中国古典小说显然不能与西方小说相比。在这种情况下,五四新文学小说家自然主要地选择学习西方小说艺术,放弃传统小说的特点。经过几十年的发展,古典小说的基本形式已经基本上被新文学所淘汰,传统小说的故事、传奇特色也大体上为现代的抒情、写实风格所替代。

当然,这并不意味着新文学小说完全疏离了古典文学,事实上，新文学的不同时期都有作家在努力将古典文学艺术运用于小说创作中，并且取得了不小的成就。新文学最早和最优秀的小说家鲁迅，就充分受益于古典文学，这一点为时人和后来者所清晰地指出："鲁迅好用中国旧小说笔法……他不唯在事项进行紧张时，完全利用旧小说笔法，寻常叙事时，旧小说笔法也占十分之七八，但他在安排组织方面，运用一点神通，便能给读者以'新'的感觉了。"[1] 此外，郁达夫的《迟桂花》、吴组缃的《箓竹山房》，以及废名的《竹林的故事》、沈从文的《边城》、萧红的《呼兰河传》等优秀作品，都在不同程度上借鉴了中国古典小说的方法[2]。到20世纪40年代解放区文学和"十七年文学"中，传统小说形式更有过短暂的复兴，只是由于种种原因的限制，这一复兴并不太成功而已。

新时期小说同样对古典文学艺术进行了借鉴和学习。与现代作家们有些类似，新时期作家们主要采用两种方式。

第一种方式是对古典小说形式技巧的直接借用。其典型者是对古典小说文体形式的现代化还原，代表是20世纪80年代初期兴起的"新笔记小说"。这一体裁的源头可以追溯到清代《阅微草堂笔记》《聊斋志异》等笔记小说，甚至与更远的魏晋时期的《世说新语》有内在的关联。新时期的"新笔记小说"作家采用传统笔记体小说的基本形式，不讲究完整曲折的故事，而是试图通过富于生活气息的日常人物和事迹，传达出中国古典小说含蓄深沉的韵味特征，追求质朴简洁却又意味深长的艺术效果。其中虽然融入了现代小说的元素，但可以清晰地看出古典小说形式的影子，可以看作是古典小说形式的现代复兴。此外，莫言的《生死疲劳》也直接借用

---

[1] 苏雪林.《阿Q正传》及鲁迅创作的艺术［M］//陈漱渝.说不尽的阿Q. 北京：中国文联出版公司，1997：567.

[2] 许怀中. 鲁迅与中国古典小说［M］. 西安：陕西人民出版社，1982.

了古典小说的章回体形式，在对传统章回目录形式的借用中传达出广泛的古典小说技巧尝试："中国古典小说的章回体绝对不仅仅是一种形式，更重要的是内在的小说节奏，读的时候感到章回体小说明快的节奏感。中国传统小说里说书人的传统，通过章回的顿挫表现出来……"①

在直接借用文体形式之外，古典小说的语言技巧和叙述方式也被一些作家所借鉴。在语言方面最早引起关注的是20世纪80年代中期问世的阿城的《棋王》和《遍地风流》，它们在句式和用语上都借鉴了传统白话小说的特点，并巧妙地融合在现实生活语言中，较之新文学语言显得简洁、含蓄而隽永。阿城的创作，直接引发了80年代后期小说语言的古典文学色彩潮流。90年代初，贾平凹更广泛地从明代话本小说中取材，从《废都》《白夜》，一直到近年的《秦腔》《高兴》，其叙述语言都带有传统白话小说色彩。而且，贾平凹还有意识地借鉴古代话本小说的说书体风格，其叙述特征与传统白话小说颇为类似。此外，苏童、叶兆言的小说也有意识地运用一些古典小说技巧，其小说体现出对某些古典小说艺术的追求："尤其是从《妻妾成群》开始，我开始使用传统白描手法……以前的小说看不出是什么画，现在的小说看得出是国画，而且是白描的、勾线的，不是水墨的。"② 莫言的《檀香刑》、李锐的《银城故事》、格非的《人面桃花》等作品，也在不同程度上吸收了传统白话小说或文言小说的特点，叙述方式和叙述技巧也有明显的借鉴痕迹。

第二种方式是不直接从古典小说中寻找方法或资源，而是更广

---

① 莫言. 向中国古典文学致敬：与《南方周末》记者张英谈话 [M] // 莫言. 说吧莫言：作为老百姓写作访谈对话集. 深圳：海天出版社，2007：174-175.
② 林舟，苏童. 永远的寻找 [J]. 花城，1996（1）.

泛地从整个古典文学艺术中吸取营养。具体说，就是借鉴中国古典文学艺术的意境美特点，将它们与现代小说技巧相结合，融合成既具传统文学艺术美，又有现代叙述技巧的风格特点。在这些作品中，也许没有直接的古典小说形式技巧，但可以看到更深层次的传统审美特点，与古典文学保持着更抽象也更深层的联系。现代文学时期，这种方式曾经被较广泛地采用，最典型的如废名、沈从文等作家的作品。废名曾明确表示自己的小说"分明地接受了中国诗词的影响，我写小说同唐人写绝句一样"。① 沈从文也认为："短篇小说的写作，从过去传统有所学习，……应当把诗放在第一位。"② 他们的创作吸收了中国古典文学尤其是诗歌艺术的特点，形成了其小说的独特艺术魅力。其中最为成功的是沈从文的小说，他的《边城》等作品"在我国古典艺术中广采博取，他把古典诗歌的叙述故事，同湘西秀丽多姿的自然山水、古朴传奇的民情风俗熔于一炉，创造了令人神往的艺术境界"。③

　　新时期小说家在创造古典意境方面有集中追求，并有较大收获的是江苏作家苏童、叶兆言和东北作家迟子建。苏童的《妻妾成群》《一九三四年的逃亡》，以及叶兆言的《夜泊秦淮》等作品，运用古典文学的意象，巧妙地将之与江南的地域文化结合起来，创造了神秘瑰丽的意象群落，体现了浓郁传统意味的审美；迟子建的《雾月牛栏》《亲亲土豆》等作品，将自然地理的神秘优美与人的美好情感融合为一体，传达出人类与自然之间的内在亲和关系，其在对自然美的渲染和人类情感的细腻描摹中，不自觉地连通了中国古典诗歌的抒情意境，是对古典诗歌艺术的再创造和自然借用。此

---

① 冯文炳. 冯文炳选集［M］. 北京：人民文学出版社，1985：394.
② 沈从文. 沈从文文集：第12卷［M］. 广州：花城出版社，1984：126.
③ 方锡德. 中国现代小说与文学传统［M］. 北京：北京大学出版社，1992：276.

外，还有一些作家也有类似的追求。如李锐的《银城故事》借用唐代诗人王之涣《凉州词》的著名诗句来作为小说四个章节的标题，以传达其与中国古典诗歌相关联的艺术境界，有一定的艺术效果。

直接借用古典小说形式与创造古典文学意境之间并不矛盾，而是有内在的关联。比如汪曾祺，他的"新笔记体小说"在形式上借鉴古典小说，而《受戒》等作品，则运用的是现代小说形式，只是有意识地在其中灌注中国传统文学的审美特点，呈现出对"言外有言，意在言外"的艺术境界的追求。而从另一方面讲，古典小说形式本身也蕴涵着一定的意境，如何立伟的《白色鸟》等"新笔记体小说"，也不同程度地体现出古典文学的意境特点。

然而，就总体而言，新时期小说家在借鉴古典文学艺术上并没有取得足够的成功，许多方面尚处于尝试阶段。古典小说的艺术方法还只是在比较狭窄的范围内被借鉴，其丰富性没有得到体现；更重要的是，作家们在古典文学艺术的运用上还普遍显得生涩和简单化，未能将古典文学艺术融会于现代生活和现代艺术形式之中。

四、反思：文学的传统与现代

对于新文学来说，与古典文学的关系牵涉其基本特征和精神来源。正因为这样，自新文学创始之日起，不断有人对此进行思考和探讨。鲁迅、茅盾、沈从文、王瑶等著名作家和学者都专门发表过意见。近年来，又有郑敏等作家和学者进行深切的反思。在这个意义上，本文对新时期小说与古典文学关系的思考，必然不可能只是关乎小说自身，而是必然要联系到新文学的历史和传统，联系到新文学的特征和发展走向。

解放观念，以更开放的观念对待古典文学传统。

正如前所述，新文学传统一直以批判和疏离的态度对待古典文学，对此，过于苛责前人是没有意义的。不同的文化背景对时代提出了不同的文化要求，五四时代迫切需要去旧迎新，学习西方是它的首务。但是在今天，确实需要以新的视角来看待古典文学传统。

这首先与时代文化特点有关。今天是一个经济和政治全球化的时代，商业文化正在将整个人类文化纳入其轨道和规划中。在这一背景下，保持民族文化的独特性具有特殊的意义，文学也应该调整自己与传统的关系，彰显自己的民族个性。经过几千年的繁衍，中国文学已经成为传统文化中不可或缺的一部分，在它的身上，承载着中国文化的独特品格，中国人的思想和行为方式，凝结着中华民族独特的精神个性。保持民族文学（文化）的特点，必然要对悠久的古典文学重新进行审视，汲取其深层的民族品格和文化个性。"当恢复我们对于旧文学底信仰，因为我们不能开天辟地（事实与理论上是万不可能的），我们只能够并且应当在旧的基础上建设新的房屋。……我们更应了解我们东方底文化。东方的文化是绝对的美的，是韵雅的。"[1] 闻一多的这段话虽然说于20世纪20年代，但在今天依然有现实意义。

其次，在对古典文学的思考中，需要对"现代性"概念做出新的思考。现代性是时代潮流，但是，现代化就是西方化，现代性就是简单的进化论线性发展，已经越来越遭到人们的质疑。文学的现代性问题尤其复杂。作为一种独特的精神产品，文学的评价绝对不能以简单的进化思维来进行。文学不是现代一定胜于前代，而是各有特点和价值。古典文学是中国传统文学中发展最成熟的，所取得的成就也是最高的，它的独特审美价值在今天依然有悠长的魅力，丝毫没有失去意义。

最后，还要考虑到文学的基本创作规律。美国诗人艾略特曾经特别强调传统意识对文学创作的意义："不但要理解过去的过去性，而且还要理解过去的现存性，历史的意识不但使人写作时有他自己

---

[1] 闻一多.《女神》之地方色彩［M］//王立信. 闻一多文集：时代的鼓手. 海口：海南国际新闻出版中心，1997：107.

那一代的背景，而且还要感到从荷马以来欧洲整个的文学及其本国整个的文学有一个同时存在，组成一个同时的局面。这个历史的意识是对于永久的意识，也是对于暂时的意识，也是对于永久和暂时的合起来的意识。就是这个意识使一个作家成为传统性的，同时也是这个意识使一个作家最敏锐地意识到自己在时间中的地位，自己和当代的关系。"① 确实，任何时代都不存在没有承继的创作，作家的承继不是东方的，就是西方的，不是中国的，就是外国的，他不可能有更多的选择。在这个方面，一个作家能否与传统（古典）文学建立深层的精神联系，确实很大程度影响其对民族生活反映的深度，影响其成就的高低。就新文学小说而言，几乎所有的优秀作家都得益于古典文学传统，鲁迅、沈从文、茅盾、张爱玲、孙犁……几乎无不与古典文学保持有深刻的联系。反过来说，受时代文化要求，"十七年"小说对古典文学传统有较多的疏离和批判，主要从民间文学传统中吸取营养，尽管其创作也有其特点和成就，但在反映生活的深度和艺术意境上却又明显不够②。借鉴前人，我们没有理由割断历史，对古典文学持简单的菲薄和拒绝态度。

与之直接关联的还有新时期作家的创作持续性问题。这一问题为许多研究者所关注，但是，到底是什么原因导致了这一现象则众说纷纭。我以为，作家的传统文学修养深厚度是一个重要的因素。作家的文化积淀是否深厚，对民族审美传统的体会是否深刻，以及是否能够将现代艺术和传统（民族）风格融合在一起，决定了作家创作生命力的长度，也决定其创作持续力。

---

① 艾略特. 传统与个人才能 [M] // 艾略特. 艾略特诗学文集. 王恩衷，编译. 北京：国际文化出版公司，1989：2.
② 当然，"十七年"小说的情况是复杂的，其小说的深层结构层面有很突出的传统小说特征，不同作家之间也存在着一定差异。但总体而言，它对传统文学的学习是单面和狭窄的，尤其是与主流古典文学有明显的疏离。这对它的影响是负面的。

以更科学的态度甄别和继承古典文学传统。

保持传统,既不排斥创新,也绝对不是完全追随传统,而是应该坚持科学地反思,有选择、有甄别地看待和吸取。具体来说,我以为,应该遵循两个基本的原则。

首先,以现代精神为主导,侧重精神的吸收,不做简单的回归。中国古典文学内涵很丰富,其中有适应新时代的,也有落伍于时代、应该被淘汰的,需要理性、客观地取舍。从精神而论,入世精神是中国古典文学的一大特点,有其积极价值,但是如果一味只追求而不知批判,就很容易失去文学应有的独立性,沦落为政治或其他的工具,必然会为时代所淘汰。新时期小说在20世纪80年代表现出的教化文学观念兴盛一时,却在90年代后迅速衰落,重要的原因就是没有辨析清楚对传统教化文学观念精华与糟粕的取舍。形式方面也是一样。古典小说的章回体形式,以及传奇性、故事性等特点,都不宜作简单的回归。"新笔记小说"可以作为一个范例,它虽然曾兴盛一时,但却没有保持足够的生命力,并且没有得到大众的认可,与其形式本身的局限性有直接的关系。这一形式也许适合反映古代文人的生活情绪和奇闻逸事,却不能反映更广大的、迅速发展的生活,也难以传达出现代的人文思想。我以为李庆西的话是有道理的:"'新笔记小说'的价值或许在于,它为今后小说的形态发展进行着艺术准备。它在艺术的高级层次上对小说技巧作出了富于诗意的概括,指导着小说审美关系和叙事形态变革的可能途径。"[①] 同样,现代文学时期,废名的"诗化小说"也足以作为教训。他的《桥》《莫须有先生坐飞机以后》等作品完全走传统抒情文学的路子,忽略了现代小说的基本特性,虽然个性独特,却失去了读者,并不成功。相比之下,沈从文对古典文学的态度更为灵活,融合的现代因素更多,成就也更高。

---

① 李庆西. 新笔记小说:寻根派,也是先锋派 [J]. 上海文学,1987(1).

其次，立足于现实，立足于生活。传统不是抽象存在的，它既存在于文学典籍之中，更存在于人们的现实生活和文化中。离开现实去追寻缥缈虚幻，只能得到空虚而不是切实，也不能将传统活用，探寻到既切合于现实又蕴涵独特民族审美特征的道路。而且，传统是全面的，它不只是古典，也不只是民间和现实，而应该是它们的集合。我以为，新时期小说在这方面有明显的不足。以语言为例，从基本方面讲："一个民族的精神特性和语言形成这两个方面的关系极为密切，不论我们从哪个方面入手，都可以从中推导出另一个方面。这是因为，智能的形式和语言的形式必须相互适合。语言仿佛是民族精神的外在表现；民族的语言即民族的精神，民族的精神即民族的语言，二者的同一程度超过了人们的任何想象。"① 也就是说，我们不能将古典文学的语言（包括文言文）做简单的否定和割裂，虽然它已经在生活中死亡，但它既有独特美学效果，又凝聚着民族文化精神，对今天的文学创作和语言发展都依然有借鉴意义。然而，简单地模仿显然是错误的，毕竟，这种语言已经不存在于现实生活中，不具有表达现代生活的直接价值。它必须融合于现代口语中，将生活语言和文言文的韵味结合起来。鲁迅曾谈过他小说的语言："采说书而去其油滑，听闲谈而去其散漫，博取民众的口语而存其比较大家能懂的句字，成为四不象的白话。"② 这事实上就是文言文与现代口语的有机结合。新时期小说中，贾平凹等作家对古典小说语言进行借鉴，方法不无意义，但却没有与现实生活做很好的融合，反而是有所隔离，显得过于拘泥和做作，我以为是失败的。此外，格非的《人面桃花》《山河入梦》、李锐的《银城故事》等作品，尽管对古典文学的认识和学习是有意义的，也有

---

① 洪堡特. 论人类语言结构的差异及其对人类精神发展的影响 [M]. 姚小平，译. 北京：商务印书馆，1999：52.
② 鲁迅. 二心集：关于翻译的通信 [M] //鲁迅. 鲁迅全集：第四卷. 北京：人民文学出版社，1981：384.

独到的收获，但也存在着为形式而忽视生活的缺陷。没有现实生活的真实血肉，吸纳再多的古典文学因素，也只能是显得僵硬而不自然，其等而下者，则会流露出模仿和编造的痕迹。

深化与超越传统，寻找到真正独特的民族文学精神。

传统不仅仅是被继承的，它更需要深化和超越。只有在继承传统的基础上形成自己的鲜明个性，体现了真正独特的民族文学精神，才能在整个人类文学世界中显示出自己的显著特点。这种个性既体现在题材、关注角度、艺术方法等外在方面，更是体现在内在精神、审美特征上，是对生命的理解方式和独特美学精神多方面的合一。只有形成了独特的民族个性传统，才能抵达民族文化的深处，才能显示自己无可替代的特征。这里有必要辨析一下传统个性和世界性之间的关系。有人认为在现代社会人类有共同的关注和命运，世界性才是人类文学发展的方向。我的看法略有不同。我以为，文学当然要有对人类的、世界的关注，但是，任何关注角度都不是抽象的，而是具体的、实在的，也就是要通过具体的生活和具体的美学视阈表现出来。这种具体就是民族的（这里民族的含义比通行的民族概念要更扩大些，大抵是文化的含义）。只有民族的个性，才能体现文化的丰富，也才能真正抵达人类精神困境的深处。

从人类历史看，每一个成功的民族文学都有其独特个性。如何对传统进行深化和超越，自然不是这里可以简单阐释清楚的，但在保持传统精神的基础上，与现代、与生活相融合，应该是其重要的前提。在这方面，日本现代文学是做得比较出色的。它很好地吸取了传统文学的精髓，又有丰富多彩的个人风格和生活题材表现，是传统与现实的融会，也凸显了日本文学的独特审美传统。川端康成、大江健三郎等作家虽然个性不一，但他们共同体现了日本民族很多独特的精神，其审美中更可以看到《源氏物语》《枕草子》等日本传统文学的影子。

关于中国文学的传统继承和超越，我以为有两个特征应该予以充分的考虑。一是精神上的现实关注，二是美学上的诗性特征。中国文化以关注现实、缺乏超越性为特点，这当然有不足，有需要突破和创新的一面，但它并不完全是缺点，而是其个性所在，对人类现实生存的关注并非不能抵达文学的深邃处（《红楼梦》就是显著的例子）。与其勉强放弃自己追随别人，不如自然地坚持自己的传统，在继承中有所发展。艺术方面，诗歌是中国传统文学最成功、最成熟的文学体裁，并不是偶然的，这一体裁最深刻地体现了中华民族的文化，尤其是文学特征，反映了中华民族的理想精神，几千年的诗歌创作中融入了独特的生活和审美风格，凝聚了独特的民族记忆和民族个性。今天，诗歌已经不是中国文学最典型的形式，但是，在小说等体裁中应该继承诗性的传统，作为自己个性的特征。当然，无论是现实精神还是诗性传统，都不是要求作家们做硬性的、简单的追随与对应，真正优秀的传统继承应该是如盐入水，自然而成，是深入其精神而非浮于简单的外在形貌。

　　当然，新文学要实现古典文学艺术的现代继承，存在着很大的难度。我以为，有两个方面需要急切加强：一是作家深厚的古典文学素养。只有在拥有深厚古典文学功底和艺术感悟力的基础上，才能深切体会其特点和个性，将它们转化到现代创作中。在作家的传统素养中，除了艺术层面，还应该特别提到哲学层面。中国哲学思想具有与西方哲学思想双峰并峙的独特价值，也深入地贯穿在中国人的思维方式和生活习惯中。如果能够深入吸取中国传统哲学思想精华，对于新文学与古典文学的深层次联系，会有很好的促进作用。二是需要加强对古典文学理论的开掘和利用。古典文学理论的现代转换问题一直有学者在呼吁，但成效不大，我以为，应该加强创作和理论的联合。创作的借鉴是理论成功的前提，否则，理论很容易在自说自话中萎缩。反过来，如果能够对古典文学艺术做出准确的概括，对今天作家的创作产生启示作用，就能够在创作中复活某些古典文学艺术传统。创作的再生才是真正的复活，否则，研究再多，也无现实意义，也依然是沉寂，不会拥有真正的生命。

第二章

思想与伦理：民族精神的内在核心

一个民族的精神存在于不同的层面。有偏重于物质、现实层面的，也有纯粹的思辨和哲学层面的。就文学的表现而言，真正侧重于纯粹思辨层面的比较少，更多的还是在具体生活层面，或者说是以具体生活为中心，在此基础上再往更抽象层面的追求。也就是说，文学是形象的艺术，它所展现的是生活具象，然后再呈现为思想或情感。所以，在文学所表现的精神世界中，生活是表层，也是基础，而情感、伦理是较深刻的部分。具体到新文学，这两方面的内容也许是最丰富的，也是最值得讨论的。

第一节　民族化的基石：生活与现实

一、文学与生活再思考

在充斥着各种"现代"和"后现代"文化话语的时代，"文学与生活关系"的话题明显显得落伍或者说不合时宜。作家们（尤其是比较年轻的作家）都在用"想象力""感受力"之类的词汇来规避"生活"，似乎一谈论生活就贬低了他们的才华，就损伤了他们的文学创造能力。理论家对之也讳莫如深，周旋在更时尚、更玄妙的文化理论中。然而，我始终觉得很有重谈这一问题的必要，因为一方面，尽管自 20 世纪 80 年代后期以来，作家和理论家就众口一词地鄙弃文学与生活之间的关系，但没有人对之做出非常充分的、让人信服的理由阐述，这一问题的深层世界还没有得到充分揭示。与之相应的是，以往文学理论对这一问题陈旧和简单的看法却还在很多方面流传，产生着影响（比如在一些教科书中，在大学课堂和有关考试中，以及在某些"学术论文"中）。这样，人们谈论这一话题时往往表现为两个极端，或者是不屑一顾，或者是墨守成规，但却都停留在简单的、不构成深层对话的层面上。而在一些情况下,这种矛盾又交织在一些言论和著述中,影响人们对这一问题的清晰认识。另一方面,也是更重要的,是近年来文学创作中存在一些严重的问题,它们与文学和生活的关系有着直接而深刻的联系。

首先,当前文学创作的艺术表现明显受到生活匮乏的影响和制约。其最直接的表征,是当前文学(尤其是叙事类文学)普遍缺乏对现实生活的细致写实,很少能够看到鲜活的人物形象、生动的生活细节和活泼的人物语言。这严重影响了这些作品的艺术魅力,也限制了当前文学的总体成就。这也许与作家们的写实能力、白描能力有关,但最根本的无疑是他们对生活的熟悉程度和把握能力不足,是他们对生活于文学意义的认识和理解。这里应该特别谈一下近年来许多人倡导的"底层叙事"。应该说,这一提倡强调了作家对生活面的拓展,是很有意义的。但是,几年下来,其影响和成就都有限,重要的原因是缺乏对生活的有深度的艺术表现。许多作品虽然写了底层生活,但却停留在生活表层,缺乏生活的真切感和现场感,一些作品更存在着生硬编造故事的痕迹。这自然难以引起大家的关注和认可。

其次,这直接影响到一些作家的创作生命力。近年来,一些批评家关注到这样一个现象,此处称之为"作家创作持续力问题"[1],就是许多尚处盛年的作家创作生命力出现明显的萎缩。主要表现是其创作题材日趋狭窄和单调,缺乏新的突破和开拓,于是,出现了大量的自我重复,甚至有仿造及抄袭海外影视作品的现象[2],一些作家甚至完全丧失了创作力。这其中原因当然有个体差异,但我以为,最根本的原因是作家缺乏广阔、丰富的生活资源。因为没有丰厚的生活积累和生活体验,得不到新的生活感受和刺激,作家就无

---

[1] 王彬彬. 当代作家的可持续创作问题 [J]. 扬子江评论, 2007 (1).
[2] 周冰心. 仿写时代:文本与影像的互文现象:以方方、戴来的创作为例 [J]. 文艺争鸣, 2004 (3).

力开拓新的文学世界。

最后，当前文学在整体上正与社会现实相疏离。当前中国社会应该正处在形态最复杂、变化最剧烈的时代，人性世界和社会面貌都有很充分地呈现。但是，与生活相比，文学却显得滞后和苍白。表现之一，是没有展示出生活丰富的宽度和广度。如乡村、普通市民生活就没有得到充分的反映。年轻作家们大多沉迷于远离现实的神幻世界，基本上不涉及现实（除了偶尔写写他们的个人情感生活），年长的作家也是一样，题材范围狭窄而单调；表现之二，也是更重要的，是时代精神的复杂内核没有得到充分的揭示，缺乏对生活深刻的认识和坚定的批判态度。

文学与生活的远离，最直接的影响当然是文学本身。而且，它还可能影响到文学的社会接受。当前文学已经被社会大众严重边缘化，其原因自然很多，但有一点也许是重要的，那就是因为文学远离大众的生活，没有表现出对大众的关切，也自然难以得到大众的喜爱和关注——正如马克思所说："我们现在假定人就是人，而人跟世界的关系是一种合乎人的本性的关系：那么，你就只能用爱来交换爱，只能用信任来交换信任"，① 大众对文学的接受的前提之一应该是文学对大众的重视与关注②。

二、我们曾经的文学与生活

任何问题都有复杂的渊源，也有其存在的理由。自 20 世纪 80 年代以来，这么多年中有那么多的作家和理论家们以那么坚决而普遍的态度排斥生活，并非偶然的事情，而是存在着一定的社会和历

---

① 马克思. 1844 年经济学—哲学手稿 [M]. 刘丕坤，译. 北京：人民出版社，1979：108.
② 当然，这并非意味着文学屈从大众的趣味和要求。它们之间最好是形成一种良性平衡。参见：贺仲明. "大众化"讨论与新文学的自觉 [J]. 中国社会科学，2006（6）.

史基础。

首先是现代西方文学观念的影响。20世纪中叶，西方文学界兴起形式主义批评潮流。俄国的形式主义、法国的结构主义、美国的新批评等为代表，将文学与生活的关系完全隔开，专注于文学内部系统的研究。80年代中期，这一思潮进入中国，促进了"先锋文学"的形成。虽然"先锋文学"在80年代末逐渐衰落，取而代之的是世俗化的"新写实"文学潮流，但也始终有一些作家坚持文学的精英姿态，在精神和观念上继承着"先锋文学"传统，其中，对与生活关系的认识就是"先锋文学"留下的重要遗产。

其次，也是更重要的原因，是中国当代文学漫长政治文学历史的直接后果。在20世纪40至70年代的中国文学中，简单的"反映论"思想成为绝对的权威观念，"生活"被带上了强烈的政治意识形态色彩，成为限制人们思想和创造力的工具。在这一观念中，文学被剥夺了独立的创造性，降低到与生活等同、为生活服务的高度。作家的主体性被扼杀，文学想象和创造的翅膀被折断。在这一前提下，生活被划分成不同的等级，受到不同的待遇，为此，还出现了带有浓郁政治色彩的"体验生活"概念。作为特殊政治时代的产物，这一概念内在包含着对工农兵生活的推崇和对知识分子等其他生活的排斥，也是对文学创作规律的亵渎。事实上，在特殊政治时代，"体验生活"也完全失去了实际意义，成为许多投机者介入官场或寻机取乐的机会。政治对文学与生活关系的长期干预，从表面上来说强化了二者的关系，实质上却构成了致命的伤害，导致作家们自然的反感。于是，虽然在官方的文艺政策中还经常提到"体验生活"这个词，但作家们，尤其是那些对文学有自觉追求、不愿意依附于体制的作家们对它是嗤之以鼻，甚至连带着反感于文学与生活的关系。

从这方面看，作家与理论家们对文学与生活关系的拒绝有其历史必然性，也有一定的思想合理性。或者换句话说，当前文学与生活关系的状况,既包含着人们不满传统观念、试图超越的因素,也是历史给予现实的沉重报复。

但是,从更深远的方面看,这种拒绝存在着严重的局限,或者说,它从一个极端走到了另一个极端,却缺乏必要的客观和冷静。首先,应该更客观地看待形式主义思潮。形式主义文学观念绝非简单,而是确有其新颖和深刻处,较之将文学简单等同于生活的传统理念更是有明显的超越。就中国文学而言,"先锋文学"的出现对当时文学脱离政治、争取独立起到了相当重要的作用。但是,形式主义的缺陷也很明显(正因为这些缺陷,它也早已远非西方文学的主流)。就"先锋文学"而言,它对形式技巧的追求虽然有创新意义,但由于缺乏深厚的生活底蕴,片面强调作家的感受和想象力,忽略了更本质的生活本源,因此,它脱离了生活的本土特点,也窒息了其灿烂的生命力。正因为如此,它经历了短暂的辉煌却迅速夭折,而且,其内伤还一直影响到今天的某些作家。遗憾的是,由于"先锋文学"衰落之际正遭遇 80 年代末的政治风波,人们没有对这一教训做出充分的总结,也缺乏对其观念的深入梳理。其次,我们理解人们对历史的拒绝和反叛,但是,简单的拒绝却远非最佳的否定方式。真正走出历史的阴影,从更彻底和更冷静的立场上来看待历史、批判历史,才是对历史最好的总结,也才能真正超越历史。

三、正确理解文学与生活的关系

在审视历史的基础上来看文学与生活的关系,确实应该坚持二元性,既走出传统观念的简单和狭隘,又更客观地看到二者之间不可割断的密切关系。也许,这才是对文学与生活关系最理性的认识。

一方面,我们需要充分认识文学与生活的差异。文学在本质上是一种虚构(尤其是叙事类文学),它不是对生活的简单反映,而是充分渗透了作家的心灵和情感,是作家对生活的提炼和再创造。

文学来源于生活，却又是对生活的超越。因此，文学拥有与生活不一样的创作、发展规律，我们既不能将文学的意义局限于现实生活，不能以现实规范来囿限文学，更不能让它成为生活的工具。作为作家，与生活的关系，绝对不是拘泥于生活，停滞于生活，而应该是不被生活所局限，以想象力和思想力对生活进行提升，具有更高远的关怀精神，表达对生活更深远的思考。

在这一基础上，我明确反对生活的等级差异思想。正如胡风在20世纪40年代所提出的"到处都有生活"的观点，生活不存在高下之分，每一种生活都能够"一叶知秋"，能够从中窥探到人性的复杂和生活的奥秘，达到文学的高层境界，关键在于作家认识生活的深度和处理生活的方式。在这个意义上，我认为赶任务式的"体验生活"是对感受和理解文学与生活关系的一种误导。从作家对表现生活宽广度的要求出发，可以鼓励作家走出自己的生活区域，但也应完全认可作家可以立足于自己身边的生活做深入的体验和思考，并且不排除个别作家完全能够在比较狭窄的生活区域内创作出有深度的作品，反对违背文学规律，强制要求作家不能写某种生活而一定要去体验和书写某种生活。

所以，我们承认作家具有超越生活的天才和想象能力，鼓励作家对生活进行超越。只是我们坚持，任何超越的前提都应该以生活为起点，应该遵循生活的逻辑，应该建立在对生活深刻洞察的基础上。优秀作家对生活的超越和提升，比采用写实的表达方式更具概括力，更能深刻地反映和揭示生活。比如卡夫卡，其作品不拘泥于对生活的简单再现，而是具有高度的象征意义，在更抽象和典型的层面揭示现代生活对人的桎梏和异化，是对现代社会本质最深刻的表现。而且，他的作品照样具有感人的生活细节，体现了文学作品最基本的感染力。

另一方面，我们更应该充分注意到文学与生活之间的密切关系，应该认识到生活对文学创作的深刻影响。具体而言，我以为这种关系主要包括以下几个方面（也是理由）：

首先，生活是文学最基本的，甚至是必不可少的来源。虽然任何人都承认，想象是作家成功的重要前提，但是，同样的一个前提是：任何想象都不可能没有生活作为基础。不是作家的想象不能够越过生活，而是它需要立足于生活，需要从生活中汲取足够的养料，需要生活的丰富和广阔赋予翅膀。文学是具体的艺术，要通过具体的画面来呈现，这些画面的鲜活和具体没有其他的来源，只能是生活，如果脱离了生活，想象力只能是虚幻、枯涩和空洞的乌托邦。比如文学语言，虽然作家都拥有突出的语言创造力，但是，正如惠特曼所说："要记住，语言不是博学之士或字典编者的抽象构造，而是起于工作、需要、关系、欢乐、深情、趣味，历经世世代代的人类，它具有宽而低的基础，靠近地面。它的最后决定者是大众，是最接近具体生活，和真正的陆地与海洋关系最密切的人们。"[1] 真正生动的文学语言只能来源于生活，只有在最普通的口语中才包含着最旺盛的生命力。当前文学，尤其是许多年轻作家的作品语言缺乏形象性和感染力，与他们生活经验匮乏、没有生动丰富的语言体会有直接关系。

其次，文学的价值、成就在很大程度上取决于其与生活的关系。任何文学都是具体时代的产物，它所蕴涵的思想再深邃，也要通过具体的生活画面，借助于对具体时代的表现反映出来。换句话说，就是优秀的文学必然是对其时代生活有深刻表现力的。只有深刻地把握了生活表象背后的真实潜流，揭示了时代精神，文学的深层思想才得以体现，也才能说真正抵达了艺术的高峰。这样，一个作家思想艺术的高度，在很大程度上立足于对生活的洞察力、对时代的把握力，他要深化自己的创作，必须先深化对生活的认识。

---

[1] 柯恩. 美国划时代作品评论集 [M]. 朱立民, 等译. 北京: 生活·读书·新知三联书店, 1988: 232.

而且，对于作家来说，生活面与其文学表现面往往有很深的关系，高远的文学境界、深广的人类关怀和文学理想，需要丰富广阔的生活为底蕴。

再次，文学的价值体现也与生活有直接的关系。文学作为生活的产物，必然有其社会意义，也就是说它必须承担一定的现实责任，有表现生活和反映生活的义务。这要求作家走进生活，而且应该努力关注更广泛的生活。一方面，由于文化差距等原因，有些阶层很难出现作家，如农民阶层，真正的农民作家非常少。文学不应该因此而脱离这些生活，或者满足于像中国古代一样的悯农文学，而是需要作家对乡村生活进行亲近和深入。另一方面，生活的丰富、复杂也呼唤文学去表现，期待作家的开采。生活孕育着创作的生机，文学有责任迎接这一挑战。

值得指出的是，我对文学与生活关系的思考绝不是在和稀泥，做骑墙式的调和。我否定简单地将文学等同于生活，是为了使文学更亲近生活，也是为了文学更立足于生活又超越于生活。所以，我最期待的是作家们能够放弃文学与生活关系的简单敌对，尊重生活，关注生活，深入生活，开拓生活。文学依恃生活才有丰盈的生命力，也才有新颖的创造力和新鲜的艺术魅力。

最后，还要特别指出的是，文学与生活的关系，不是建立在简单的题材层面，而是涉及文学的深度和思想的力度。因为我们强调文学写生活，不是写生活的表面，满足于将生活填充进文学中，而是真正深入生存的本质，揭示生活的内在困境，写出生活中人物的灵魂世界，写出独特历史文化在他们心灵和生活中的投射。这样的生活书写不是在敷衍生活，而是真正地直面生活、深入生活。对于一个作家来说，这绝对不是轻松的，不是谁都可以达到的高度。它既需要作家具有认识和把握生活的能力，捕捉和再现生活的技巧，还需要有直面现实的勇气，不回避生活的正直和良知——我想，当前许多作家和批评家避谈文学与生活的意义，正是因为他们从内心缺乏正视生活和直面生活的勇气。

与之相关联,我还期待着作家们能够强化文学与社会的关系,期待文学更多地参与现实变革。当前社会文学受到消费文学和政治文化的多重影响,正被严重地边缘化,但是,在这种情况面前,文学不应该逃避,而需要坚持。坚持的方式之一是关注生活,加强文学在社会中的影响力;再就是保持自己的独立性,以自己的独特价值获得别人的尊重,呈现自己的意义。我以为米兰·昆德拉的这段话是很有现实意义的:"作为小说家,不仅是实践'一种文学'的形式;它是一种态度,一种智慧,一种立场;一种排斥与任何政治、宗教、意识形态、道德和集体相认同的立场。"① 也就是说,文学不能依附于外物,要有自己的独特价值观。有了这样的坚持,文学就永远不会消亡,就会永远鲜活地存在于生活,影响着生活。

四、文学生活观与现实主义重审

在文学理论上,正如美国学者韦勒克说过的:"现实主义作为一个时代性概念,是一个不断调整的概念,是一种理想的典型,它可能并不能在任何一部作品中得到彻底的实现,而在每一部具体的作品中又肯定会同各种不同的特征,过去时代的遗留,对未来的期望,以及各种独具的特点结合起来。"② 现实主义概念一直是一个引人争议的话题,对它的阐释也是五花八门。有人侧重"典型",强调揭示社会的发展规律;有人侧重"写实",将生活原生态写作作为首要原则;还有人侧重于"现实主义精神",以作家的创作姿态为重点……其含义是如此之复杂而且变化莫测,以至于近年来有

---

① 昆德拉. 被背叛的遗嘱 [M]. 孟湄,译. 上海:上海人民出版社,1995:145.
② 韦勒克. 批评的诸种概念 [M]. 丁泓,余徵,译. 成都:四川文艺出版社,1988:241.

西方学者提出"无边的现实主义"的说法，认为只要是写现实的文学，就属于现实主义范畴①。

由于现实主义具有与现实关系密切的特点，在 20 世纪中国社会历史强烈政治化的背景下，它的发展也带上了特殊的政治内涵，有着特别曲折复杂的发展道路。就当代文学而言，以现实主义为名义的创作就经历过"社会主义现实主义""革命现实主义与革命浪漫主义相结合"和"新写实主义""现实主义冲击波""底层写作"等多次内涵迥异的发展历程。对于这些思潮，评论界的态度也莫衷一是。如果说在总体上人们对 20 世纪五六十年代特殊政治背景下孳生的现实主义潮流大都持否定态度，分歧意见不大的话（事实上，对具体创作的分析存在较大分歧），那么，对 80 年代后的潮流评价则相当复杂。比如，90 年代初"新写实小说"刚刚问世时，曾经受到批评家们的热捧，被认为是现实主义的新发展，但几年之后，人们对它的立场有了大转弯，否定之声占据了主流的位置。稍后的"现实主义冲击波"也受到过一些人的追捧，但其思想不成体系，创作也如过眼烟云。同样，21 世纪初兴起了"底层写作"，但对其定位和价值，一开始就存在争议，始终没有形成基本的共识。

在中国当代几十年的文学发展中，政治不只影响对现实主义概念内涵的阐释，而且，它还以自己的方式对现实主义进行了一定程度的曲解和利用，甚至可以说，政治曾经严重伤害到现实主义在作家和大众面前的形象和声誉。比如，在"文化大革命"及之前的某些岁月，现实主义成了政治衡量作家创作的普洛克斯忒斯之床，既对作家们的创作能力和艺术探索构成了严重限制，也被某些人用来作为打击攻讦别人的武器，许多作家因此深受伤害。浪漫主义作家孙犁，在晚年谈及自己的创作时，一直坚持自己是现实主义作家，

---

① 加洛蒂. 论无边的现实主义 [M]. 吴岳添，译. 南昌：百花文艺出版社，1998.

不赞同别人对他的"浪漫主义作家"的称谓①,其中的原因也许有复杂之处,但很显然,与几十年间现实主义的权倾一时、浪漫主义的边缘化和屈辱地位有深切的关系。而最终,这一历史伤害最深的是现实主义本身。进入 20 世纪 80 年代后,许多作家和理论家对现实主义避之唯恐不及,纷纷表达了拒绝的态度。如一直关注现实、以写实为主要创作方法的作家阎连科对现实主义表示了明确的质疑和否定,认为:"现实主义像小浪底工程和三峡大坝样,截断在文学的黄河与长江之上,割断了激流,淹没了风景……"② 同样,毕飞宇创作了《玉米》《推拿》等深度关注现实的作品,但也不认同现实主义文学的概念,认为它对作家的想象力构成了束缚。③ 至于从"先锋文学"开始的,更年轻或者观念更激进的作家,更是不只在创作实践上拒绝了现实主义,在思想和观念上也进行了颠覆性的否定(典型如余华的《虚伪的作品》等文章)。

这种状况直接导致的一个客观现实是:尽管我们的主流文学界对现实主义文学推崇备至,为它抹上了许多荣耀和光彩,但其取得的成就却并不突出。在共和国文学的几十年中,真正深刻地反映现实,达到 19 世纪西方批判现实主义文学高度的作品非常稀有。即使是对传统现实主义做出大胆变化和创新的"新写实小说",以及许多人为之呼吁的"底层写作",也没有出现真正的力作。而且,其发展道路也越来越狭窄,前景堪忧。

在这种情况下,我以为,也许搁置对现实主义的概念内涵之争,将关注点真正落实到文学对生活的表现上,将对生活开掘的深度作为文学的更基本要求,也许会更有意义。换句话说:我们先不

---

① 孙犁. 孙犁文集 [M]. 南昌:百花文艺出版社,1982:自序.
② 阎连科. 寻求超越主义的现实(代后记)[M]//阎连科. 受活. 沈阳:春风文艺出版社,2004.
③ 刘萍. 等待被作品撞到的一刹那:毕飞宇访谈 [N]. 河北日报,2006 - 12 - 02.

去纠缠到底什么是现实主义,而是回到文学与生活的关系本身,强调文学真正深刻地反映生活,展现生活的复杂性和多样性。因为在我看来,文学的一般规则应该优先于具体创作方法(包括现实主义)的原则。也就是说,我们谈对文学的评价,应该首先遵循文学的一般规则,在此基础上才能谈论现实主义文学的原则。对于一般的文学,尤其是对于那些以现实生活为表现对象的文学(这里不谈"现实主义"的概念,因为以现实为表现对象的文学是社会中存在最广泛和最有影响力的,它的范围应该超过很多概念上的现实主义文学)而言,深度是一个最基本也是最重要的要求。

因为生活是每个人都经历的,每个人都有其视角的独特性,有其长处也有其局限,有其卓异和盲点。能否透过纷纭复杂的表面看到生活的真相,能否思考到生活众多支流中的主流,并做出揭示和判断,决定着一个人是否为生活的智者,也决定着一个作家的高度。一个优秀作家能够超越自己的视野囿限,透过事物的表面,深入到事物深层的世界——这不一定是传统现实主义论者所概括的"规律",而应该是作者对生活潜流的捕捉,是其目光的睿智和辽远之体现——这种深度也许不同于政治和历史的记录、判断,甚至有可能是片面的,但它绝对具有自己的独特价值,以独特的视角和立场方式,提供对于生活的一种深度认识。比如对奥斯维辛集中营,对南京大屠杀,以及对现实中的乡村、企业改革和文化变迁,优秀的文学家都应该能够透过历史迷雾和现实障碍,从人性关注的角度,做出自己对生活的独特理解和深入透视,体现出文学的力量。

文学史上的优秀作家(现实类作家)莫不具有这方面的能力。如卡夫卡,在《审判》《变形记》等中,以高度的概括能力和现实把握能力,准确地剖析了现代工业社会对人性的禁锢和异化,还原出现代社会中人的命运和真实处境。他的艺术表现虽然不是写实,却是对人类现实社会最准确的概括;再如托尔斯泰和巴尔扎克,以他们深邃的思想和深厚的生活功底,洞悉了资本主义社会上升时期农民和贵族阶层的真实命运和复杂心态，其作品不只是时代的历史画卷，更是时代精神世界的写真，描画出一个个在资本主义金钱旋涡中挣扎的灵魂。同样，在中国，曹雪芹的《红楼梦》也具有特别的现实反映深度。虽然作品借助虚幻和空灵的意境，却是对处于不可避免走向衰败的封建家族命运的深层揭示。作者能从繁华中见到衰败，在现实中见到梦幻，在相聚中见到分离，充分体现了一个优秀作家透视现实的能力和对生活反映的深度。

这样深度表现生活的文学，也许不一定符合某些现实主义的概念要求，但却能最深刻地体现文学与生活的密切关系，抵达文学与生活关系的最深远之处。而且，回到文学与生活的朴素关系上来强调其深度关联性，也许不只能避免一些问题的论争，还能够更冷静地辨析清楚一些所谓"现实主义"概念的缺陷，帮助我们更深刻地认识现实主义的本质。

比如一些现实主义论者将"写现实"作为基本，事实上就是强调作家的创作题材，将"写什么"作为问题的核心。这方面的极端表现是对浩然于"文化大革命"中创作的《金光大道》的评价。尽管绝大多数人对该作品持批评态度，认为它曲解了现实，但还是有人坚持认为它"真实反映了现实"而给予肯定。浩然自己的辩解最有代表性："《金光大道》所反映的那段生活道路是我国几亿农民确确实实经历过的，……我以自己所见所闻所感，如实地记录下了那个时期农村的面貌，农民的心态和我自己当时对生活现实的认识。"[①] 这里其实存在着一个最根本的问题，就是到底什么是评价文学（包括现实主义）的基础，是"写什么"还是"怎么写"和"写得怎样"。我以为，后两者肯定比前者更重要。简单地说，《金光大道》所写的生活（或者相似的生活）也许确实在什么地方曾发生过，但浩然照此去写，只能说他写出了这一生活的表象，他没

---

① 浩然. 有关《金光大道》的几句话 [N]. 文艺报，1994–08–27.

有思考，更没有挖掘出生活表象背后的深层世界：我们可以想象，即使这样的事情曾经发生过，那在那样一个政治高压、没有任何个人生存权利的时代，它肯定是与绝大多数人的愿望和要求相背离的，是虚假的、政治图解下的生活状貌。《金光大道》描述了生活的表层，却忽略了更深层的世界，只能说是对生活的曲解和肤浅认识，既不能称作是现实主义，也不能说是有价值的文学作品。

而且，在文学意义上，"怎么写"还涉及文学的审美特点问题。文学不是政治学、社会学，它的基本特点是审美。所以，作家写什么、以什么态度写当然很重要，但仅强调这一点，忽略了他写的方法和水准，忽略了他写作的深度和准确度，便很容易将现实主义理解停留在生活表面，影响对生活深度和美学表现的关注。在这一点上，《金光大道》的缺点非常明显，不需要过多讨论。倒是近年来兴起的"底层写作"对这方面也有一定程度的忽略，应该引起作家和批评家们的充分注意。

再如"典型"和"社会规律"，这是传统现实主义论者的核心概念，也影响了中国现实主义文学许多年。然而实际上，它们的内涵都有值得商榷之处。如"典型"的集中性如何与个性取得统一，个性在其中占有什么位置，等等，都值得思考。至于"社会规律"，更多应该属于社会、政治和历史层面的范畴，与文学有着根本的差别。也就是说，文学不同于政治和历史，它不是以揭示规律为目的，甚至有时候，它可能逆时代潮流而行——典型而论，以思想为中心的启蒙现代性与审美现代性之间就存在着巨大反差，在很多问题上甚至是南辕北辙。以"规律"来要求、限定文学，其实是对文学的异化，以之作为现实主义的基本特征，则是对现实主义的僵化。这也是为什么那么多被誉为典型和揭示了社会发展规律的作品实际上不过是概念化的化身而已。

除了理论的辨析，对文学表现生活深度的强调，还有利于加强作家与生活的联系。因为文学要深度开掘生活、表现生活，不可能脱离生活，而且，它还要求作家建立与生活的深度联系，对作家的生活、思想和表现能力都有很高的要求。比起很多所谓的"现实主义"，这一要求也许更高，作家要付出的努力也更艰巨。

首先，是直面生活的勇气。文学要深度表现生活，不是停留在生活的表面，不是敷衍生活，而是对生活真相进行深入的挖掘和充分的揭示。在很多情况下，生活真相不是那么简单就能够看到的，它往往躲在生活的后面，需要作家去寻觅和探究。深厚的生活功力，深入地认识生活和把握生活的能力，是作家认识到生活真实必不可少的前提。而且，生活的残酷有时候也不是容易面对的，它需要足够的勇气，甚至有可能要面对各方面的压力和打击。对于一名作家（有时候也包括批评家）来说，这绝对不是任何人都可以达到的高度——我想，当前一些作家和批评家避谈文学与生活的关系，也许正反映了他们从内心缺乏正视生活和直面生活的勇气。

其次，要具有深度思考生活的能力。这包括两方面的内容，一是独立思考的精神。我们对生活的思考和理解很容易受到各种外在因素的影响，这需要有独立深刻的思想作为保证。也就是说，只有具有了独立、深刻、坚定的思想见解，才能够深入生活的潜流，不轻易为外物所拘囿、所动摇，形成对生活独立的、深刻的认识。二是深刻的思想认识。同样面对生活，只有思想独特深邃的人才能将生活看得更清晰，捕捉得更准确。只有这样，才能不只是满足于描写生活的表面，满足于将生活填充进文学中，而是真正深入生存的本质，揭示生活的内在困境，写出生活中人物的灵魂世界，写出独特历史文化在他们心灵和生活中的投射。深刻的思想，是穿透生活表面、进入生活本质世界的重要前提。

最后，要有表现生活的能力。思想和勇气之外，还要能表现生活。这也是对一个以现实为表现对象的作家的能力要求。只有鲜活地再现了生活的神采和丰富魅力，只有鲜活地写出了生活中人的灵魂世界，才能说是深度地表现了生活，也才能体现出这类作品所具有的艺术感染力。这些方面，在今天的许多作家看来已经很落伍了。大家热衷谈论的是新潮的叙述方式和虚构技巧。但实际上，对人物灵魂的刻画能力，对生活的白描能力，都始终是考验一个作家艺术功底的重要方面。事实上，当前许多作品（尤其是小说）已经严重表现出写实和再现能力的匮乏。人物形象的单薄僵硬、人物语言的苍白虚假、风景描写和生活场景描写的平淡简单，已经是当前文学的一个重要缺陷，严重影响其艺术水准和艺术魅力。

深入了生活，实现了对生活真正有深度的书写，即使因为突破了"现实主义"的某些禁忌而被剥夺了现实主义的称谓，也是无所谓的，丝毫不会损伤其价值——典型如卡夫卡当初被著名的现实主义理论家卢卡契逐出现实主义作家阵营，丝毫不损害卡夫卡的声誉，受影响的反而是现实主义文学自身。我想，在今天，现实主义已经不再是一个人人梦想戴上的绚丽皇冠。比起文学本身的成就在现实中的力量，称谓已经无足称道。并且，也许在我们将理论的空谈放置一边，专注于文学与生活关系本身的时候，在不经意间，我们倒真的可能领悟到现实主义的真谛，创作出真正有深度和创造力的优秀现实主义文学作品。

第二节　爱：文化底蕴中的情感世界

一、新文学传统中的"爱"

中国现代文化中匮乏爱的思想，已经是大家的共识，并早有人探讨和反思过造成这种状况的政治和教育等原因。这无疑是极准确而有意义的，但并非对此就没有了进一步思考的空间。因为中国现代文化史上也不是绝对没有爱的思想存在，只是这些思想没有产生大的社会影响，没有进入人们的日常生活和心灵世界中，才造成了爱的严重社会性缺席。之所以如此，外在的环境固然是最大的制约，但这些思想本身也同样存在值得反思之处。这种反思对现代文化建设具有重要的启迪意义。

中国现代文化中较为兴盛的爱的思想主要有两大类型。一是以冰心为代表的"爱的哲学"。它兴起于 20 世纪 20 年代，主要内容是具有人类博爱色彩的普泛之爱，母爱与自然之爱是它最中心的内容。这一思想受到西方基督教文化和印度作家泰戈尔泛神论思想的较大影响，内在精神上具有强烈的异域色彩。"爱的哲学"在五四时期由冰心首倡并盛行一时，王统照、许地山等作家都有过参与，不过真正坚持下来的不多，只有冰心终其一生致力于这一思想，并取得了非常深远的社会影响。"文化大革命"后，刘小枫、北村等作家和思想家倡导与之相类似的泛爱思想，不过他们思想的基督教文化色彩更浓，社会影响也要逊色许多。二是"革命之爱"。这一思想很难说以谁为代表，其理论不是很系统，内容在不同时期也有所偏移，但它确确实实地存在，基本内涵清晰，而且在某些阶段产生过很大的影响。它的一个内容是以政治一致性为前提的"同志之情"（在不同时期，它分别被表述为"阶级感情""战友情谊""工农友谊"等），另一个内容是强调对党和国家的忠诚与热爱。王愿坚的《七根火柴》、魏巍的《谁是最可爱的人》等是其中较有影响的文学作品，"文化大革命"中的"样板戏"对之进行了发展与强化。"革命之爱"最兴盛的时代是在战争岁月，并一直延续到"文化大革命"结束前，近年来虽受到冷落，但在意识形态层面还可以看出它的影响力。

这两种思想的存在，都与中国现代思想文化背景有直接关系。冰心"爱的哲学"的出现与受推崇，关联着五四对中国传统文化的否定性认识。传统伦理情感是五四文化的主要批判对象之一。如鲁迅就感叹中国社会"没有爱"，并以"吃人"二字来概括中国传统伦理文化，陈独秀更将传统伦理与现代思想建设明确对立，从根本上否定其存在前提。于是,在现代文化中,传统文化伦理基本上失去了正面意义,父爱被冠以"孝道"遭到完全否定,母爱以及兄弟、夫妻、朋友之爱也基本上被当作"孝"的替代品与殉葬品,统括为封建落后思想。民族国家感情虽然是五四时期倡导的中心思想,但它很少与传统文化相联系,寄寓的是现代政治内涵。传统伦理思想被荡涤干净,自然需要引来新的爱的火种,以填补和替代社会情感文化的真空,于是,冰心的"爱的哲学"应运而生,并得到文化界长期且大力的推崇。"革命之爱"的兴起与五四之后的伦理文化真空背景也有关系,但它更主要关联的是中国现代社会的政治文化。简洁地说,它是为了政治的需要,为了政治思想和纪律的高度统一,增强革命的凝聚力和战斗力,以更好适应激烈政治冲突与民族矛盾背景下的社会现实,在这一思想的背后存在有政治和战争的浓重影子。

　　这两种爱的思想对中国现代文化都呈现了一定的建设意义。冰心的"爱的哲学"切近人性最基本的爱的本质,密切关联人性中的善和美,赋予了它们崇高且神圣的精神气质,极大地拓展了中国传统文化爱的视野,丰富了人们对爱的情感理解和认识。并且,借助于优美的散文形式和动人的笔调,冰心对爱的内涵做了具体的生活化处理,因此,她的作品呈现出很强的感染力,获得了许多人的喜爱,并对他们的精神世界有潜移默化的润泽和深远的影响。"革命之爱"的内容更为复杂,特别是它内容上强烈的排他因素,使其内容显得狭隘和保守,与爱的本质因素存在相背离之处。但客观来说,在20世纪的许多时期,它也在一定程度上促进了大众之间形成更密切的社会关联,特别是在比较淳朴的劳动者阶层中。典型如五六十年代,传统伦理受到了毁灭型打击,但社会道德环境却并不因此而急剧恶化,是因为"革命之爱"在一定程度上填补了传统伦理退位后留下的真空——在时代背景限制下,"爱的哲学"没有得到政治意识形态的支持,也就没有像"革命之爱"表现出那么强烈而显在的社会影响力。

但是，这两种思想都存在根本性的不足，对它们的发展和意义都产生了严重的制约。冰心的"爱的哲学"最关键的问题是在与本土文化的联系上。爱是一种建立在民族文化传统之上，与日常生活有着密切相关的文化情感，它的形成、表现和维系方式，都联系着民族的文化、历史等情感记忆，又融化于人们生活的每一个细节当中。所以，一种爱的思想要想真正进入人们的情感世界，成为影响他们行为方式的道德伦理，既需要切近他们的日常生活，同时更需要与民族文化记忆的深层次关联。而且，正因为人的情感世界关联着很深远的民族文化记忆，因此，正如有学者所说："凡是涉及与情感有关的基本文化特质，如信仰、观念、态度等，在文化内涵化的过程中，都是不容易改变的，因为这是民族性赖以形成的核心，这核心的部分如被改变，会整个打破原来的心理习惯和生活秩序，是一件极端痛苦的事。"① 对它的改变是很困难的，它只能是有序而缓慢地变化，不可能陡然被一种外来文化迅速代替。

作为一个优秀作家，冰心在将"爱的哲学"与中国本土生活相关联的方面做出过积极努力，特别是对母爱的表现，冰心较多地融合了中国传统文化因素，这也是它尽管来源于西方，却能够在中国产生那么大影响力的重要原因之一（在冰心所有爱的思想中，母爱对社会的影响也是最大的）。但是，从根本上来说，"爱的哲学"与中国本土文化的联系还不够深入，它的自然和人文精神都没有真正与中国传统文化沟通起来，它的母爱的代表始终是基督教的圣母而非中国传统的某一因素。换句话说，在"爱的哲学"背后，我们依然可以看到西方文化视野对中国文化的批判性俯视，以及中国传统爱的思想的废墟。

---

① 韦政通. 伦理思想的突破 [M]. 北京：中国人民大学出版社，2005：17.

二、"爱"的实质与匮乏

那么,中国传统文化是否如五四思想家们所宣称的那样完全匮乏爱的思想,其伦理思想已经完全丧失了生命力呢?我以为答案是否定的。中国传统文化并不缺少爱的资源。从《诗经》的"关关雎鸠,在河之洲"开始,中国文化一直有情感的丰富表现和蕴藏。包括两性之爱,对父母、兄弟、友人,以及故土、同乡之情,《诗经》以及后来的许多文人作品中都有很挚切的表达与传诵。儒家文化对远古的爱的思想进行了改造,一定程度上限制和扭曲了爱的发展。但这绝非说儒家文化扼杀了爱的思想,在它以"仁"为中心的复杂思想中,依然有丰富的爱的情感在传递和赓延,并形成了更具民族性的个性特色。无论是在文学作品还是在地方民间文艺中,都深藏着中国人与人之间、人与自然和民族国家之间的爱恨眷恋,传达出中国文化背景下的独特伦理价值观念。它的内涵是深沉浓郁,富有感染力和生存价值的,甚至可以说,它是中华民族生存和发展的基本伦理情态,也是中国文化拥有长久生命力的重要源泉之一。

而且,这些爱的思想并没有简单地随着专制制度的消亡而完全丧失价值和生命力。虽然由于长期的农耕文明方式,特别是长期的专制封闭体制,中国传统文化中爱的思想确实存在较多制约,在丰富性和深刻性上都有不足,需要外来文化资源的刺激,亟待更新和发展。但是,这并不是说传统文化爱的思想完全丧失了存在的理由,没有了现代继承和转化的价值。"每一种文化都有其特有的一种爱——我们可随意地称之为天上的或形而上的——这一文化可以根据这种爱来沉思、理解,并将神性纳入自身,可是这种爱对于其他一切文化来说却是无法接近和毫无意义的。"[①] 从根本上来说,

---

① 斯宾格勒. 西方的没落 [M]. 齐世荣,田农,等译. 北京:商务印书馆,1963:458.

与西方伦理文化一样,中国传统爱的文化并不低级,它蕴含着独特的中华民族文化精神,也具有自己独特的个性价值。就其要者言之,西方文化更多强调爱的主体特征,将爱建立在个人独立思想的前提之上,也更强调基督教文化色彩,而中国文化更多强调爱是一种关系,更注重人的社会生存,将之建立在差序格局的基础上。爱的表达方式上,中国人情感表达习惯比较含蓄深沉,西方人则比较外露直接①。如果能够抛开附加其上的外在政治因素,很难说中国文化对爱的理解就比西方文化要肤浅落后,或者说,尽管其思想发展不够充分,但不能因此而完全否定其存在价值,忽视其发展空间。所以,在尊重基础上的认真甄别和选择,在吸纳西方现代元素背景上的改造和新生,而不是一味跟随和崇拜西方伦理思想上的自我放弃,是对待中国传统爱的文化的基本前提。只有在这一基础上,人们对爱的思想的理解才能真正深切,也才能真正融入中国大众的日常生活,为人们所接受。从这个意义上说,"爱的哲学"是五四文化的产物,它的缺陷和遗憾也直接关联着五四文化精神。

"革命之爱"的缺陷除了前面言及的内容狭隘和缺乏宽容精神等之外,还存在着重要的一点,就是过于抽象和浮泛。任何爱的存在方式都是具体的。这首先体现在爱是一种发自个体的具体情感。爱的基本点是立足于个人的体会和感受,它的表现方式也往往是从自身延伸开去:人爱自己是本性,然后推及家人,再爱自己的朋友、同事,最后是民族、整个人类。或者换句话说,从个人的爱、家庭的爱到对整个民族和人类的爱,是爱从具体到抽象,从细微到宏大的自然升华。没有对自身的爱和对自己亲人的爱,也就不可能有更广泛的爱。如果一个人不爱自己的生命,也不可能爱其他人(当然,这种自我的爱能否升华,以及升华到什么高度,对其爱的

---

① 姚新中. 儒教与基督教:仁与爱的比较研究 [M]. 赵艳霞,译. 北京:中国社会科学出版社,2002.

品质有关键影响)。同样,我们也很难想象一个连自己父母兄弟都不爱的人会去爱整个人类。没有自我之爱,就不会有群体之爱;没有具体细微,也就不会有抽象宏大。有哲学家说过"人只有和他的同胞休戚相关,团结一致,才能求得满足与幸福。然而,爱汝邻人并不是一种超越于人之上的现象,而是某种内在于人并且从人心中迸发出来的东西。爱既不是一种飘落在人身上的较大力量,也不是一种强加在人身上的责任;它是人自己的力量,凭借着这种力量,人使自己和世界联系在一起,并使世界真正成为他的世界"①,表达的正是这个意思。

当然,爱的表现也需要借助具体实在的方式。在人所生活的社会环境中,爱的不同层面当然存在有范围宽窄、境界高低的差别,但是,它们都应该建立在具体清晰的方式当中。因为人直接接触的是具体可感的事物,只有建立在这种具体感受基础上的爱才能深切,才能真实,也才能进入我们最牢固的记忆。我们谈对父母亲的爱,肯定蕴藏在细微的生活细节,甚至是一个动作、一个眼神中。我们只有通过爱身边的亲人、朋友,爱我们生活的村庄、工厂和小区,爱我们的同事、邻居,从这样对一山一水、一草一木的爱推广开去,才能爱我们的社会、祖国和民族。同样,我们对祖国的爱,也密切联系着其具体的地理、历史、文化和精神,我们对我们祖先的文化、历史有深切的感悟和认同,在这种感受中有了对自己祖国深切的依恋,并将自己融汇在具有悠久历史和文化的传统中,内心充满热爱和宁静,我们的爱才真实而深沉。"我不爱我的祖国。/她那抽象的光辉/虚无缥缈/但(尽管并不悦耳)/我愿付出生命/为她的一方水土,/一方人,/为她的港口、松林/和城堡,/为一些破败的城市,/灰暗,丑陋,/为她的历史人物/为她的几座山脉/——还

---

① 弗洛姆. 为自己的人 [M]. 孙依依,译. 北京:生活·读书·新知三联书店,1988:34.

有三四条河流。"① 诗人之所以摒弃那种对祖国的抽象的爱的口号，是因为这种空洞缺乏真实具体的生活体会，缺乏心灵的投入，是不够真诚和切实的。

　　换言之，只有具体的、与我们每天日常生活相融汇的爱，我们才能如美国著名作家福克纳所说："深深地爱着这里虽然他也无法不恨这里的某些东西，……不是因为那里有美好的东西，而是因为尽管有不美好的东西你也无法不爱"②，才能真正深入到民族和国家的实质，才能在这种爱的前提下容忍其缺点甚至丑陋，报之以真正的痛惜和关爱，而不是居高临下地鄙视和谩骂。从文学和文化史来看同样如此。比如，我们都把唐代诗人杜甫作为爱国者的楷模，其实，杜甫的诗歌里丝毫没有那种空洞的、虚华的爱的口号，他诗歌中表现得最丰富和最动人的，是对家人、对朋友、对故乡的爱，是"烽火连三月，家书抵万金"、"今夜鄜州月，闺中只独看。遥怜小儿女，未解忆长安"这样渗透着诗人浓郁亲情的日常之情。他对祖国的爱，正是建立在对家人、对朋友、对故土深切情感的基础上。或者换句话说，正因为有对妻子儿女的爱，对朋友故乡的爱，杜甫对民族国家的爱才能那么真切、具体和感人。

　　但是，"革命之爱"却往往将爱的内涵抽象化，使之与具体的个人、生活和细节分离。在其观念中，战友、同事之间日常相互关爱的感情，往往被化为抽象而宏大的阶级感情，笼罩上庞大而虚无的政治主义色彩。一般谈对祖国和共产党的热爱，也往往只谈抽象的、遥不可及的事物，不涉及我们身边的家园、亲人和具体生活环境。我们只能歌唱对黄河长江的热爱（尽管我们可能根本就没有见

---

① 墨西哥诗人帕切科的诗，引自：杨玲. "这是献给整个墨西哥文学的大奖"：2009年塞万提斯文学奖得主帕切科其人其作［N］. 文艺报，2010 - 03 - 26.
② 福克纳. 福克纳随笔［M］. 李文俊，译. 上海：上海译文出版社，2008：43 - 44.

过这两条江河),却无法表达对真正养育我们的那条小溪流、那座小丘壑的感情。甚至,在其视阈中,个人爱的感情往往成为被漠视和否定的对象,将爱的源泉理解为个人之外的某些抽象政治符号。这种抽象化的爱的方式,使爱不能拥有"自爱"的前提,也很难激发起人与人之间最基本的友爱和关怀,人们也许能够背诵一些宏大的口号,却没有将爱融入我们与之须臾不可分割的日常生活当中。这样的爱是难以深刻、切实的,也是难以进入心灵世界,产生持续影响力和感染力的。

三、我们还会不会爱?

爱的思想的自身缺陷,加上政治教育环境的限制("爱的哲学"一直没有受到政治的青睐。"革命之爱"当然是受到推崇的,但它也因此对其他思想构成了排斥和打击),导致中国现代爱的思想和爱的教育存在非常显著的缺陷。首先,严重影响了作家和思想家们的思想深度。由于爱的思想不能与本土资源真正结合,不能立足于具体来表达和阐释爱,也就疏离了与现实生活的密切联系,削弱了作家们对于深邃细微情感的理解和表现能力,限制了他们在真正民族内涵和生活深度上的思想创造力,难以形成思想和艺术的个性。可以说,在现代文化史上,基本上没有形成具有独创性和深度的爱的思想,甚至没有人达到冰心的思想高度(尽管20世纪20年代的冰心仅仅是个20来岁的青年),也因此没有产生超出"爱的哲学"的爱的思想。思想的缺陷直接影响到文学。在中国新文学作品中,我们不只没有看到对爱的创造性思考,甚至很难看到真正凝结于生活的挚切感情,以及真正融化于生活的细致表达。人们的情感世界被遮蔽、忽略和简单化,人们内心的沉重与痛楚、内心深沉的爱和温暖,甚至人们最基本的生存感情,都被肤浅和虚假所笼罩。

其次,直接导致了各种爱的思想影响力的衰微。深度的匮乏,直接影响到人们对爱的思想和以爱为主题的作家和作品的接受效果。"爱的哲学"尽管蕴含有深刻而普泛的哲理,也有比中国传统文化更丰富的爱的内涵,却未能真正深入民族大众,更未能成为主导其精神世界的思想。或者说,在知识者群体中它具有较大的影响力,但普通老百姓与它有很大的隔膜。同样,"革命之爱"尽管曾经轰轰烈烈、盛极一时,但并没有产生真正实在和深远的效果,其接受者也主要局限在单纯质朴的劳动者群体。特别是当"文化大革命"结束,蒙在"革命之爱"上的面纱被揭下,它所具有的伤害更为人们所认识,其影响力也很快荡然无存,甚至遭受了很多的冷嘲热讽。文学也一样。冰心以爱为主题的文学创作尽管盛极一时,但其实无论故事还是主题都颇为概念化,并且在进入20世纪30年代后逐渐萎缩、难以为继。"文化大革命"后的北村等作家的作品,更是陷入宣教的陷阱不能自拔。至于众多"革命之爱"主题的作品,也基本上随政治风云兴盛一时,却都没有在文学史和人们心中留下深刻的印记。

爱是人类最基本也是最重要的感情。社会的正常运转和顺利发展,个人身体和心灵的健康成长,爱都是不可或缺的。爱如同人和人之间的心灵润滑剂,帮助人们沟通、交流和倾诉,它是人们生活幸福感的重要来源,也是社会稳定的重要基础。在爱的氛围里成长,人的心灵也会变得柔软,心态会自然、健康。拥有爱的滋养,也会自然地传递爱的情感,促进人际关系的圆润和谐。反之,则很容易养成对社会和他人的仇视心态,不能平和地看待他人和社会的健康发展。同样,对于一个作为"想象的共同体"的民族国家,民族大众对国家爱的情感是维系其存在和发展的重要前提。没有爱的情感的加入,我们很难想象一个民族共同体的形成,更难以保持其健康发展。在个人爱的情感和社会爱的文化形成中,思想资源和教育环境都是非常重要的。因为虽然从广义来说,爱的情感与人的天性相关联,在再艰苦严厉的背景下也依然会存在人与人的爱,渴望爱和被爱,更是人的基本情感,我们每一个在现代社会中成长起来的人,都不可能完全脱离爱的滋养,从亲人、老师和朋友处,在传统文化或现代思想或现实当中,我们都可以感受到朴素而自然的爱的温暖;但是,全面深度的爱的滋养,只有系统的思想和教育才能做到。

因此,现代文化中爱的思想发展上的缺陷,不只是影响到它自身,更严重地伤害到生活在现代社会的普通民众和民族国家文化。社会主流政治对爱忽视(或偏颇),爱的思想文化又存在着根本性的缺陷,难以真正深入到社会文化中,于是,大众必然在本土情感、西方文化、政治要求之间产生茫然的情绪,不知道哪一个才是正确的、适合自己的文化,更难以将它们与自己的生活联系起来,作为成长的重要思想基石。我们不知道究竟什么是真正的爱,什么是我们应该遵循的爱的原则和理念,以及我们究竟应该爱什么,应该怎样去爱。就像我们对待自己的父母亲,到底是应该遵循传统文化中的"孝道",还是以追求个人独立为准则,抑或是以对祖国的忠诚来代替我们的个人感情?再比如我们对亲友们表达亲密的感情,是应该像我们的祖先那样作揖磕头,还是像现代时期那样鞠躬握手,抑或是像当前时尚的那样亲吻拥抱?同样,在社会文化方面,缺乏具体而现代的爱的思想引导,我们也不知道如何形成和表达我们对民族和祖国的爱,更不知道什么是真正的现代民族和国家意识。

这也许是造成我们今天社会文化状况的重要原因之一。当前社会大众的民族国家感情普遍淡漠,人际关系更是高度疏离,还有居高不下的犯罪率和离婚率等,已经是每个人都不可忽视的问题。我们都习惯于将这些现象与喧嚣的物质文化影响相关联,但也许在现代爱的思想文化历史中也能够找到一定的答案。谁能说,这些方面与我们思想文化建设的不足,与我们爱的资源和教育的匮乏,与我们不懂得如何去爱,没有更深刻的关联呢?在今天,我们每个人都可以反躬自问:我们会爱吗?我们知道我们爱什么吗?

第三节 伦理的异域与本土：个人主义

一、个人主义及其与现代中国

个人主义是一个在现代社会影响广泛而深远的概念。但正如有学者所说："大而用之，它几乎可囊括几个世纪以来整个西方思想的精髓，它不仅是哲学的也是历史的概念，其用法并不具有始终一贯的明确的单一所指"①，个人主义的思想资源异常丰富，内涵驳杂甚至不无自我冲突之处。然而，就我的理解，尽管人们对个人主义的理解非常多样，但离不开两个中心特点：一是个人的独立性，即"强调自我支配、自我控制、不受外来约束的个人或自我。……个人主义反对权威和对个人的各种各样的控制，特别是国家对个人的控制"②。因此，个人主义与集体主义、民族主义、国家主义等所有集体意识形态形成根本上的对立。二是个人权益的重要性。就如卢梭曾经说过的："人的最原始的感情就是对自己生存的感情；最原始的关怀就是对自我保存的关怀。"③ 个人主义注重自我感受和个人价值，将个人利益、个人幸福作为考虑事物的重要出发点。这两个特点既密切联系，又有一定张力，构成个人主义思想内涵的丰富性和多元性。

---

① 李今. 郭沫若的"我"：兼论五四时期个人主义思想对郭沫若的影响 [J]. 中国现代文学研究丛刊, 1991（3）.
② 中国大百科全书出版社《不列颠百科全书》国际中文版编辑部. 不列颠百科全书：国际中文版（修订版）：第8卷 [M]. 北京：中国大百科全书出版社, 2007：369.
③ 卢梭. 论人类不平等的起源和基础 [M]. 李常山, 译. 北京：商务印书馆, 1997：112.

这种内在张力的特点，导致个人主义在人类发展中产生巨大而复杂的影响。其一，个人主义对于个人意义的强调，对于人的独立性和自由精神的张扬，使人充分认识到自己存在的价值，以及对自我尊严意义的维护，帮助人从神权束缚之下获得解放，并敢于对抗各种专制权力，是人类的一次重要自觉，也是人类精神的一次巨大进步，在人类思想史上有重大意义。其二，个人主义对个人利益和幸福的追求，客观上也促进了人类对物质文化的追求，促进了社会生产力的发展。可以说，从欧洲文艺复兴之后人类社会在物质文化上的迅速发展，与个人主义思想的传播和影响有密切关系。其三，它也激发了极端功利主义的发展。个人主义思想重视个人感受和权益，走到极端，就很容易将一切都以满足个人欲望作为出发点和归宿，而最终必然走向对身体欲望的极度张扬，以个人利益为绝对目的，沦为极端的、狭隘的个人功利主义。简洁地说，个人主义是一种对人类发展起着重要推动作用的思想，但它也并非完美，特别是在它走向极端和片面的时候。

个人主义是中国现代以来文化和文学的重要关键词。五四时期，个人主义是时代先驱们大力引进和推介的重要西方思想之一。对于长期受专制统治荼毒的人们来说，个人主义无异于一支精神的清新剂，它使人们意识到自己的权利和价值，并将这种权利的争取与民族国家的兴起相联系，因此，个人主义是五四时代最有影响的现代文化之一。新文学的开端——五四文学，作为五四新文化运动的一部分，自然是个人主义思潮的重要推动者和体现者。五四文学的基本精神之一"人的文学"，核心就是对个人和个性的张扬。而正如"我是我自己的，你们谁也没有干涉我的权利"是五四文学中男女主人公们最响亮的口号，对个性解放的书写和倡导也是五四文学的绝对主题。

但是，由于20世纪的中国面临着民族国家救亡和振兴的巨大压力，民族国家和集体意识对时代的要求最为迫切而广泛。这样，个人主义与集体、社会、民族国家之间的内在矛盾必然会限制它的生长。因此，尽管个人主义风潮在五四时期盛行一时，但此后相当长一段时间内，它的发展却并不顺利，基本上处于受压制和边缘化的状态。

"文化大革命"后，个人主义迎来了它又一个发展契机。政治上的渐次解冻，经济上的大力改革，思想上的对外开放，带来的是个人主义的略显缓慢和艰难，却又是不可阻挡的复苏，个人的权利和欲望也逐渐得到了表达和呈现。从大的社会文化思潮，到小的个人生活方式、言语方式，甚至穿着打扮，都可以看到个人主义坚实的步伐。应该说，这种复苏代表的是人性正当的要求，也是文化摆脱政治束缚的集中体现，它也是促进"文化大革命"后思想和社会解放的重要因素之一。因此，当时的个人主义潮流非常受社会大众的支持，每一个与之有关的思想都会在社会上引起轰动。如与个人主义有着密切关联的萨特"存在主义"，在强调社会责任感的前提下张扬个人的选择自由，极大地激发了人们的自我意识，深化了人们对自我价值的思考，成为在社会大众（特别是青年大众）中轰动一时的思想潮流。在"文化大革命"后个人主义的解放和发展过程中，文学起到了非常重要的引领和开拓作用。戴厚英的《人啊，人！》、张笑天的《离离原上草》，以及北岛、顾城等人的朦胧诗作品，是其中的杰出代表。它与社会思潮的嬗变相辅相成，共同推动了个人主义在中国社会的迅速发展。

二、近二十年中国文学和社会中的个人主义

如果说20世纪80年代个人主义经历了艰难复苏和正常发展的话，那么，90年代以后，个人主义的发展则异常迅猛。特别是1992年后实施的大规模市场经济改革，极大地促进了个人主义的

发展。只是，特殊而复杂的社会和文化背景，致使个人主义的发展并不健全、正常，而是片面、畸形和极端。

这其中有多个因素的影响。首先，从"文化大革命"结束到20世纪80年代末，总的社会思潮是解放和发展，但一则因为其中充满阻力和回旋，二则时间过于短促，在短短几年时间内，人们对许多思想（其中自然也包括个人主义）的认识，还处在对"文化大革命"异化的情绪化痛恨和排斥当中，没有走出"拨乱反正"的简单阶段，距离真正理性地辨析和思想重建还很遥远。这些有限的认识遭到现实政治的阻滞，也未能在社会上深深地扎下根来。其次，80年代末的风波，严重窒息了社会文化中的理想主义精神，限制了个人主义往独立精神方向发展的空间。最后，也是更重要的是，90年代初开始，随着市场经济改革大潮而来的商业消费文化，缺乏政治和文化的有效制约（相反是无节制地片面推崇，特别是在教育和文化领域），导致消费主义迅速成为主导时代的文化潮流。它极大地刺激了个人欲望，使人的精神内涵被完全抽空，物质成为人存在的最重要甚至是唯一的内涵。

于是，面对汹涌而至的消费主义大潮，整个知识界、文化界普遍表现出精神疲乏的状态，甚至缺少最基本的理性辨析和冷静审视。它缺乏足够的反击力量，甚至无意中以对精神文化解构的方式承担了帮凶的角色（在一定程度上，这种解构是完全必要的，只是在特定的背景下，它的意义被误导了）。几乎没有遇到像样的抵抗，消费主义思想就毫无争议地成为时代文化的统治性潮流。与此同时，个人主义也呈现极端而狭隘的发展方向：在物质（身体）层面，个人主义迅速膨胀和强化，盛行于社会文化的各个层面；但在精神层面，它却遭到严重的压抑和毁灭性的打击，完全被推到社会文化的边缘。

在这当中，文学也起了推波助澜的作用。虽然有张炜、张承志等个别作家表示了对时代精神的批判,也有部分作家"独善其身",以对文学独立性的坚持来抗击现实,但这些批判的资源因为缺乏足够的理性深度而匮乏力量(感性和浪漫是这些批判的主要特征),更重要的是,这些批评声音是如此的微弱,完全抵挡不了对物质和消费进行迎合与投靠的思想潮流。在文学创作中,对物质的膜拜和宣泄,对精神的亵渎和嘲笑,成了时代文学的主流。对极端个人主义的表现,则泛滥于时代文学创作中。

表现之一是对民族国家意识的嘲讽与亵渎。如前所述,个人主义与集体、民族、国家等有着天然的对立倾向。在现行政治环境下,当前文学不可能直接对抗民族国家意识,它选择的是另一种方式,就是嘲讽和亵渎(以及有意地忽视),作家们对社会责任意识采用集体逃离和着意规避的对策。以民族战争文学为例。民族战争是民族精神最极致的体现。20世纪三四十年代的抗日战争就是面临亡国危险的中华民族的一次顽强抗争,无数中华儿女为了民族的独立无私地奉献了青春和生命,应该成为民族的楷模和英雄。然而,我们当前文学(当然更为突出的是各种抗战影视剧)中流行的是完全与真实历史无关的"戏说",是对历史荒唐、戏谑的演义,其结果是民族国家的庄严和神圣被完全消解,民族精神受到严重亵渎。表现之二是对道德底线的挑战与放纵。如果说90年代以来的文学对民族国家的挑战尚处于相对间接(或悬置)的状态,那么,它对道德的挑战则肆无忌惮了。因为道德也是个人的禁忌物之一,而且它与政治没有多大关联,不需要冒什么风险。于是,各种挑战道德底线的文学创作开始盛行。"下半身写作""身体写作"成为时尚。随着网络文学的出现,这种现象更为突出,诸如"木子美""芙蓉姐姐"现象层出不穷。在这种情况下,文学已经完全放弃了最基本的道德底线,成为极端个人主义的鼓吹者和呈现者。表现之三是以个人为中心的创作内容和主导思想。在90年代,文学非常明确地极力宣扬回到个人世界,将"个人写作"作为旗帜,拼命张扬和宣泄个人欲望,造成了时代的"个人化写作"潮流。进入21世纪后,文学的创作题材似乎更宽泛了些,底层、大众似乎进入了文学的视野。但实际上,透过这种外在的题材包裹,我们看到文学更实质的内核却依然是个人。因为这些文学所表现出来的价值观念完全以个人为中心,都是从自我出发,缺少对社会和他人的关怀,更缺少社会责任感的承担。典型的就如当前网络文学中最为盛行、读者最为广泛的"穿越""盗墓"等类型小说,这些作品最大的特点就是呈现一个完全脱离现实,存在于个人臆想中的、与客观现实无关的世界。它们貌似有比个人更广泛的生活,但实际上,它们完全出自个人想象,是沉溺于个人幻想世界的产物,与真实的现实和历史,与其他人的生活没有丝毫真正的关联。它们来源于个人,也归属于个人。

从20世纪90年代初到今天,挟物质文化潮流和消费文化的帮助,极端个人主义在中国思想文化和文学中的发展已经持续了20余年。经过了这么多年的"洗礼",个人主义在当前社会和文学中的影响已经渗入骨髓,呈现出更为普遍和极端的特征。或者说,从表面上看,个人主义这个词在文学场域中出现的频率似乎不是很高了,但实际上,这是因为它已经毫无疑问地成为时代文学的决定因素,已经化为文学的内在主导精神,不再需要大张旗鼓地宣扬了。它也许不那么明确,却更内在;也许不那么张扬,却更彻底和普遍;也许不那么表层,却更牢固和深刻。

社会文化中更可以看出这种畸形个人主义泛滥后的"效果"。当前社会问题众多,当然存在政治体制、商业文化腐蚀等方面的原因,但片面的极端个人主义思想也起着重要的负面作用。当前社会中极端个人主义的表现方式很多,概而言之,其一是个人的绝对中心。当前社会文化所倡导、也为绝大多数人所信奉的,是一切都以个人为出发点，以追求个人利益为目的。其他方面，无论是亲人、朋友，还是更广泛的对社会和他人的责任义务，都不在考虑范围之内。这样的个人绝对中心思想所带来的后果是人际关系的严重冷漠，是基本关爱和互助精神的匮乏。其二是极端的现实功利主义。在当前社会文化和思想中，理想、精神已经完全失去了地位，人们所追求的是完全的现实利益原则，"不求天长地久，只求一朝拥有"，金钱、财物、个人的感官享受等现实物质，成为人们唯一膜拜的目标，理想、精神、未来成为人们彻底嘲笑和完全忽视的对象。其三是社会、民族、国家意识的几近虚空。这一思想出现的原因当然很多（比如一个重要的原因就是，民族国家在很大程度上被剥夺了纯粹意味，过多成为现实主义政治的附属物），但客观的情况是，社会、民族的责任感和荣誉意识受到普遍的忽略甚至是亵渎，人们普遍不再将国家利益、民族利益作为崇高目标，更普遍匮乏为之付出和奉献自我的决心。

三、我们社会的危机与困境

如前所述，无论从理论上还是从现实层面上说，个人主义都绝对有其价值。但是，正如它的意义层面存在着内在张力，它的价值也需要建立在其精神与物质两个层面的互补上。它的两方面相互矛盾，却又在对立中构成互补，形成自我的内在平衡。但在现实中，中国的个人主义却是畸形和极端发展的，这使它对社会的危害远甚于意义，甚至成为当前社会文化问题的重要根源。

从文学来说也是这样。个人主义在新文学中的曲折发展，具有复杂的历史和现实背景，也与个人主义本身的意义有关。个人主义蕴含有现代人文精神，是对传统专制文化的颠覆性否定和对人类主体精神的实质性解放。对于中国这样一个长期处于专制统治的国度和受专制文化影响的国人来说，个人主义思想尤其有启迪意义。就文学而言，文学由个人书写，表达个人的经验和感受，建立于个人才华和个人生活感悟之上，独立的个性追求是文学创造性的重要前提。特别是在今天，物质文化大潮以强大的群体力量对个人存在构成巨大威胁，个人主义具有一定的积极反抗意义。个人化的创作方式使它拥有比较独立的创造空间，其丰富的个人体验更是对单一、机械的工业化的抗拒。

但是，个人主义的极端化和普遍化却更多呈现出危害性。就当前文学而言，它既危害到文学自身的成就和发展空间，还超越文学范围，影响整个社会的文化状况。简单地说，其影响集中地体现在以下两个方面。

其一，限制了文学的思想高度，进而限制了文学创作的成就。虽然文学离不开个人，或者说通过个人方式深入到人性世界，是文学写作的重要内容。但是，仅仅局限于个人，一切都以个人为出发点，必然会导致文学内涵的狭窄和视野的局促，进而导致文学缺乏更深远的关怀和境界。因为说到底，人是群居动物，人与人的关系是最基本的社会关系，人际间的关注、信任和热爱，对集体、社会、民族国家的书写，是文学重要的表现内容，也是文学无可回避的责任。只有拥有了比个人更宽广的关注和境界，文学才可能具有更深远的价值。而且，只有在个人之中蕴含更广的揭示、关注，才能够得到更多读者的喜爱，读者才能在你这里找到心灵的共鸣。正如某西方学者所说："舍勒说：爱是精神和理性之母。它是人类参与客观世界全部精神活动的源泉。没有参与的行为（爱），人就不可能参与（认识）世界的事件。正是人所拥有的这种爱的力量涵盖了人与世界的联结面，在这个维度内，爱的力量被引导进入认识事物的价值结构。"[①] 我们不能说在当前文学看不到人与人之间的爱

---

① 弗林斯. 舍勒思想评述[M]. 王芃, 译. 北京：华夏出版社, 2003：48.

和关怀,但确实,这些内容的空间已经严重地被个人所侵占,我们难以在其中感受到那种深沉宽厚的对大地、民族和人们的热爱,也难以体会到那种深沉博大的民族精神。所以,我们不排除当前文学中有个别作家达到了较高水准,但就总体而言,当前文学的思想境界依然有较大局限。

其二,影响到文学与大众的关系,并进而影响到文学的未来。鲁迅曾经说过:"创作总根于爱"①。实际上,阅读也源于爱。读者在文学中感受到作者的爱,被作者的爱所感动,自然会热爱文学。因为说到底,文学是一种作家和读者之间的交流,交流需要平等、尊重、信任和爱。只有读者在其中看到了对自己的关注、尊重和热爱,他才会相应地热爱、关心文学。近年来文学被社会严重边缘化,被社会大众普遍忽略和淡漠,当然有多重因素,但文学自身视野狭窄,匮乏现实关怀,也应该承担一定的责任。因为你只是关注自我世界,不关注国家、民族,也不关注社会大众,自然也就不能得到大众的认可和喜爱。没有对他人的关注,没有自我的奉献,就不可能得到他人的爱和关注的回报,不可能得到别人对你的尊重。读者的热爱是文学生存的基础,失去了这一基础,文学的生存必将艰危,而且,这也促使文学更多地去依靠政治和商业文化,通过其他方式以图生存。这样,文学的独立性日益丧失,文学的前途也很是让人担忧。

如果说在一个时代文学中,只有个别作家鼓吹极端个人化思想尚无伤大雅的话;那么,一个时代、一个民族的文学整体呈现这样的特征,则是一种非常明显的缺陷。因为在一个社会中,文学是先进的文化之一,它在一定程度上引领和倡导着时代的文化风尚,是

---

① 鲁迅. 而已集:小杂感[M]//鲁迅. 鲁迅全集:第三卷. 北京:人民文学出版社,1981:532.

社会文化潜移默化和深远的影响者。这种对个人主义的极端化和普遍化表现成为时代文学潮流，对社会文化产生负面影响也是必然的。当前社会的极端个人主义状况，当然不是由文学引起的（它更根本的原因是整个社会的文化主导，以及教育制度和政策），但文学在这种潮流当中没有起到逆流而行的批判作用，它主要是随波逐流，甚至是推波助澜，与之构成某种程度的合谋，共同推动着当前社会文化格局的形成，充当着社会道德伦理的掘墓人。可以说，如果说在"文化大革命"后的个性解放中，文学所起的推动作用是积极和正当的话；那么，在今天，它鼓吹极端个人主义，沦为欲望的顺从和推动者，却是值得反思和检讨的。

对社会而言，极端个人主义的危害已经不需多言。甚至可以说，极端个人主义已经成为社会文化的主导思想，成为影响我们每一个人生活和社会文化方方面面的重要负面因素。就社会思潮来说，极端个人主义的泛滥，导致传统社会道德面临崩溃，人与人之间缺乏基本的友爱和信任，在一定程度上，我们的社会只是依靠传统伦理的惯性在勉力运行。

我们看当前社会上弥漫的虚无、迷茫和绝望情绪，看已经相当泛滥的群体性贪婪和腐败，以及完全以金钱为价值标准，丧失了最基本是非观和道德立场的大众价值观，都可以看到极端个人主义思想的浓重身影。比如在当前社会中引起广泛反响的诸多贪污腐败、以权谋私事件；犯罪率居高不下，犯罪者缺乏罪恶感和忏悔意识，社会大众也多成为犯罪的纵容者乃至潜在的犯罪者；当前社会的几乎所有负面事件，如"小悦悦事件""激情杀人事件"，以及"地沟油""毒食品"事件，体育精神的衰落，个人利益成为体育比赛的决定因素；等等。特别是高等学府中泛滥的抄袭、剽窃，以及大学生以"室友危机"为代表的淡漠的同学关系，还有时可耳闻的精神危机、自杀事件等——按理说，大学是一个社会文化的顶端，它应该是时代文化最后的堡垒,也是时代精神金字塔的峰顶,对社会文化起引导和匡正的作用。但是,在今天,大学已经完全丧失了这一功能,其精神的堕落更标志着整个社会文化出现了严重的危机①——可以看作是极端个人主义思想泛滥的后果。这样的社会不只是在现实中充满危机,更蕴藏着可怕的怨恨爆发的力量。

四、我们如何选择个人主义

文学中的个人主义密切联系着社会文化的个人主义思想,因此,如果要重审文学的个人主义,对思想领域的个人主义做出清晰的界定是重要的前提。反过来说,真正认识和理解文学中的个人主义,其意义既在文学自身,同时也深刻关联着对当前社会整个文化价值观的建设。文学与社会的关系,从来都不是分离的,而是互相依存、不可割舍的。

首先,最基本也是最重要的,是对个人主义做出理性的辨析,并进行恰当的价值选择。正如前所述,个人主义概念非常复杂,在不同的时代背景下人们对它的理解会有不同的侧重。就其最基本内涵而言,它既有强调个人利益和欲望的一面,也有强调精神独立和自由的一面。这两层内涵之间既有联系,也存在巨大裂隙。不同时代的人们对其会有不同的强调和取舍。在物质化、欲望化已经甚嚣尘上的今天,我们理解的个人主义,应该侧重于精神独立和自由的一面(当然这并不是对个人利益完全忽略,但毫无疑问,我们认识的前提不是个人利益和欲望)。因为从根本的意义上说,以对人的欲望刺激为方式的商业文化,貌似在张扬个人,实际上是对个人独立性的戕害和毁灭,是无个性的物质欲望对丰富个性的奴役。当前

---

① 近年来,钱理群先生批评当前高等教育方向性失误,从而导致大学生中出现大批"精致的利己主义者",在社会上获得广泛认同。

许多个人主义提倡者（包括文学），完全从物质和个人利益角度来理解个人主义，实质上是对个人主义的狭窄化和精神阉割。只有真正独立的个性精神，才能实现对单一物质文化的反抗，体现个人主义的价值和意义。

所以，对当前中国文学来说，不是简单地摒弃个人主义，而是如何准确地选择和表现个人主义：是张扬真正个人主义的独立和自由精神；还是表面上张扬个人利益和个人欲望，实际上却在承担着物质文化的奴隶和帮凶的角色，对真正个人主义精神构成戕害和杀戮。对于社会文化、社会道德来说，真正的个人主义精神绝对不是灾难，而是进步和发展。文学选择的方向，应该是前进和发展的方向，是有益于社会进步的方向。当前的中国文学尤应如此。

其次，应该更宽泛地、以发展的角度来理解个人主义，特别是理解它与集体意识形态之间的关系。

早在20世纪初，美国著名哲学家杜威就曾经分析过正进入发达工业化时代的个人生存状况，认为在现实中普遍存在的"美国生活中典型的不安、急躁、易怒与匆忙"，来源于个人在社会中的位置迷失感："个人找不到那种作为社会整体中既支持着社会又被社会支持的成员所特有的那种援助与满足。"① 也就是说，进入到现代工业社会，个人面临着工业化权力的更大压迫，遭遇到更大的精神危机。就如弗洛姆所说，虽然今天人们在个人方面获得了更大的自由，但另一方面却感受到"自由的焦虑"，渴望逃避自由，寻求人与人之间更多的精神依靠。这种情况与个人主义兴起时的文化和社会背景已经有着很大的差别。那时候，人们寻求的是对过于强大的宗教政治压制下的逃离，是对自由和独立的追求。但是在今天，

---

① 杜威. 新旧个人主义：杜威文选 [M]. 孙有中，蓝克林，译. 上海：上海社会科学出版社，1997：73.

在巨大的商业和工业背景下，个人已经拥有了充分的外在独立，但它所带来的却是人的弱小和无助。也就是说，人与人之间其实越来越明显地存在着休戚与共的密切关系，信息化社会、核能社会等的到来，导致人类命运的共同性越来越多，需要更多地以集体姿态和用集体力量去面对。利益和命运密切相关的同时，相互之间的责任意识也就要更强，个人与他人、与整个社会的关联也更突出。这也许与传统的个人主义有所悖逆，但却是无法改变和回避的。英国诗人约翰·邓恩的著名诗句"没有人是自成一体、与世隔绝的孤岛，每一个人都是广袤大陆的一部分。……不要问丧钟为谁而鸣，它为你，也为我！"真实地揭示了现在人类社会的生存状貌。学者钱满素说过："在个人与集体的平衡中，过分强调其中一方都可能有危险。若不考虑一个观念具体运作的历史和社会条件，便很难判断它的可行性。"① 这显然是很有道理的。

从这个意义上说，在今天，我们对个人主义与集体、社会、民族国家之间关系的认识应该更丰富和灵活，它们不是简单的抛弃和坚守、非此即彼的关系，而是相互交融和互补的关系。正如美国著名作家福克纳曾经说过的："对于我来说，没有人仅仅是他自己，他是他的过去的总和。没有真正过去式的东西，因为过去现在还存在。那是每个男人，每个女人，每个时刻的一部分。他或她的祖先、背景的一切，在任何时候，都是他或她自我的一部分。因此一个人，任何一个行动时刻中的故事里的一个人物，并不仅仅是他当时的自己，他是造就了他的那一切；……"② 任何人既是个人，同时又必然是群体中的一员，它的价值和意义不可能完全脱离群体而

---

① 钱满素. 爱默生和中国：对个人主义的反思［M］. 北京：生活·读书·新知三联书店，1996：235.
② 韦尔蒂. 在南方文学节上的主旨演说［M］//李文俊. 福克纳的神话. 上海：上海译文出版社，2007：298.

实现。换句话说，个人主义以个人为基础，但绝不是封闭地固守自我，不是逃避集体、社会和民族，而是一种对它们更高的责任承担，以之实现对个人的更高体认。对于文学来说，它应该坚持个人独立性，但同时也应该探寻个人与群体、社会、国家等方面的复杂关系，关注更多人的生存、价值和命运，在大爱中间完成自我价值的实现和更高升华。事实上，大众是文学最直接的书写对象，也是其直接接受者，社会现实和历史则是文学最可探索的表现空间，它们也是文学广阔和持久生命力之所在。

从纯粹的文学角度来看也是一样。或者说，它以自己的方式显示文学的个人主义与民族、国家之间的内在统一。这个统一的契合点就是文学的民族个性。作为人来说，需要个人的独立和自由；作为文学来说，同样需要独立的个性。在人类文化背景下，文学个性一个最根本的前提就是民族文化，优秀的、独立的民族文化传统，造就了人类文化的丰富性和广袤性，文学的个性也在于此。因此，从文学角度来理解个人主义，需要有民族文化个性为前提，需要超出狭隘的个人写作范畴，与民族传统相关联。文学的个性和深度与民族文化有直接关系。而反过来，个性化的民族文学也促进民族文化的深入发展。这正如学者江宁康对美国文学与美国民族精神关系的论述："美国文学史的历程也是对美国地域和人文景观不断观察和想象的过程，是用不断创新的艺术技巧来深刻地揭示美国民族身份各个层面的过程，所以从这个意义上说，美国文学想象的历史就是对美国地域和文化的特性揭示史，是对在这个特定的文化—地理疆域中各色人等的性格表现史，也是对各个族群所认同的美利坚民族身份的建构史。"[①]

---

① 江宁康. 美国当代文学与美利坚民族认同［M］. 南京：南京大学出版社，2008：40.

当然，文学在社会中不是独立生存的，它不可能摆脱整个大的文化环境的影响，也就是说，要纠偏当前文学中的个人主义潮流，不是只靠文学自身就能完成的。这需要整个社会文化，特别是政治、教育、文化等体制改革的努力，需要更广泛的文化界人士的思考和投入。但作为文学来说，清晰地认识自己存在的缺陷，更清醒地厘清自己与个人、社会、民族国家之间的关系，却是不可回避的责任，甚至说是当务之急。

第三章

形式与内容：文学本土化的呈现方式

文学与民族文化的深层关联，最核心的当然是思想和伦理文化层面，但也不仅如此，它同样体现在文学形式层面，包括叙事方式等。而其最终体现，还是要通过大众的接受——只有被大众接受了，在社会文化中产生影响，成为其一部分，才能说是真正深入地联系了民族文化，实现了文学的本土化。所以，对于文学本土化问题的考察，有相当一部分的内容其实是文学形式本身，包括文学体裁、文学语言、文学抒情与叙事方式等多个方面。这一方面的内容，也将是我未来继续探索的未竟之途。

第一节　中国故事与文学传统

一、故事与文学传统

讲故事是小说的一种基本功能。佛斯特认为："故事是小说的基本面，没有故事就没有小说。这是所有小说都具有的最高要素。"[①] 不可否认，这种判断具有某种片面性，但作为小说的一种基本特征，我们认为"故事性"在今天仍然有重要的意义。钱谷融先生早就指出过："小说后来之所以会那样受人喜欢，所以会几乎人人爱读，必有它特别吸引人的地方在。这种特别吸引人的地方，我们以为主要恐怕就在于其中所包含的故事性。爱听奇闻轶事，可以说是人类的共同心理。一个生动的故事远比一篇充满至理名言的圣人经典更有吸引力。小说最初就是以故事的形式出现，以传述奇闻逸事为其主要职能的。所以，故事性是小说的一个重要因素，也

---

① 佛斯特. 小说面面观[M]. 苏炳文，译. 广州：花城出版社，1984：20-21.

是使它能拥有那么多读者的一个关键原因。"① 钱先生这番论述并非空穴来风，从古今中外诸多伟大作家的笔下，我们都不难发现具有优秀故事架构的小说作品。在中国古典小说中，《搜神记》《聊斋志异》《阅微草堂笔记》莫不以传述奇闻轶事作为小说的主要职能。在这些充满灵异甚或流于荒诞的故事中，在那些以花妖狐魅为重要人物的委婉精致的叙述中，真切地传达出作家们内心深处的爱恨与悲悯，寄托着他们深沉的历史喟叹和鲜明的价值取向：对统治阶级残暴本质的揭露和挞伐，对无畏反抗者的崇敬和赞颂，对美好爱情与善良人性的讴歌和向往。这些百转千回、摇曳多姿的故事具有无穷的艺术魅力，直到今天也仍然焕发着炫目的光彩。不仅限于中国古典小说，西方小说传统中同样不乏优秀的故事性作品。福楼拜、巴尔扎克、狄更斯、莫泊桑……无一不是经营故事的好手。他们精彩的故事构筑，呈现出历史与人性交织的深度和广度，也在全世界范围内吸引了广泛的读者。由此，我们不难看出故事对于小说艺术具有特别意义，也能深切体会到故事类小说的独特艺术感染力。

然而晚近以来，随着西方现代主义、后现代主义在中国登陆后的强劲势头和持续影响，从创作方法、创作理念直到艺术表现形式，20世纪八九十年代的中国小说从根本上经历了一次彻底而深刻的转向。按照现代小说的理论观点，小说的主要任务是思想、情感或者其他，故事已经被推到了无足轻重的地位。在这一理论的驱使下，小说故事性的提及则无异于标示其自身的浅陋和庸俗，巴尔扎克之类批判现实主义大师似乎也成了最落伍的作家。于是乎，删除故事，淡化情节，似乎理所当然地成为众多新锐作家（也包括一些老作家）竞相追逐与效仿的目标。只要我们粗略地回顾一下80

---

① 钱谷融. 我看小说［M］//钱谷融. 艺术·人·真诚：钱谷融论文自选集. 上海：华东师范大学出版社，1995：294.

年代中期以来的中国文坛，就可以惊异地发现：曾几何时，中国作家已失去了讲述一个清晰故事的能力。从 80 年代"意识流小说"的兴起开始，到"先锋文学"的异彩纷呈，再到 90 年代"个人化"小说的窃窃私语，我们清楚地看到中国的小说创作陷入了在西方现代理论指引下的怪圈之中，传统的故事魅力正在远离小说作品。正如女诗人路也所说的那样："写诗（文学）的目的难道是为了离地球越来越远，而离火星冥王星越来越近么？"① 许多小说毫无故事情节可言，而又充满矫揉造作的呓语狂想，已经堕落为一个失去了所指的空洞的存在。当然，需要说明的是，我们无意贬损现代派小说取得的辉煌成就，也不是片面强调小说单一拥有故事的魅力。事实上，小说的魅力非常丰富，在文学史上，也有许多优秀的小说作品没有生动曲折的故事情节却丝毫不损其不朽价值，我们所感到遗憾的只是：故事性作为小说艺术重要的魅力特征之一，在当前文学中，却在很大程度上为作家们所淡忘，致使小说的这一重要特征正在逐渐淡出人们的视野。

二、先锋：反抗故事的潮流

故事的位置如此重要，反抗故事也就具有了特殊的意味。20 世纪的现代小说家们在反叛传统的小说观念、重建自己新的小说理念时，纷纷选择以扬弃故事来作为他们的突破口。无论是意识流小说的以人物心理世界的真实再现完成着它对传统小说的再造，还是荒诞派小说家们以浓重的哲理意味嘲讽着传统故事的轻浅，抑或是"新小说"家们以强调文本的结构性而亵渎着故事的通俗可读，总之，在经过 20 世纪初的现代主义小说运动之后，在小说创作中故事曾有的显赫和中心位置已经不再。而且，因为故事与传统小说和通俗大众之间的扯不清的紧密联系，对故事的反叛正代表着一种文

---

① 路也. 诗歌的细微和具体 [J]. 诗刊，2003（8）.

学姿态，在小说中讲不讲述故事，以及如何讲述故事，成了区别现代与传统、高雅与通俗、精英创作与大众创作的一个刻度和标志。现代主义的经典名著《尤利西斯》《追忆逝水年华》等都以远离传统故事而引人注目，许多著名的现代小说理论，也已将故事摒除于他们的现代小说要素建构之外。

在中国20世纪下半叶的文学运动中，中国文学也经历了一个复杂而曲折的对故事的背叛与回归的过程。在80年代中期之前的时代，是传统故事型小说占着绝对上风的时代。80年代初，以王蒙为代表的一些作家，不满于自己所习用的传统的现实主义创作方法，在西方文学的影响下，尝试用意识流的形式以期与传统小说的故事拉开一点距离。应该说，他们富于进取性的探索精神和努力是很有意义的，但总体而言，他们探索的步幅还相当有限，传统的故事框架仍清晰地潜藏在他们的作品内部，不过多了一些外部的包装而已。而且他们的尝试在当时虽然有很大的影响，但由于社会大众普遍的惊奇乃至责难，参与其中的作家并不多。到了80年代中后期，在一大批青年作家的积极倡导和参与下，对传统小说形式和故事的反叛才形成气候，中国的小说也才全面地呈现出新的面貌。以格非、余华、马原、孙甘露、残雪等为代表的这些被称为"先锋"作家的年轻小说家们，面临着引进的西方文化的全面冲击，敏锐地感受到西方现代文学与传统小说的巨大差异和它所显示出来的新奇魅力，也被激荡起对传统文学进行反叛的雄心与动力。

尽管"先锋"作家们各自吸取的西方文学营养来源有所不同，他们的反叛方向与道路也有着歧异，但是，他们在拒绝传统故事小说的宗旨上是相同的。如同他们的西方现代文学先辈们一样，他们也是明确而坚决地选择了小说的故事性来作为他们抗拒传统的起始点——而且，在当时的中国社会背景下，在传统的反叛者们看来，故事已不单纯是故事，它还关联着文学的自律与独立与否，以及与大众与社会之间的复杂关系。所以，在"先锋"作家的作品中，已经很难觅见传统小说的故事结构,更多的是以对小说其他内涵的挖掘而对故事进行的拆解与嘲弄。如格非的《褐色鸟群》,深深地沉溺于对人的潜意识世界的探寻之中,在这里,"故事"已沦落为一道若隐若现的幻影;余华的《古典爱情》,不只是反讽着传统的爱情故事的内涵,同时也反讽着故事的形式,斩断人们被传统小说所预设的种种故事模式;孙甘露的《我是少年酒坛子》则更是将传统"故事"的意味完全淹没于他巨大的语言海洋,在他的作品中,人们只能见识到语言之美而完全读不到故事;残雪也是一样,她的《黄泥街》以虚幻与感觉展开叙述,全然没有了传统故事的贴近生活、再现生活的意味。在上述的"先锋"作家的拒绝故事的洪流中,马原也许有些例外,他不是拒绝故事,而是努力地探寻着故事的多种写法,然而他的最终表现与其他"先锋"作家是殊途同归,他也是在对传统的故事形式进行瓦解和背离,只不过他是将传统故事的完整性切割成一条条分离的碎片。他的《虚构》就是完全解构传统故事的现实性和真实性的典型作品。

"先锋"作家们的反叛故事的态度是坚决而明确的,他们使昔日的故事读者们遇到了充分的阅读障碍,也使读者们的阅读期待感受到了深深的失望,大众对他们的拒斥与冷漠是必然的。在传统故事小说的哺育中长大的读者大众坚决而执着地渴盼与寻找着故事(王朔编剧的电视剧《渴望》广受欢迎即是一个显著的标志)。而在20世纪80年代后期的文坛上,也很快就有一批作家对这种渴盼表示了积极的迎应,"新写实小说"就是以重新包装的故事形式来献媚于大众,它很快地受到了大众的欢呼。而事实上,这种"回归故事"的趋势一直延续,甚至贯穿整个90年代文学。也许是惊惧于"先锋"的失败,也许是感触于"新写实"的成功,90年代的作家们,纷纷回到传统的故事中,使"回归故事"成为90年代小说创作的一道集体性风景。在90年代中曾风云一时的"现实主义冲击波"作家群固然是完全地回到了传统故事小说的怀抱,《大厂》《穷乡》与《分享艰难》等都是在述说着一个个具有很大相似性的改革故事；众多过去的"先锋"作家也回归了传统，格非写出了回归平直的《欲望的旗帜》，余华回到了与传统故事形式几无差异的《许三观卖血记》，甚至还有一些昔日的"先锋"作家已堕入到完全的操作性故事写作，成为事实上的通俗文学作家。即使是所谓的"晚生代"作家，虽然他们有自己激进的宣言，所依恃的也不仅是单纯的故事，但他们已失去了80年代"先锋"作家们在文学的非故事意义上进行探寻的勇气和力量。事实上，他们的许多作品，也不得不凭借可怜的故事性来博取观众的欢迎。"先锋"的失败留给人们惨痛的教训，也给后来者更多的警示与启迪。

三、如何讲述中国故事

"如何讲述中国故事"是最近几年文学界讨论的热点。从讨论看，绝大多数人认可这一话题的意义，但在理解上却存在较大的误差。比如说，不少人将这一话题的重点放在"如何讲述"上，而对"中国故事"，特别是"中国"却持相对忽略的态度——比如有人认为：只要写的是中国土地上发生的事情，自然就是中国故事，对此没有必要去特别重视。事实上，许多参与讨论者的视角也完全集中在"如何讲述"上，技术性的因素是他们关注的重点。比如如何汲取和借鉴中国传统文学技法，以及如何融合西方艺术手法，等等。

不能说这些学者的想法不真诚，也不能说他们的论述没有意义，但我以为，对于当前中国文学，最迫切的，也最艰巨的问题，或者说在这一话题讨论中最应该被重视的，应该是"中国故事"，而不是"如何讲述"。当然，"中国故事"的内涵绝对不是像某些学者所说的只是写中国土地上发生的事情，它不是停留在事物的表面，而是要真正深入"中国"的现实当中，真实而深刻地表现百姓的日常生活，表达他们的物质和精神欲求，表达他们的希望和痛苦、焦虑和理想。

　　这首先涉及文学功能的问题。文学最首要或者说最基本的功能到底是什么。是否就是走向世界，被西方认可？我以为不然。在任何时代，文学的首要功能还是在于其本土社会。最基本也最直接的是与其本土现实生活的关联。文学是一种社会文化，它很自然也很有必要为时代大众服务，为他们提供精神养料，使他们能陶冶性情，同时传达人们的生活和心灵状况，表达人们的感受和愿望。在更长远的层面上，文学的功能可以升华为建构民族文化精神。文学作为某一具体时代的文化，优秀的部分可能留存于世，逐渐于历史长河中凝聚成深远的民族文化精神，成为民族文化传统的一部分①。

　　当然，文学还具有超越本土生活和文化的人类关怀功能。特别是在全球化的时代，文学完全可以而且应该关注人类的普遍命运，但是，在正常情况下（在书写本民族日常生活的情况下），世界性的人类关怀都是通过对本土的关怀才能得以表现。外民族对文学的接受，也都是把它当作某一具体民族文化。人们不可能忽略它的民族文化背景和特色，孤立抽象地来看待和接受它。也就是说，文学的人类关怀不是超凡脱俗的特别方式，也不可能抽象虚幻，它与本土关怀并不矛盾，而是以本土关怀为前提——就像一个人根本不关爱他身边的亲人和朋友，却天天嚷着关爱整个人类，有几个人会觉得他可信！

　　从文学接受角度来说也是如此。我们很多学者都在期待中国文学走向世界，得到世界（实际上是西方）的认可——事实上，当前文学界那些片面强调"讲述"方式而忽略"中国故事"的学者们，就具有这样的强烈意图。他们之所以如此看重讲述方式而不在意讲述什么，其背后隐含的是西方文学观念，其目的是希望得到西方、

---

① 贺仲明. 文学价值与本土精神［J］. 文学评论，2010（6）.

"世界性"的认可和接受,它代表的是当前中国文学进入西方视野的强烈渴望。然而实际上,在当前汉语文学遭遇到相当艰巨的语言和文化难度的背景下,中国文学以进入世界作为目标其实是舍本逐末。也就是说,与其花费巨大精力和财力勉强去走向世界,不如让文学在自己的空间内真正自由地生长,让它融入本土生活和文化当中。这样,文学真正显示了自己的特色和个性,就自然能够得到世界(西方)的尊重和认可,走向世界也就不那么困难了。

所以,对于中国的作家们来说,真正潜心于"中国",致力于"中国故事",是对文学最基本功能的体现,也是走向世界更为切实有效的方式。真正深入到国人生活中,表现他们真实的生存状况,表达他们的悲欢和欲求,自然就能获得大众的关注、认可和共鸣,在兴趣和热爱中获得感动和感染。这样,文学提升社会文化品质的功能实现了,接续民族文化传统的可能性也具有了,也就可能以独特性进入世界文学的殿堂中。

其次,它还涉及如何创造出真正优秀的、具有深邃内涵的文学作品问题。虽然时下文学界流行平面、解构等后现代文学观念,但从文学史看,任何真正的优秀文学作品都不可能离开深度。思想的深度、艺术的创造,使一部杰作卓然于一般作品之上,也使伟大的作家能够走在时代中一般人前面,对时代做出深度的揭示乃至未来的预言。就一般现象看,绝大多数作家的生活环境和书写对象都在其民族本土,对于他们来说,深切的现实关注是获得文学深度的唯一途径。这正如哈金《伟大的美国小说》一文引用美国作家对"伟大的美国小说"的定义:"一个描述美国社会的长篇小说,它的描绘如此广阔、真实,并富有同情心,使得每个有感情、有文化的美国人都不得不承认它似乎再现了自己所知道的某些东西。"[①]只有对生活有深度了解、认识和关注,只有把握住一般人把握不到

---

① 哈金. 伟大的美国小说 [J]. 长篇小说选刊, 2014 (2).

的时代潜流，只有真正深刻地认识自己所处时代在时代长河中的位置，才能做到这一点——所有的优秀作家都是这样，无一例外。

最后，结合具体的现实情境，对当前中国作家而言，更具难度、更具挑战性的，也不是"如何讲述"，而是"中国故事"。在全球化的开放背景下，文学的技巧因素已经不再是独家秘诀，经过多年的开放和对西方文学的学习，今天的中国作家们已经普遍掌握和吸收了现代文学技巧。可以说，尽管从目前看，西方优秀作家与其民族文化关联更紧，艺术上的创新性更强，也基本处于艺术创新的引领地位。但一般而言，当代中国作家掌握的写作技巧并不比西方作家差多少（所欠缺的是借助本土文化传统而表现出的创新性方面）。

相比之下，写出真正深度反映"中国"的生活故事，也许难度更大，作家们所付出的也要更多。其一，它需要敢于直面生活的勇气。现实层面的压力和挑战我们在前面（第三章）已经有过论述，这里不再重复。而除了现实压力，诱惑也是对当前文学构成严重伤害的重要因素。我们不难看到，许多曾经很优秀的作家在商业文化诱惑下放弃了文学创作，还有更多的作家完全丧失了思想的勇气，成为政治或商业文化的应声虫。其二，也是更重要的，它需要真正独立而深刻的思想。因为优秀作家之所以写得比一般人好，一个重要的原因是他的视野和高度，他看问题的视野更开阔，看得比一般人要深远而透辟。只有这样，他的作品才可能具有超越性的思想，才能够依靠其思想吸引、启迪和感染大众，并进入文学的高峰。如果一个作家所思所写与一般大众没有什么差别，肯定难以引起大众的兴趣。对一个作家来说，这绝对并非易事，它需要深厚的思想资源积淀，更需要作家创造性地吸收和发展这种资源。它既是文学的，更是思想的、哲学的——在中国文化经历了20世纪那么多的坎坷和波澜之后，要达到这一点，难度尤为突出。我们很多人说20世纪中国匮乏真正的哲学家，文学也同样在经受着这一匮乏的折磨。

所以，从这个层面上说，我一直认为当前中国作家们并不匮乏文学技巧，他们最缺乏的是勇气，是思想。就"讲述中国故事"而言，尽管"如何讲"并非不重要，但是，最迫切、最有挑战性的，是在"中国故事"，在深度地认识中国，在严肃地直面中国。

第二节 文学地域性中的本土质素

一、从莫迪亚诺谈起：文学地域性的魅力

2014年诺贝尔文学奖的获得者是法国的莫迪亚诺。结果出来后，在国内文学界收获了很多好评，但也有一些争议，主要是关于莫迪亚诺作品的思想深度、作品分量等方面。

但我的阅读感受与主流批评有些不一样。我曾经阅读过莫迪亚诺的两部重要作品，《暗店街》和《青春咖啡馆》。我感受最深的，是作品浓郁的地域性，也就是强烈的巴黎印记。这源于作品两方面的特点。其一，作品浓郁的巴黎地理印记。正如有批评家所说："巴黎的街道则构成了莫迪亚诺纷繁复杂的小说地图。他的作品都是以巴黎为背景展开，并且对巴黎进行了仔细的描写，好像作家永远不愿意放弃任何一个细节。……在他的作品中，巴黎的每一个咖啡馆，每一条街道都是如此清晰，作者将巴黎的每一个角落都复制进他的故事中。"① 莫迪亚诺的作品几乎都以巴黎为故事背景，或者说，在几乎不露痕迹之间，将巴黎的色彩完全融入了作品之中，让你感受着巴黎的独特地域性。莫迪亚诺的作品满溢着巴黎的地理文化特征。比如巴黎的标志性地名，像塞纳河、埃菲尔铁塔、圣母

---

① 李双. 诺贝尔文学奖得主帕特里克·莫迪亚诺：行走在巴黎的文学"巨人"[J]. 法语学习，2015（3）．

院等，还有凡尔赛大街等著名街道，以及无所不在的咖啡馆、独特而浓郁的艺术氛围和年轻人的浪漫方式。而且，人物性格和行动的优雅、风度、气质也都与巴黎的文化一致，故事的发生点也都在其中的某一真实地域，与周围的浓郁地域特色环境融为一体，让人感觉进入了一个在地理和文化上真实的巴黎。

除了故事的地理环境，还有人物和时代背景，莫迪亚诺作品也都密切地联系着巴黎。其作品的人物命运和生活轨迹普遍都比较模糊神秘，但几乎无一例外，他们都与第二次世界大战时期的巴黎历史有着或明或暗的关联。也就是说，作品虽然写的是个人命运和个人故事，但实际在整体上投射着巴黎这个地域的历史和文化。那段带着巴黎（当然也是整个法国）人屈辱和痛苦的历史，既是笼罩在人物命运上的巨大阴影，也主导着叙事的明暗线索，更构成了巴黎人的独特心灵历史——尽管时间已经过去了半个多世纪，但历史的伤痕却难以消除，其遗患甚至可以渗透到几代人的生活中——从而既构成了对这段历史灾难的深度记述，也是对历史当事人心灵世界的严厉诘问（这一点，与日本作家村上春树颇为类似。村上春树的作品也有意识地将作品人物的命运与日本第二次世界大战时期的历史悲剧和惨痛记忆相沟通，只是他的小说背景比较分散，没有刻意与某一个城市相关联，因此地域色彩相对疏淡一些）。所以，莫迪亚诺的历史不是立足于虚空，而是真实历史记忆的刻录，是对独特地域文化和历史的深刻反思。他对人物命运本质的探寻，也与具体的历史连接在一起："莫迪亚诺的许多小说给人似曾相识的感觉。故事和人物有不同之处，但主题和气氛确有异曲同工之处。特别是以巴黎为背景的小说，都试图将失去的记忆捡拾并贯穿在一起，空间的徘徊，是为了捕捉过去的时光。"[1]

---

[1] 黄晓敏. 时间与空间的徘徊：莫迪亚诺笔下的巴黎［J］. 书城，2015（6）.

人与物、历史与现实、地理与时间……就像密密麻麻的巴黎大街小巷，充满曲折和幽暗，历史文化和人性命运中的委婉玄妙，所有的因素都交织在一起，构成了从精神到物质，从个体到整体的整个世界，形成了一个完整的巴黎社会和文化的图画。不管你有没有去过巴黎，只要你对巴黎的地理和文化有所了解，对欧洲的"二战"史稍微熟悉，你阅读莫迪亚诺的作品，就会产生似曾相识的感觉，让你认识到：巴黎就是如此，这就是巴黎。

　　后来，我通过网络进一步了解学者们对莫迪亚诺的评述，发现有不少人的感受与我类似，也就是说，许多学者从地域性角度对莫迪亚诺进行了论述和肯定。比如龚古尔奖评委贝尔纳·皮沃说，2014年的诺贝尔文学奖实际上也是奖给巴黎这座城市的，认为莫迪亚诺的作品描写了一个消逝了的时代，同样也展示了一个消失了的巴黎，"代表了巴黎的记忆和良心"。法国作家奥利维埃·亚当则认为，莫迪亚诺的巴黎是一个被他"重新描绘、重新定义、重新创造"的巴黎。他想找回昔日的巴黎，但他"生活过的巴黎以及在作品中描述的巴黎已经不复存在"，所以只能通过一部部作品把巴黎"变成我心中的城市，我梦中的城市，永恒的城市"，因为他"已经很难离开它了"。① 由此可见，毫无疑问，地域性是莫迪亚诺创作的重要特征和优秀文学品质的重要部分，也是他赢得诺贝尔文学奖的重要原因之一。

　　由莫迪亚诺的文学，我很自然想起了中外文学史上众多具有浓郁地域特色的文学地域，以及创造这些文学地域的作家作品。在城市方面，我们很容易想到书写伦敦的狄更斯，书写都柏林的乔伊

---

① 金龙格. 记忆的巴黎[EB/OL]. (2015 - 01 - 24). http://news.ifeng.com/a/20150124/43011102_0.shtml.
莫迪亚诺与巴黎[EB/OL]. (2015 - 01 - 24). http://news.163.com/15/0124/14/AGNTV9A100014AED.html.

斯，书写彼得堡的陀思妥耶夫斯基，书写布拉格的卡夫卡，以及在诗歌领域的波德莱尔和魏尔伦的巴黎……在乡村书写方面，则有福克纳之于美国南方、哈代的英国乡村、维尔哈伦的比利时乡村，以及氛围更为广袤的惠特曼的美国大地……包括中国新文学史上，也有沈从文的湘西、老舍的北平，以及张爱玲、王安忆的上海，刘心武、邓友梅的北京，莫言的高密东北乡，等等。不能说这些作家都是依靠书写某一地方而著名的，但确实，他们的文学魅力、文学形象与他们书写的文学地域密不可分。对很多读者来说，一提到某位作家的名字，很自然会想到他笔下的地域。可以说，这些作家写出了各个地域的灵魂，也成了这些地域（包括乡村和城市）的精神和形象的代表。他们的形象、声誉，已经与这些地域融为一体，不可分割了。对作家来说，这未尝不是一种骄傲。对这些地域来说，则当然也是一种幸运。

　　从学理上探讨地域性为什么会有那么强的文学魅力，我以为，主要由于它们之间有着很多内在的相通处：其一，个性是文学的生命，地域性之中正融合着独特的个性。不同地域的生活、风俗、人物、文化等，构成了丰富多彩的个性特征，具有多样化的美学特征，深刻切合文学强调创新和个性化的重要特性。其二，地域性本身的内涵非常丰富而深厚，深刻的地域性往往与对生活、人物本身的深切认知和表现密切相关。换言之，文学作品真正传达出了独特的地方特征，就自然折射出了对生活和人性的深刻认识，也就自然具备了深层的文学品格，实现了文学的优秀价值。其三，在现今时代下，文学的地域性具有更突出的意义。因为它蕴含着文学个性对同质化生活的反抗精神，也是精神对物质的拒绝和对抗宣言——在高度物质发达和城市化潮流下，人们的生活方式乃至行为、思维方式都逐渐呈现程式化特点，文学创作也很容易被它所感染，走上雷同和模式化的趋势——目前中外娱乐界流行的类型小说、科幻电影、动画电影，都有很浓郁的表面化、模式化特点——这也是很多学者概括的"后现代文化"特征。如此情况下,对地域性的追求和表现,是文学独立性的张扬,也是个性意义的凸显。

二、局促与凋敝:当前文学中的地域性书写

但是,当前中国文学的地域性表现却遭遇到了较大的困境。最典型的表现,是在传统的被认为是地域性代表的乡村书写领域,地域性正在严重萎缩,而且也出现了某些影响地域性充分展现的不良因素。

这与两个因素有关。其一是乡村现实变化对乡土小说创作的冲击。近年来,中国乡村社会在生活方式和文化方面都发生了巨大变化,大量农民进入城市,乡村人口稀少,传统的乡村生活和劳作方式普遍消失,民风民俗迅速衰退,传统乡村的地域特性正趋于消失。与此同时,乡土作家在生活和情感上距离现实乡村也越来越远,对乡村的文化变迁,他们大多持批判和拒绝态度,因此也缺乏去呈现现实乡村变化的热情。此外,随着生活节奏的加快,当前文学的小说叙事开始追求速度,生活细节、人物描写、风景描写等逐渐退出文学舞台。这样的结果是,近年来的乡村书写逐渐衰微,作品数量越来越少,有特色的地域性书写更日渐单薄。其二则是源于对文学地域性认识的误区。近年来,也许是受西方文学观念和商业文化背景的影响,一些作家追求所谓的"异域情调",片面地在故事的传奇怪异、风景的奇巧绚丽方面下功夫,却忽略了对生活本身的深入和客观呈现,内在精神是对西方和现代消费文化的大力迎合,结果出现了不少貌似有强烈地域(异域)色彩,实际上却浅表简单的文学书写——对这一现象的论述,从 20 世纪 90 年代的所谓后殖民主义批判就开始,但一直没有很好的改观,在乡土书写领域甚至有越演越烈之势。在这种情况下,一些作家明确表示对文学地域性的反感和拒绝,特别是一些西部作家,认为这种片面强调西部

色彩的创作粉饰了生活，遮蔽了真实，于是反感民族性和地域性，甚至拒绝"乡土作家"的身份，拼命弱化创作中的地域色彩。

在文学的另一个重要题材领域——城市书写方面，地域性的表现同样让人失望。这部分源于人们对文学地域性的偏见和认识。长期以来，很多人都认为文学地域性局限于乡村书写，将它与沈从文、老舍、韩少功等乡土作家联系在一起——虽然老舍写的是北平，但是人们大多认为老舍笔下的北京实质上也是乡土，也将其归属于乡土文学之列，所以才看重其地域属性。相比之下，在谈论城市文学时，多关注的是其所呈现的时代、政治和社会学内涵，很少将其与独特地域性相联系。比如对茅盾《子夜》的认识，对"新感觉派"的理解，都是如此。所以，尽管具体到作家创作层面，并不是没有追求地域性的作家，典型如上海的王安忆、程乃珊、金宇澄，天津的林希，长沙的何顿，苏州的范小青、朱文颖，等等，他们将文学之根较深地扎于各自城市之中，展示其城市的地域特色，并获得了一定的成就。但也许与理论界的倡导与重视不够有关，这些作家的创作普遍缺乏对地域性写作的自觉性和持续性，有些作家曾经创作出具有鲜明、浓郁地域性的作品，但是却没有一直稳定地坚持下去，而是改弦易辙，四面出击，结果是不但没有将自己原有的创作个性进一步强化，反而被削弱和掩盖。可以说，在整体上，当前城市文学书写中尚没有建构起真正有深度的独特文学地域，也没有产生真正有高度和特色的地域性作家。

对于当前乡村书写地域性弱化的现象，我已经在专文中做了分析①，这里不再展开。而且，当前文学创作的大趋势是从乡村题材向城市写作的转移。所以，厘清文学地域性与城市文学之间的关系，对促进当前文学地域性发展很有必要。

---

① 贺仲明. 乡土文学的地域性：反思与深入［J］. 首都师范大学学报（社会科学版），2012（5）.

在根本意义上，文学地域性是一个内涵非常丰富的概念。具体说，它主要包括三个层面的内容。第一个层面是自然风貌，自然的季候，四时风土，也就是一般所说的"地域风貌"。它是最基层的地域特征，从纯粹自然上升到文化层面："地方为人们提供了一个食物桩，拴住的是这个地区的人与时间连续体之间的共有的经历。随着时间的堆积，空间变成了地区，它们有着过去和将来，把人们捆在它的周围。"① 所以，地理自然也具有文化的意味，构成了较深层次的文化内涵，并导致了文化差异的形成，构成了地域文化的最初历史："很显然，我们不能把地理景观仅仅看作物质地貌，而应该把它当作可解读的'文本'，它们能告诉居民及读者有关某个民族的故事，它们的观念信仰和民族特征。"② 地域风貌主要体现在乡村，关联着比较朴素的生活方式和相对落后的文明状态。因为城市的建筑和生活方式确实缺乏充分的丰富特色，难以呈现丰富个性，只有广袤的乡村和自然才能充分呈现地域的变化。但城市地理的个性差异也并非没有，比如城市地名，就往往蕴含着很复杂的历史，也有文化内涵可以寻找。

第二个层面则是人文风俗，也就是在独特的地域、气候、风土中，人发现了自己，完成了对自我的塑造，创造出与其地域特色相统一的人文传统、生活特色和文化习俗，也就形成了独特的生活习俗乃至人文传统。相对于自然风貌，人文风俗显然要更内在也更深层，但它基本还停留在较为直观的层面。也就是说，在地方风俗背后，可以清晰地捕捉到它形成的地域因素，其历史与风土之间不可分割："在历史与风土的双重结构上，历史就是风土的历史，风土

---

① 克朗. 文化地理学［M］. 杨淑华，宋慧敏，译. 南京：南京大学出版社，2003：131.
② 克朗. 文化地理学［M］. 杨淑华，宋慧敏，译. 南京：南京大学出版社，2003：51.

也是历史的风土。"① 因此，这一层面也基本上属于乡村层面，即使是在城市生活中存在，也基本上可以窥视到其背后直接的乡村地域特征。但在像上海、广州、南京、苏州这样历史悠久也有独特文化底蕴的城市，风俗习惯的个性也已经有了较强的独立性，很难以乡村地域来进行涵盖。

第三个层面是地域精神，它在长期的历史发展和变迁中，已经超越了纯粹的地理层面，成长为比较抽象的文化特征和精神个性。它的外化表现是语言，就是地方方言。方言属于地方文化的一部分，但已经不仅仅是地方文化。它最深层的体现是人。所谓一方水土养一方人，人的地域性确实是存在的，但又很难具体化，并且在个体身上存在较大差异。相比于前两个层面，这一层面已经超越了城市和乡村差异，而是二者的共同特征。比如方言，来源于乡村，但进入城市后，在漫长的历史变迁中，就具有了融合性和独立性，形成城市方言特征。所以城市方言蕴含独立的文化特征，是其历史和文化变迁的结果。至于精神更是如此。有历史的城市，往往会孕育出独特的文化精神，甚至形成地方独特的生命观、文化观、审美观。比如苏州，具有长期的文化传统，形成了很鲜明而独特的价值观和审美观，如精致和淡泊的生活态度，柔弱和自然的生命观，等等。这些观念渗透在苏州的城市精神当中，几乎无所不见。包括园林、昆曲、饮食，乃至普通老百姓的日常生活方式，都渗透着这种文化精神，并因此而构成了与其他地方的较大差异。

所以，虽然从地理外貌上看，城市之间的个性差异不是很明显，但是，不同城市文化的气质内涵又大不一样。只是相比于乡村比较外显的地域特征，城市的地域特征更复杂（因为城市的地域肯定比一般乡村更广阔，变化也更多），更内在（不像乡村的地域性那么明显，让人一眼就可以看到），隐藏得比较深，需要人们去更

---

① 和辻哲郎. 风土 [M]. 陈力卫, 译. 北京：商务印书馆, 2006: 12.

深入体会和认识而已。

正是在这个意义上,著名学者严家炎将地域性作为文学的基本属性,认为它超越了外在的地域生活差别,属于一种根本性的内在个性,是作家揭示生活永恒性和深厚性的重要前提:"文学的地域属性就是其本根属性。根的意蕴一旦在文学的时空里展开,它就会成为一种符号和喻指,是生命在此展开和合拢的证明和叙事,而这种本根属性的深浅与长短,又成了都市文学安身立命的基点和撑持,真相与常态就是这样展现开来的。在这种基质里,永恒性与深厚才有可能得以揭示和被还原。"① 我以为是很有道理的。

三、持久与深刻:如何表现地域性

如何丰富文学的地域性表现,以及在地域性书写方面有所突破,我有以下几点粗浅的思考。

首先,是细致客观地还原生活真实。地域性不是抽象空洞的存在,而是蕴含在具体的日常生活当中。因此,要真正呈现地域个性,对生活的细致还原是基本而重要的要求。只有如此,地域性才会鲜活地显现在我们面前,可感可触。所以,作家在创作中也许可以将真实与虚构结合起来,也就是将真实地名等纳入到虚构故事当中,或者在作品中设立具体的方位、街区或村落等细致的地域,包括地名,虚实结合。这样做的好处是让读者阅读起来更具亲切感和介入感。因为读者对文学作品中真实地方的兴趣肯定比完全虚构的更强,并且在阅读中很容易联系起自己的记忆和生活经历,从而强化阅读的热情。

真切细致的背后蕴含着作家对地域的感情和文化态度。因为一方面,作家要细致地认识和表现生活,必须要在情感和行为上真正

---

① 严家炎. 20 世纪中国文学与区域文化丛书总序 [J]. 创作与评论, 1995 (1).

投入，需要超越对地方简单的、冷漠的态度，深入心灵世界，与其产生心灵的沟通和联系。这就如有学者论述的："我们会想起被称为'地方风气'或'地方特色'的事物，即一个地方特殊的精神。这个词告诉人们的是人们体验到一个地方那些超出物质的和感官上的特征的东西，并且能够感到对这个地区精神的依恋。"[①] 另一方面，作家需要对地域人民和生活的充分尊重和平等心态，摒弃傲慢、炫耀和夸张的心理。正如有美国学者阐述的："地方色彩文学的叙事人是外来人，以居高临下的姿态描写当地人和事，目的是取悦于城市读者，而地域文学则以平等姿态从当地内部角度反映地方人文，目的是获得读者认同。"[②] 真正的地域性出现时是不着痕迹，不露声色的，却能让你自然沉浸其中却难以自拔，在不自觉的状态下感受真正的个性和特征。人为地追求和强化地域性，或者故意忽视和遮蔽地域性，都是对地域性的损害，也是对生活本身的损害。

其次，是构建深入、完整的文学世界。所谓深入，就是不只是写出地方生活和文化的表面，而是深入到其生活背后，展示其历史、文化、精神，包括其光荣、辉煌、苦难、屈辱和痛苦，也包括其矛盾、忧伤、精神的自戕。所有的正面和负面、卓越与卑劣……都应该融入其中。只有如此，其地域表现才是深刻的、与地方灵魂相通的。这其中，人是历史与文化最深刻的体现者，也是地域性最直接也最深刻的体现者，在个人性格和命运的背后，必然渗透有历史、时代和地域文化的独特个性。写出个人的成长记忆，就写出了地方的历史记忆；写出独特的人，就写出了独特的地方特征，也就创造出了地方的真正灵魂。从西方文学来说，乔伊斯《都柏林人》和《尤利西斯》所塑造的人物形象，就深入到都柏林的深层文化当

---

① 克朗. 文化地理学 [M]. 杨淑华，宋慧敏，译. 南京：南京大学出版社，2003：138.
② 刘英. 全球化时代的美国文学地域主义研究 [J]. 国外文学，2010（2）.

中，其人物心灵的委婉曲折，无一不可在其文化、历史和现实中找到渊源。就中国文学来说，沈从文笔下的湘西人也深藏着地处偏僻的苗族人的历史遭遇和生活习性。王安忆、何顿、范小青等作家所塑造的上海"老克腊"、长沙叛逆青年、苏州中产女性，虽然深度不完全相同，但也都折射了一定的地方文化个性。

而且，需要指出的是，塑造人物不只是个体，更是群像。因为只有在群体中，人与地方的关系才能体现得更完备——任何个人都只是部分的、狭窄的，只有群像形式，具有地理、风俗、政治、历史、文化等多个层面——就像一个城市包括政府、大学、博物馆、居民区，就像传统的乡村包括祠堂、晒谷场、民居一样——才能构成一个地域的完整文化，成为自律的、具有充分独立特点的文学世界，给人以深刻印象。

再次，一个作家想构建一个独特、鲜明的文学地域，需要以持续的、长期的创作为基础。像福克纳、沈从文等中外地域性特征显著的作家，都是通过持久的地域关注才获得成功的。所以，一个作家只有在自己身边的地域上挖掘、耕耘，真正持续地深入其中，才有可能成为一个具有优秀地域特色的作家。

要做到这一点，既需要作家的浓郁兴趣，更需要作家对地域的尊重和热爱。它们都是作家具有明确创作自觉和坚定创作热情的重要基础，更是其文学坚持的重要动力。这当中，需要作家丰富的生活和文化积累，需要作家对生活长期深入的执着关注："作家需要达到的人的本身的这个最底层，无论在上流社会的生活中，还是在充满忧虑的劳动者的生活中，都能显露出来。我们每一个人都在自己生长或生活过的地方发掘。"① 同时，与地域之间的情感联系更是其创作的重要源泉。作家只有对地域具有强烈的情感联系，对后

---

① 莫里亚克. 小说家及其笔下的人物 [M] //吕同六. 20 世纪世界小说理论经典：上. 北京：华夏出版社，1995：225.

者产生精神与情感上一定程度的认同，才有可能深入其世界当中，捕捉和塑造其灵魂。像前面提到的莫迪亚诺，巴黎既是他的文学对象，也构成了他生命的一部分："那个时候，巴黎是一座让我怦然心动的城市。我的生命只属于巴黎的街道。只需让我独自一人在巴黎的街道上随便走走，我就感到很幸福。"① 这显然是他文学成功非常重要的前提。

当然，对地域的尊重和热爱，并不是要求作家在精神和文化上完全认同甚至屈从于它。这一点，在新文学历史上有足够的教训。比如20世纪30年代新感觉派作家创作的都市文学，就存在着沉迷于都市消费文化难以自拔的缺陷；80年代冯骥才的《炮打双灯》《三寸金莲》等作品，也因为对传统地方文化缺乏明确的批判而饱受诟病；此外，90年代以书写武汉市民生活为中心，并对市民文化表示强烈认同的女作家池莉，以及卫慧的《上海宝贝》等，引起争论的焦点都集中在书写者的批判立场和精神高度问题上。

要解决这一矛盾显然并不容易，作家的思想高度、艺术分寸的把握都至关重要。我个人的粗浅考虑是，作家创作中需要把握好两个基本原则。其一，坚持思想的独立性。文学标准不同于文化，更不同于政治标准，作家不一定要紧跟文化潮流，而是要有主见，有思想的独立性，有文化和文学的自信。托尔斯泰、福克纳、沈从文等优秀作家都是如此。文学不像政治，甚至也不像其他文化，它更加宽容、多元、丰富。其二，需要有批判的高度和超越精神。文学需要思想的独立和深刻，它与某些地域文化发生冲突是必然的。因为城市文化往往与以逐利为目的的商业文化、较多低俗之气的市民文化联系在一起，乡村文化也多有闭塞保守的特点，它们与文学的独立精神具有某些天然的对立。作家如果对地域文化一味认同，特

---

① 李双. 诺贝尔文学奖得主帕特里克·莫迪亚诺：行走在巴黎的文学"巨人"[J]. 法语学习，2015（3）.

别是在情感上过于依恋，缺乏理性的认识，很可能会失去自己的独立特征，成为消费文化的简单认同者或农民文化的绝望眷恋者——在当前文学中，这两种情况都有比较普遍的存在。这两个原则虽然有相矛盾之处，但应该可以保持内在的和谐。因为它们拥有一个共同的中心，那就是文学的独立性。只要既不依附于主流思想，也不趋附于权力和金钱，独立地以文学视野审视生活，应该就可以实现自己的目标，达到自己的高度。

鲁迅在谈到俄国作家勃洛克的创作时有过这样的分析，充分揭示作家在创作中拥有思想独立性的重要性："他之为都会诗人的特色，是在用空想，即诗底幻想的眼，照见都会中的日常生活，将那朦胧的印象，加以象征化。将精气吹入所描写的事象里，使它苏生；也就是在庸俗的生活、尘嚣的市街中，发见诗歌底要素。"① 法国诗人波德莱尔的创作也同样富有启迪意义。他写城市完全不落俗套，以诗人的敏感和独立个性，深入到城市的心灵世界中，挖掘现代城市的阴暗面，并以创新性的"恶之花"美学形态进行表现，既深化了对城市复杂多面性的认识，也丰富了艺术美的内涵。

最后，还需要思考的是，地域性是否可以成为文学的一种自律品格？它仅仅只是一种手段和工具，还是本身就具有独立的文学价值？换言之，仅仅表现地域性，以地域性为目标能够达到文学的高层境界吗？确实，地域性并不是文学不可或缺的特征，不少优秀作家的作品没有突出的地域性色彩，同样可以取得伟大的成就。但是，地域性的意义确实不可忽略。因为一方面，文学的地域性本身内涵丰富深邃，依托深厚地域的文化精神，可以诞生独特又深刻的思想。另一方面，地域性背景并不妨碍更高思想的契入。就像莫迪亚诺的巴黎故事中深藏着对历史、命运的探求，二者相得益彰，达

---

① 鲁迅.《十二个》后记［M］//鲁迅.鲁迅全集：第七卷.北京：人民文学出版社，1981：299.

到了非常好的艺术效果。中国地理广袤，文化多元，丰富的地域个性是文学的重要源泉和魅力之所在。丰富文学的地域性特征，既可提升文学的魅力，也能促进人们的地域感情，增进地域文化的认同感，让文学在社会文化中发挥更大的作用。

第三节　大众接受与新文学的本土化

一、新文学传统中的大众接受

中国新文学对文学接受的基本态度是比较轻视的。这缘于它的文学宗旨。新文学以文化启蒙为中心，主要承担弃旧迎新的现代文化转型任务（20世纪30年代后，新文学主旨有一定变化，政治宣传代替了文化启蒙的中心位置，但功能和立场没有实质差异），文化启蒙（或政治宣传）是其开始也是最终的目的。在它的视野里，读者是被启蒙和被教育的对象，处于被俯视和受批判的位置，不具备平等对话的基础，也自然不拥有真正受重视的接受者地位。所以，五四文学对潜在读者的努力面基本上局限于青年学生群体，市民，尤其是处于社会底层的农民，很少在其考虑之列。当读者提出五四新文学存在着一定的接受障碍时，茅盾的回答所针砭的是读者而不是自身："中国一般人看小说的目的，一向是在看点'情节'，到现在还是如此；'情调'和'风格'，一向被群众忽视，现在仍被大多数人忽视。这是极不好的现象。我觉得若非把这个现象改革，中国一般读者鉴赏小说的程度，终难提高。"① 在这一心态下，五四新文学在创作内容上始终以自我表述为中心，风格上也有较强的自我色彩②。对于同时期具有庞大读者市场的通俗文学，新文学

---

① 茅盾. 评《小说汇刊》[J]. 文学旬刊，1922（43）.
② 马以鑫. 中国现代文学接受史 [M]. 上海：华东师范大学出版社，1998.

家们的基本态度是鄙视、否定和批判，很少进行其他考虑。甚至到了 20 世纪 30 年代，聂绀弩还认为"看见《啼笑因缘》销路广，《姊妹花》卖座好就眼红，这是机会主义的办法。"①

但是新文学对文学接受的态度也并非单一。因为说到底，启蒙和宣传也需要接受对象，甚至其效果直接决定于接受情况。因此，新文学历史中也可以看到对大众接受做出的种种努力和尝试。就五四文学而言，新文学之以白话文学为突破口，最初就是看中了白话文易于被普通读者接受。所以，它也曾通过"双簧戏"等形式努力扩大其影响，在文学创作上，也通过书写底层生活等方式拉近与大众的距离。尤其是进入 20 世纪 30 年代后，由于新文学启蒙的效果不尽如人意，在新的社会形势下又面临着更急迫更严肃的政治宣传要求，以瞿秋白、茅盾等为代表的左翼作家对五四文学传统进行了非常峻急的批判，表达了文学走向大众的强烈愿望。"文学大众化运动"是其直接结果，出现了包括口号诗、街头诗在内的大众化文学尝试。不过所有这些努力的成果都不大，新文学始终未能真正走进大众。

真正有实效的努力是在 20 世纪 40 年代延安文学和之后的共和国文学中。作为中国共产党的领袖，毛泽东对文学接受问题表示了极大的关注。他立足于政治高度，对文学接受的意识形态功能提出了更高的要求。在洞悉单纯的形式改变并不能取得理想的接受效果后，他转而利用政治措施，从更本质的作家心灵和创作姿态方面来改变文学。于是，他亲自参与文学大众化的讨论，提出了"新鲜活泼的、为中国老百姓所喜闻乐见的中国作风和中国气派"② 的文学

---

① 聂绀弩. 新形式的探求与旧形式的采用 [M] //聂绀弩. 聂绀弩全集：第 3 卷. 武汉：武汉出版社，2004：292.
② 毛泽东. 中国共产党在民族战争中的地位 [M] //毛泽东. 毛泽东选集：第二卷. 北京：人民出版社，1966：500.

思想和文学目标，更以《在延安文艺座谈会上的讲话》为指导，推行知识分子的思想改造。他迫使作家们放下启蒙者的身份和架子，向以往的被启蒙者学习，要求"文艺工作者的思想感情和工农兵大众的思想感情打成一片"，接受"长期的甚至是痛苦的磨炼"。①

客观来说，这种政治强硬介入的方式，确实在很大程度上改变了新文学的面貌和方向，使新文学不只是在形式上更朴素通俗，内容上更脱离了以往文学浓烈的知识分子气息，更广泛地反映了普通大众的现实生活。周立波、丁玲、艾青等传统的五四作家都相继创作出带有强烈泥土气息的作品，"新英雄传奇""新民歌运动"等更是作家放下启蒙身份，与大众进行交融的具体结果。正是在这种努力下，新文学的文学接受获得了以往所没有得到过的成功。像在解放区文学中，就出现了赵树理、《新儿女英雄传》这样广受农民欢迎的农民作家和文学作品。20世纪五六十年代文学中更涌现大量受大众欢迎的作品。《红岩》《青春之歌》等作品动辄几百万册的发行量，《铁道游击队》《林海雪原》的人物形象家喻户晓，都证明了这一点。

不过，这一期间文学接受上的成功，固然有文学自身的原因，却更关联着非文学的政治和社会因素，其中的某些成分，是与文学无关，甚至是对立的。比如20世纪五六十年代文学的接受成绩，一方面与文学本身较强的现实关注等因素有关系；另一方面更联系着当时整个文化的封闭单一状况，以某种文学和思想丰富性的丧失为基本前提。并且，它还付出了重要的代价，就是对五四新文学传统的尖锐撕裂，知识分子自我主体的完全放弃。因此，虽然这一时期的文学接受成绩辉煌，确实有值得总结和肯定的一面，但它并不能作为文学接受成功的典型表现。事实上，它从一开始就遭到了许

---

① 毛泽东. 在延安文艺座谈会上的讲话[M]//毛泽东. 毛泽东选集：第三卷. 北京：人民出版社，1966：808.

多作家（尤其是五四传统继承者们）或明或暗的抗拒。当时过境迁，政治的庇护一旦失去，文学不再往"工农兵方向"发展，也就失去了普通大众的青睐和认可。从文学史上看，五六十年代文学接受的辉煌是昙花一现。进入80年代后，文学又重新恢复到五四文学传统的启蒙轨道，文学接受也恢复到二三十年代的类似场景中。如果说在80年代初文学还曾经拥有过一定的热潮，那么，当进入到90年代市场经济社会，在商业文化、影视艺术等的合围下，文学的境遇是一败涂地，完全被挤到了社会的边缘。文学期刊订户急剧下降，文学书籍印刷量大幅降低，充分显示了它与大众关系的疏离。

从尘埃落定后的今天来看，新文学发展了一百余年，还没有真正走进大众的生活，没有真正融为大众精神文化中不可缺少的一部分。就文学影响而论，除了有限的几个作家和作品，绝大多数与大众相隔阂，更少有经典诗句和文学形象深入到大众文化生活中。在新文学与大众关系最密切的20世纪五六十年代，赵树理曾经这样感叹："文化界立过案的新旧各体诗，在现在的农村中根本算是死的。……五四以来的新小说和新诗一样，在农村中根本没有培活了。"① 在将近一个世纪后的今天，农村社会与新文学相隔阂的局面自是越演越烈，即使是在城市市民中，文学与大众之间同样是越行越远。

新文学接受上的失败当然存在主客观多方面的原因，有些因素也非文学本身可以控制，但是，它在对待文学接受的态度和方法上确实有值得反思和可商榷之处。

---

① 赵树理. 艺术与农村[M]//赵树理. 赵树理文集：第4卷. 北京：工人出版社，1980：1362.

二、文学接受的内在机制

西方著名接受美学家姚斯等人曾充分探讨了文学接受的文学史意义，其思想具有深刻的启迪意义。但对于文学究竟应该如何才能被接受，很少有学者做专门的论述。本文试图对文学接受的文化心理机制做些初步的思考。我以为，从文化心理上说，文学的生产和接受是一种作家和读者互动的过程，虽然它不表现为直接的交流，但实际上，它是创作者和接受者双方之间的一种精神的互动。作品能否感动读者、吸引读者，关键看作家与读者心灵与文化上的关系，看他们之间有无契合，有无感动。具体说，文学接受中作家与读者有着三个方面的精神互动。

一是人性与文化（主要是民族文化）的交流。文学是人类精神产品，它最深层的世界是人性的传递和感动。也就是说，文学通过揭示复杂的人性世界，表达对人性中善的褒扬和美的赞颂，以及对人性恶进行揭露和鞭挞，从而唤起读者心中深层的人性期待，使读者在其中获得人性的满足和愉悦，进而获得心灵的共鸣。这一阅读交流是超越时代和民族的，是文学最广泛的共性。

除了人性世界的交流，在更普遍的情况下，文学还通过文化方式影响和感染读者，其中民族文化是最主要的内容。因为任何文学最主要的读者都是本民族大众。作为在具体民族生活和文化背景中成长起来的读者，其思想意识中必然包含深厚的民族意识，蕴含有政治期待、文化感情、道德价值和审美意识等多方面因素。而优秀的文学作品，往往能够在其中表达出民族独特的思想和文化精神，是民族传统传递、再现和发扬的载体。所以，正如姚斯的论述："一部文学作品，……它唤醒以往阅读的记忆，将读者带入一种特定的情感态度中，随之开始唤起'中间与终结'的期待，于是这种期待便在阅读过程中根据这类文本的流派和风格的特殊规则被完整地保持下去，或被改变、重新定向，或讽刺性地获得实现。"① 文学作品的阅读接受不是孤立和单方向的行为，它与读者的阅读基础或者说阅读背景，也就是文化心理世界有深层的互动。在一定程度上，文学阅读（接受）可以看作是读者与作家以民族文化为媒介进行的深层交流。

读者希望在文学阅读中得到的，首先是一种文化的认同。作为民族的一分子，他很自然地希望能够在作品中阅读到自己的民族文化生活，在历史和现实记叙中感受到共同的民族记忆，体会到共同的民族荣誉感和悲壮感，在本民族的独特智慧和思想中获得民族的认同感和自信心，在心灵上获得"寻根"的精神愉悦。如我们中华民族的读者，在阅读李白的"床前明月光，疑是地上霜。举头望明月，低头思故乡"，杜甫的"国破山河在，城春草木深。感时花溅泪，恨别鸟惊心"等诗句时，肯定会激发我们内在的民族记忆，唤发我们心中强烈的民族意识和民族感情，从而获得心灵的触动，引起共鸣。这是民族文学得到大众喜爱的重要原因和文化基础。其次，读者也希望能从中得到心灵的慰藉与文化的感动。"人需要走出孤独，需要克服世界冰冷的异己性。这发生在家庭里，发生在民族性里，发生在民族共性里。……通过民族生命，人感觉到代与代之间的联系，过去与未来的联系。人类在人之外没有存在，它在人里存在着，在人身上有最大的现实性，人性就与这个现实性相关。"② 在深刻蕴含着民族记忆和文化传统的文学中，读者渴望找到人性的温暖，获得精神的支持。同样，文学的审美也能带来文化的感动。因为文学审美不是纯粹的形式，而是包含着文化的内涵。在蕴含民族文化的审美形式和艺术风格中，读者能够被唤起心中遥

---

① 姚斯，霍拉勃. 接受美学与接受理论 [M]. 周宁，金元浦，译. 沈阳：辽宁人民出版社，1987：29.
② 别尔嘉耶夫. 美是自由的呼吸 [M]. 济南：山东友谊出版社，2005：103.

远的文化记忆，自然地与民族文化传统相沟通，获得文化的感动。

当然，这并不是说读者的文学阅读完全是被动的、顺从型的，它也具有期待创造性、突破既有思想定式的一面，也可以包含批判性因素，甚至体现为批判性认同。这是读者文化批判精神的自然要求，也体现着读者的精神创造力。

二是情感与关注的渴望。文学是以情感人的产品，它所蕴含的也是作者与读者情感上的交流。按照马斯洛的需求理论，人需要相互尊重，只有在此前提下，人才会产生信任感和喜爱感①。同样，哈贝马斯的"交往理论"也指出，人与人交往行为的合理性应该是建立在"对话"，也就是平等、相互信任的前提下，其重要条件是"规范调节的人际关系是正当的；言语行为者的主观意图是真诚的"②。只有真诚才能换来真诚，只有相互尊重和理解，才能得到对方的支持。文学接受也是如此。作者的爱能够对读者构成深刻的感染力，促进读者对作品的喜爱（由于文学表达的特殊性，作家对读者的热爱感情往往表现为其对文学创作的热爱，或者说，这二者之间有着不可分割的密切关系）。读者阅读作品，也希望能够找到情感上的认同和感动。从文化心理角度讲，这是其他任何因素都不能代替，也是文学接受中最富情感性的因素。

所以，许多文学理论家和作家都将情感投入放在文学创作的重要位置。西方的贺拉斯早在两千多年前就在著名的《诗艺》中说过："一首诗仅仅具有美是不够的，还必须有魅力，必须能按作者愿望左右读者的心灵。你必须先要笑，才能引起别人脸上的笑，同样，你自己的哭，才能在别人脸上引起哭的反应。"③ 中国古代的

---

① 马斯洛. 动机与人格［M］. 许金声，等译. 北京：华夏出版社，1987.
② 韩红. 交往的合理化与现代性的重建：哈贝马斯交往行动理论的深层解读［M］. 北京：人民出版社，2005：108.
③ 亚理斯多德（现译为"亚里士多德"），贺拉斯. 诗学　诗艺［M］. 罗念生，杨周翰，译. 北京：人民文学出版社，1962：142.

陆机在《文赋》中也提出"诗缘情而绮靡"。普希金是深受俄国大众欢迎的作家，其原因与他付出的深切感情密切相关："普希金热爱人民不仅仅是由于他们的痛苦。痛苦引起了同情，而同情则常常是和蔑视并行的。普希金爱人民之所爱，尊敬人民所尊敬的一切。他热爱俄国的大自然达到了狂热、感动的程度，热爱俄国乡村。他不是一个因为农民的悲惨命运而怜悯农民的仁慈的和人道的老爷，他全副身心已转化为一个老百姓，转化为老百姓的本质，几乎是具有民众的形象。"① 同样，中国新文学史上拥有良好读者接受市场的鲁迅、巴金、赵树理、路遥等作家，也都表现出对读者真诚的热爱。鲁迅对读者深挚的"大爱"，巴金"将心献给读者"的真诚，以及路遥"与当代广大的读者群众保持心灵的息息相通"② 的追求，都可以看到这种深挚的感情。至于"满纸荒唐言，一把辛酸泪"的《红楼梦》，更是倾注了曹雪芹的全部心血，包含着曹雪芹对文学、对读者的全部热爱。这也是《红楼梦》具有不朽魅力的根本原因。

热爱的情感直接关联着积极的关注。你热爱一个人，肯定会关注他的生活，关注他的需求和哀乐。真正热爱读者的作家，也必然会寻求和表现大众最急切的生存状况和内心要求，与大众达到心灵的高度契合。作为读者，作为生活于现实中的人，也肯定希望文学能够反映他们的生活状况和内心欲求。不同的读者都会在文学作品中寻找自己的生活影子，会寻求和热爱他们生活和愿望的代言者。所以，受到现实大众喜爱的作家肯定是那些关注现实大众生活，捕捉时代脉搏的作家。而在一般情况下，作家也有其特定的读者

---

① 陀思妥耶夫斯基. 陀思妥耶夫斯基论艺术 [M]. 桂林：漓江出版社，1988：259.
② 路遥. 路遥全集：散文·随笔·书信卷 [M]. 广州：广州出版社，2000：99.

群——他们往往是与作家关注点相接近的那一部分。以当代作家路遥为例。他的创作特别受到农村和来自农村的青年读者的最大认可,就是因为他的《人生》《平凡的世界》等作品深切关注当代农村青年的出路问题,在真诚的热爱中表现出对农村青年的真挚关怀:"作为正统的农民的儿子,正是基于以上的原因,我对中国农民的命运充满了焦灼的关切之情。我更多地关注他们在走向新生活过程中的艰辛与痛苦,而不仅仅是达到彼岸后的大欢乐。"① 同样,赵树理得到他同时期农民的最大欢迎,也主要是因为与农民心灵的沟通和交融。他的创作完全以农民为中心,表达了农民之所思所想,从而"加强了同人民之间的联系,使人民在这些人物的声音中听到了说的是自己,在他们的形象和思想感情上找到了自己的理想"②,才有如此的接受奇迹。这一点,与赵树理同时期的孙犁有非常准确的分析:"创作的真正通俗化,真正为劳苦大众所喜闻乐见,并不取决于文字形式上。如果只是那样,这一问题,早已解决了。也不单单取决于文学的题材。如果只是写什么的问题,那也早就解决了。它也不取决于对文学意识的见解,所学习的资料……这一作家的陡然升起,适应大时代的需要而产生的。是应运而生,是时势造英雄。"③

三是趣味的需求。读者有着多种欣赏趣味。这其中包括正常的文学趣味,或者说正常的文学精神需求。比如,读者阅读文学作品的主要目的之一是寻找对现实的梦想式超越。文学的虚幻性特点能够在一定程度上满足读者的愿望,因为文学建构的是一个虚拟的世界,读者在其中能够无利害地进行完全审美性的体验,获得与在现

---

① 路遥. 路遥全集:散文·随笔·书信卷 [M]. 广州:广州出版社,2000:67.
② 普实克. 赵树理和中国民族文学 [M]//中国赵树理研究会. 赵树理研究文集:下卷. 北京:中国文联出版公司,1998:278.
③ 孙犁. 谈赵树理 [N]. 天津日报,1979-01-04.

实世界中完全不一样的精神感受。当然，其中也包括一些低级趣味，如对色情、暴力的窥视欲等。文学创作广泛地表现这些趣味，满足人们的多种要求。比如，武侠、侦探等通俗小说的流行，反映的是大众娱乐和精神放松这方面的心理机制；严肃的社会批判文学，则折射出读者的现实欲求；色情和低俗文学，则满足着一些人的不健康心理。

以上三方面的文化心理有各自的独立性，在文学接受中承担不同的作用，但在一些情况下，它们又是有密切关联的。比如作家与读者的文化交融往往会与他们的情感关系联系在一起。因为文化的交融是建立在民族生活基础之上的，它与读者心灵的沟通，与对读者生活和精神的洞察有深刻关系。再如文学的趣味表现也往往伴随着对读者精神的关注。因为不同文化阶层有不同的趣味偏向，作家的趣味表现往往并不能满足所有阶层的愿望，而是带有明确的阶层特点。

三、文学接受的本土意义

在上述三种与文学接受有关的社会文化心理中，真正低级或者说有害的情况只是第三种情况的一部分，更多的情况并非文学的弊端，也不需要文学以放下自己的精神姿态为代价。所以，我以为，文学接受并不像许多人想象的那么简单。它固然不是高不可及，可以当作评价文学成就的主要标准，但也并非如许多人所想的那样低贱和无意义。文学接受与文学品质绝对构不成反比的关系。

从文学与本土文化（生活）联系的角度考虑，文学接受还有更深远的意义。首先，文学所承担的重要功能——文化传承功能只有在文学接受中才能完成。正如有学者对文学经典的论述："一个民族的文学经典是传承该民族文化传统和历史记忆的重要载体，其作品所表现的艺术形象反映了该民族文化的一些基本特征，体现了该民族文化的一些核心价值观念。"① 文学是民族文化的体现者，它通过读者的接受来完成这一任务。或者说，文学参与了文化的构造，成为民族集体无意识的一部分，而在其影响之下，它又成为大众阅读期待的一部分，影响大众对文学的接受。"这样它（指文学。引者注）就变成了民族的活的记忆，这样它就在自身之内保存着并且点燃了她的已经度过的历史之火，而保存和点燃这历史之火所采用的形式又免遭畸形和诋毁。文学就是以这种方式和语言一起保护着民族的灵魂。"② 文学意义的实现需要以一定的接受为基础。在文学史上，真正优秀的作品都进入到大众之中，而这些在大众中广泛流传的文句，潜移默化地感染和影响着人们的思想行为规范，成为民族文化的重要一部分。

其次，文学接受对文学与民族关系具有某种试金石的作用。姚斯曾经说过："艺术作品的历史本质不仅在于它再现或表现的功能，而且在于它的影响之中。……只有当作品的连续性不仅通过生产主体，而且通过消费主体，即通过作者与读者之间的相互作用来调节时，文学艺术才能获得具有过程性特征的历史。"③ 也就是说，他认为，文学作品的真正完成，必须依靠文学接受。没有一定接受度的文学是没有完成的文学，当然也是没有意义的文学。这也可以延伸到文学的整体评价上。一种文学能否被其民族大众所接受，在一定程度上表示着它是否融入了民族生活，是否实现了真正的本土化。可以说，如果一种文学不能进入大众生活，不能拥有一定读者接受，为大众潜移默化地消融，很难说这种文学是成功、有意义

---

① 江宁康. 美国当代文学与美利坚民族认同 [M]. 南京：南京大学出版社，2008：3.
② 索尔仁尼琴. 诺贝尔文学获奖演说 [M] //张晓强. 索尔仁尼琴：回归故里的流亡者. 长春：长春出版社，1996：252 – 253.
③ 姚斯，霍拉勃. 接受美学与接受理论 [M]. 周宁，金元浦，译. 沈阳：辽宁人民出版社，1987：19.

的。对作家个人来说也是这样。尽管有些作家的创作可能超越时代大众的审美和精神视野，其作品暂时不能为大众所接受，只能在长期文学史背景下才为人所认可，但这种情况毕竟不普遍。而且，从较长的文学史角度来看，文学接受也能够反映作家的成就和价值。因为真正迎合大众欲望、以低俗媚俗取胜的作品，不可能具有长久的生命力，更不可能赢得各阶层群体的广泛认可。那些与民族大众精神相通，具有较高文学价值的作品，迟早会进入大众视野，为大众所接受，不会被时间所湮没。

对于中国新文学来说，文学接受的意义也许更为重要。因为它虽然从中国传统文学蜕变，但主要的精神资源和形式技巧都是来自于西方。它能否为民族大众所接受，能否融入人们生活和文化，事实上是考验它是否成熟的重要尺度。大众的接受和认可，是新文学不可缺少的重要洗礼。

所以，对于新文学来说，它固然不应该放弃自己必要的精神姿态，令自己沦落为大众欲望或者政治宣传的工具，但确实应该给予文学接受更多的重视，将它与文学的生存与发展相联系。结合我们上面所谈的关于文学接受心理机制的思考，我以为当前文学最需要在这两个方面做出努力。

一方面是加深自己的民族个性。在全球化的时代，很多人都将民族个性看作是落伍的滞后的概念。事实上，民族个性与全球化并不矛盾，或者说，它正是构成全球化丰富性的主要因素。因为文学是民族文化的产物，它所反映的基本内容、所呈现的文化精神，以及所表现的文学形式，都与其民族传统有直接的关系。正如别林斯基所说："每一个民族都是某种完整的、独特的、局部的和个别的东西；每一个民族都有自己的生活，自己的精神，自己的性格，自己的对事物的看法，自己的理解方法和行动方法。"[①] 文学中融合

---

① 别林斯基. 别林斯基选集：第二卷［M］. 满涛，译. 上海：上海译文出版社，1979：5.

着民族文化的全部内容，包括最基本的对文学的理解，包括最基本的认识世界和表现世界的方式，以及上面谈及的人性——人性虽然有超越民族的因素，但在更多的情况下，它是与具体的民族个性相关联的，甚至是不可分割的。民族个性中包含着深邃复杂的人性，也可以升华出更具深远意义的价值关怀——缺少了民族个性，全球化也就丧失了内在张力，难有真正的生命力。

另一方面是加强对现实生活和大众的热爱与关注。在20世纪90年代商业文化背景下，文学与大众的距离越来越远，一些文学沦为个人的游戏和宣泄物。在目前的文学背景下，文学需要对大众生活和精神领域多一些关注和热爱，以自己的真诚和热情来换取大众的认同。我以为这种付出是有意义的，而且也丝毫无损于文学自身的精神素质，甚至与文学本质是高度一致的——这一点，远远不同于文学历史上的知识分子改造，它所需要的，不是作家们放弃自我，而是不断丰富自己的精神，拓展自己的文学关注领域，以及多付出自己对文学的爱。文学需要关注读者，关注生活，只有这样，它才能把握到时代的脉搏，成为生活的深层表现者。它的结果必然是读者大众更多的认可和认同。当前社会文化充斥着疏离之风，人与人之间相互淡漠、隔阂，这当然不是文学之责，但文学可以帮助社会文化摆脱这种风气，促进社会文化的密切与和谐。这也是当前文学走出接受困境的重要前提。

当然，需要说明的是，本文之强调文学接受的意义，绝对不是以接受为圭臬，更不是以之为文学宗旨和目标。正如前所述，文学接受既存在有非文学的因素，也不完全有利于文学的健康发展。作为文学来说，既需要重视和加强文学的接受，也需要超越和突破精神，需要对读者的既有接受能力和惯性进行挑战，提高读者的鉴赏能力和批评能力。这样的话，文学创作才能取得真正的双赢，文学事业才可望得到真正的发展。

第四章

我们如何进入本土（一）：

方法学的思索

新文学如何真正融入本土生活与文化当中,如何创造性地展现具有民族文化特色的思想和审美,是一个需要不断探索的过程。在这当中,许多新文学作家和理论家都做了探讨,对它们的总结非常有必要。而在前人思想的基础上进一步探索,也是我们需要承担的任务。具体说,首先需要思考的是方法学,就是究竟以什么方法来实现本土化的目标。20世纪30年代废名在将唐诗融入现代小说上所做的探索,21世纪初雪漠在展示西部宗教文化上所做的努力,以及近年来小说在人物形象塑造上所呈现出来的缺憾,尽管其得与失不是哪一个人可以断论的,但却都是值得讨论的问题。而面对当前不少作家所做的"向后撤",也就是借取中国传统文学方法的潮流,自然也有思考的空间。

第一节 "道"与"器":文学本土化的深层取舍

近年来,无论是在文学创作界还是学术研究界,大家都逐渐放弃了对传统文学简单的拒绝和否定态度,开始更冷静、客观地看待其得失,并试图以不同的方式借鉴和回归传统。莫言提出的从西方文学向传统民间文学"有意识地大踏步撤退"①,林毓生提出的"中国传统的创造性转化"②,都成为文学界和学术界的讨论热点。但是,我以为,究竟如何继承传统,以及究竟继承传统中的什么内容,还有待深入思考。其中,"道"与"器"的关系就是很值得重视的一个问题。

---

① 莫言. 檀香刑 [M]. 上海:上海文艺出版社,2012:418.
② 林毓生. 中国传统的创造性转化 [M]. 北京:生活·读书·新知三联书店,2011.

一

《易·系辞上》说："形而上者谓之道。"所谓文学之"道"，就是内在的文学精神。就一个民族的文学之"道"来说，应该具有三个基本特征：一是整体性，也就是说它不是一时一地文学之面貌，而是超越于具体阶段文学范围之上的，整个民族文学的总体特征。它的形成贯穿整个文学发展史，甚至可以说，它与民族文学传统的建构紧密相连。二是根本性，它是民族文学特征的高度概括，或者说是其精神内核，由它构成民族文学的个性本质。因此，对它的表述往往具有抽象模糊的特点，很难进行明晰的界定。三是文化性，也就是说它不局限于文学内部，而是深刻关联文化哲学层面，包括更宏大的世界观和审美观，即以何种方式来看待世界和表现世界。它伴随着文化的生长、成熟而不断完善丰富——从根本上说，文学之"道"与民族文化的关系是相互的。它既来自于民族文化，而一旦形成，又反哺民族文化传统，成为其重要的一部分。

由此可见，"道"是文学最核心和实质性的一种特征，也是其真正独特性之所在。一般所言的文学传统，最基本的内涵就在于"道"，各民族国家文学之间的深刻差异，也主要体现在这里。比如日本文学的特别处，虽然也包括和歌、俳句和能剧等个性化的文学形式，但更主要的是它独特的"死亡与美"相结合的世界观，以及这种世界观在文学中的深刻体现。当年诺贝尔文学奖给予川端康成的授奖词就特别强调了这一点，川端康成的致谢词"我在美丽的日本"也特别申明其与日本传统文学精神的继承和关联。西方文学在总体上具有共同的基督教文化背景，也各有其民族文化个性。歌德的《浮士德》只能由坚忍顽强的德意志民族文化所孕育，托尔斯泰的《战争与和平》传达出俄罗斯民族独特的东正教文化气息和以厚重深邃为中心的审美精神，福克纳的《熊》等"约克纳帕塔法"系列小说也与美国南方的神秘文化和家族精神传统紧密相连。

由于"道"的内涵深邃和复杂,其形成原因也不局限于文学,而是密切关联着更丰富的外在传统文化,或者说,博大深邃的文化是"道"的内在底蕴。因此,它的根源深厚,其形成过程不会短暂,需要长时间的历史积累、沉淀和孕育,而一旦形成,也难以被改变,特别是在深层精神上,由于与民族文化精神相关联,因此很难移易。

中国文学"道"的形成伴随着中华文化的漫长发展过程,要准确概括中国文学之"道"的内涵,这里显然难以做到,因为它的内涵丰富而微妙,需要细致地辨析和周详地阐释。在很多情况下,人们对它的理解会特别突出这两个方面:一是较强的社会意识,也就是强调文学的社会属性,相对忽略个人属性,将文学当作社会文化重要的一部分;二是审美上含蓄蕴藉的中和美,即以所谓"怨而不怒,哀而不伤"为中心。

这一理解当然有道理,但却并不全面,因为其主要指向是传统儒家思想。而事实上,虽然孔子的儒家思想成为民族文化的核心,其中关于文学艺术的论述如"诗言志""忧愤深广"等思想,更自然浸润、灌注于中国文学传统之中,构成中国文学传统几千年最核心的偏重社会伦理、偏重人文教育的精神血脉,但道家和佛家思想也深刻地影响"道"的内涵。道家的超越精神、佛家的善恶观,与儒家的入世思想一样,都是中国传统文学的基本精神,并共同造就了中国文学"道"内涵的丰富性和复杂性。

当然,上述对"道"的阐释并非说民族文学之"道"不会有变化,更不是认为中国传统文学之"道"是完美无缺的。同任何民族的文化一样,中国传统文化也是优劣并存,特别是长期的专制封建统治严重窒息和扭曲了许多文化的精神内涵,其中也包括文学之"道"的某些方面,亟待现代的改造和更新。我所明确的只是:文学之"道"扎根于深厚的民族文化之中,它是一个民族文学的个性所在,具有充分的、值得继承的价值。而且,由于它蕴藏于文化和文学传统历史之中，对作家的思想和精神都有深远的影响，要改变它非简单之事，需要社会文化客体和作家主体两方面的长期努力。同时，中国传统文学之"道"牵系丰富，内涵复杂，需要对它进行客观冷静的辨析、科学的扬弃和现代的更新，才能做到真正有效的继承。

"形而下者谓之器"。与"道"相比，"器"的内涵更具体，它的主体表现在形式层面，比如文体、技巧、方法等。但它也涵盖部分文学内容，比如某一时代的文学观、文学潮流，以及时代文学与社会文化的关系，等等。当然，"器"的这些文学内容与"道"更注重整体性和文化性的特征不一样，它比较偏重具体的时代和社会制度层面，与具体时代政治的关系也比较密切。文学之"器"与民族文化也有深层关联，像文体形式、风格气韵等方面的个性特征，也存在着民族之间的不同侧重和差异。但是，"器"层面的内涵相对浅显，也更容易沟通和传播，特别是在政治经济环境趋同、文化交流丰富的时代，文学"器"之间的民族差异在日益缩小，其独特性已经大都不再局限于民族范围之内，而是为更多民族所共享。比如在今天，中国作家与西方作家们的创作语言虽然不一样，但基本的文体形式、文学技巧已经相差不大，很难存在特别突出的民族性特征。

而且，文学之"器"还体现较强的时代性特点，与时代的社会文化发展程度、审美趋向等有着非常直接的关系，随着时代、生活的变化和发展，审美趋向会发生改变，文学方法、文体、文学形式都会自然地流转。所以，王国维早就提出"凡一代有一代之文学"[1]。就中国古代文学史而言，诗歌形式从古体、四言转换到五言和七言，辞赋的中心地位逐渐被诗词和小说所取代，以及随着文体变迁所带来的文学方法的变革和递嬗，都是典型的例证。

---

[1] 王国维. 宋元戏曲史［M］. 北京：新世界出版社，2012：1.

当然,"道"与"器"之间不是截然分割,而是有密切联系的。比如说,"道"中偏重现实层面的部分内容与"器"更为接近,相互之间的影响也更密切。再如,"器"的变化也会对"道"产生冲击和影响,而"道"更会始终对"器"的嬗变起着主导性的作用。"道"与"器"之间的关系,既有和谐的一面,也会产生冲突;有如胶似漆之际,也有分道扬镳之时。但总的来说,"道"是文学传统最根本的主导者,"器"则以不同的方式和侧面对"道"进行延伸和发展。从表现上来看,"器"往往处于显在层面,而"道"则更内在,在不同作家作品中的表现也存在程度和内涵上的差异,需要细致地辨析和探究才能得以清楚地显现。因此,文学之"道"不像"器"那么让人一目了然,体会和表述起来也更为困难,但它毫无疑问却是一种文学的根本,是其深层底蕴之所在。

二

五四新文学是对中国传统文学一次大的革新和嬗变。总的来说,作家们更主要的目标还是对传统文学"器"的层面上的批判,对"道"的关注比较简略。胡适的《文学改良刍议》中的"八事"基本上集中在"器"的层面,其创造的新文学也主要侧重于形式。最典型的自然是语言和文体,白话文对传统文言文的取代是五四文学最引人注目之处,而新诗、小说等新文体对传统诗歌和散文的取代也极大地改变了中国文学的基本面貌。事实上,五四一代人对文学变迁的理解也同样建立在"器"的层面上:"文学乃是人类生活状态的一种记载,人类生活随时代变迁,故文学也随时代变迁,故一代有一代之文学。"①

这一策略是非常正确,也是合乎时代潮流的。因为随着时代的

---

① 胡适. 文学进化观念与戏剧改良 [M] //胡适. 胡适文集:第 3 卷. 北京:人民文学出版社,1998:91.

变化,新文学对传统文学的取代是历史的必然,特别是在"器"的层面,传统文学与时代文化之间的巨大隔阂已经非常明显,成为时代发展的重要阻力。这也是五四新文学运动之所以能够一呼百应,迅速获得成功的根本原因。无论是时人还是今人,在评价新文学运动时,无不把其成功的最显著标识确立在"器"的层面上——而这也典型地证明了传统文学中"器"的变革与时代文化关系确实非常密切。

新文学在"器"层面上的成功,当然也会推动部分传统文学观念上的变革和转型,特别是在与现实关系比较切近层面的思想内涵方面,如文学的基本功能、文学与社会大众的关系等,新文学呈现出与传统文学很大的不同。这既可以看作是"器"的变革推动和影响部分"道"的转型,也显示新文学运动在"道"的层面(特别是在相对来说比较浅层次、与现实文化关联比较密切的层面)本身也取得了一定的变革,它对传统文学的发展是整体性和革命性的。

但是,综合来看,五四作家对待传统文学"道"方面的理解和态度都过于简单和草率了。概而言之,作家们更多从现实变革角度出发,未能从更长远的角度来看待文学的沿承和发展。因此,他们对传统文学"道"的意义认识不足,特别是没有对其给予必要的辨析和甄别。中国传统文学精神内涵丰富,其中既有值得充分继承乃至发扬的(主要是具有超越性的、侧重于哲学和审美层面的),也有需要否定、舍弃和批判的(主要是切近现实、与政治关系比较密切的)。五四作家们没有在细致辨析的基础上对传统文学进行全面评析,而是做了武断的简单化处理。如陈独秀著名的檄文《文学革命论》中对传统文学以"贵族文学""山林文学"的定位,周作人予传统文学以"非人的文学"的精神判词,以及集体性地对传统文学"文以载道"一言以概之地命名和否定,客观上将传统文学之"道"简单武断地贴上了落后的封条,其所具有的一些深层内涵被遮蔽,真正的价值也被忽略了。

如前所述，传统文学之"道"与传统文化密不可分，其中落伍于时代之处自然甚多，迫切需要甄别、扬弃、更新和发展。所以，在五四作家们进行的新旧文学嬗变的史诗性工程中，对传统文学"道"的批判不可缺少。但是，由于五四作家们对传统文学"道"的认识过于急切和简单，因此，其批判未能真正切中传统文学落后之根本，或者说未能有效切断新文学与传统文学某些重要弊端之联系，甚至可以说，在某些精神实质上，新文学还自觉不自觉地继承了传统文学精神中某些需要抛弃的负面因素，留下了重大遗患。

最典型的是文学与政治的关系问题。对于传统文学与政治过于密切的依附性特点，五四作家并非没有认识到，他们对其"文以载道"问题的提出和抨击，都应该说是切中肯綮。但是，从深层次上看，五四文学并没有真正剖析这一传统形成的原因以及缺陷之所在。而且，它也没有真正脱离"文以载道"的传统。甚至可以说，它虽然名义上批判，但实质上却是有所继承。以最简单的方式来说，五四文学没有充分强调文学的独立性，而是全面地将文学作为文明批评和社会批判的武器——事实上也就是"载道"的工具。与传统文学比较，五四文学"文以载道"的思想未变，依附性的本质也没有消除，有所改变的只是"道"的内涵和依附的对象而已，文学最重要的独立性未能真正建立起来。

说到底，传统文学最需要检讨的，并不是简单的"文以载道"方式，而是文学是否有自己的独立性，是做"道"的附庸，还是表达对"道"的坚守与批判。因为中国传统知识分子（也是传统文人）最核心的问题，是对政治的依附和自我独立性（也包括文学独立性）的匮乏。至于是坚持参与社会、文化的"载道"型文学，还是坚持个人独立的"出世"型文学，其实并不紧要。甚至可以说，积极的社会关怀和参与意识是中国传统文学的优秀特征，完全值得继承，需要舍弃的只是其对政治权力的依附，更需要创造性地建立文学和作家的独立精神。

五四作家们没有抓住"政治依附性"这个中国传统文学的实质要害，对传统文学的政治特性予以细致剖析和批判，并将独立精神建构作为自我思想建设的核心，而只是以一句笼统的"文以载道"对传统文学做简单的全面否定。这样的做法不可能割断新文学与传统文学的政治依附性之间的关系，也不可能真正建立起新文学的独立性。这就是为什么作为新文学的主将，胡适、周作人等人却从一开始就在寻找新文学的传统关系，它既是在为新文学寻找传统的依靠，也反映了它独立自我精神的内在匮乏。换句话说，从一定程度上说，五四作家们并没有真正摆脱传统文学"道"层面的思想，他们虽然张扬反传统的立场和方式，实际上却在继承某些传统因素。五四作家对传统文学"道"的认识并不全面，他们没有充分重视真正具有超越性的文化哲学之"道"的意义并予以张扬，反而不自觉地陷入与政治传统关系密切的思想窠臼之中，受到其影响和制约。

　　究其原因，这与中国知识分子（文人）受传统政治思想影响太深有关，他们都习惯于从政治角度来看待和评判文学。另外，当时民族危亡的时局也加剧了作家们的这一情绪，于不觉之间堕入传统文学的某些老套之中，择其一端，却忽略其余。——当然，这绝非菲薄五四一代作家。传统改变之难是很自然的，寄希望于五四作家毕其功于一役，既不切实际，也是对后来者责任的逃避。五四一代作家开创了批判传统，后来者需要继承，也需要超越。只有持续而坚韧地批判性发展，传统才能真正更新，新的传统才能真正建立①。

　　遗憾的是，五四的这一重要思想缺憾未能为时人所认识，更未能为后来者所批判和弃置。后来者未能超越五四，建立起更强的独立性，相反是比五四更为退缩，更回归到依附于政治的特征——如果说五四文学家将文学当作文化批判的工具，能够始终与政治保持

---

① 贺仲明. 论中国新文学的自我批判传统［J］. 学术研究，2017（9）.

必要距离的话，那么，后来者则基本上又重回政治化文学的传统窠臼当中去了。在对传统文学的态度和方式上，后来者也始终没有重视梳理和辨析传统文学精神的复杂性和丰富性，继续保持简单化的否定姿态。

这其中，中国传统哲学思想在现代的中断更进一步导致中国文学"道"的衰落。如前所述，文学之"道"与思想文化关系密切，或者说，独特深邃的思想文化是其深厚的资源。20世纪中国哲学基本上沿袭西方思想，传统中国哲学思想在总体上处于被否定和批判的状态，严重缺乏有活力的创新和发展，这一哲学传统实质上处于被湮没和中断的境遇中，而没有在西方文化的刺激下焕发出新的创造力和拓展性。

于是，长此下来，人们距离传统文学之"道"越来越远，对它的理解也越来越简单化。其结果是，人们所认识的"传统文学"，就只停留在形式（"器"）的层面，"道"的丰富内涵和价值被严重抽空和简单化，乃至被彻底弃置。传统被作为一个象征、一个符号而存在，承载的完全是负面而简单的形象，或者被等同于形式层面，也就是旧体诗、文言文等文体，被作为落后于时代的代表，而其背后的丰富精神内涵被完全抽空。

传统文学之"道"被彻底忽略和否定，新文学发展方向自然是彻底以西方文学为圭臬，而且，这不仅体现在文学形式层面，精神层面也是一样。遍观新文学历史，很少有探索、表现中国传统哲学思想的创作，或者说将传统文化思想融入现实生活的创作，却不乏表现西方宗教或政治思想的作品。典型的是20世纪80年代的"先锋文学"潮流，对西方文化的借取和袭用已经完全代替了独立的创造性。从表面上看，"先锋文学"只是一股创作潮流而已，但实际上其创作方向却足以代表中国现当代文学的主流。

这其实已经先在地决定了新文学很难获得真正的成功。因为如前所述，文学之"道"不同于"器"，既不可能轻易改换，也不可能轻易获得。西方文学之"道"与西方文化、宗教有深远关联，中华民族没有信仰上帝、基督教的传统，中国作家也不可能遽然得到西方文学的真正思想精髓，更遑论将之与中国现实生活结合起来。所以，几十年来，中国传统之"道"固然被抛弃，难觅踪影，西方文学之"道"也不可能真正进入中国文学当中，始终遥不可及。

包括形式（"器"）层面也是如此。如前所述，文学形式的真正完备，需要与"道"之精神结合起来，真正融化为与精神相一致的文学本体。只有在这种前提下，文学形式才能焕发出鲜活的生命力，呈现创造性和发展性的特征，否则就只能是水中之油、沙上之塔，难以深入和持久。在中国传统文学"道"已接近崩溃和湮没的背景下，对西方文学形式（"器"）层面的融入自然是难以获得真正有效的成果。

话剧文学最为典型。话剧引进中国已有一百年之久，但却始终未能深入到民众生活之中，近年来更是挣扎在消亡的边缘。究其根本，虽然有市场经济冲击的原因，但最关键的却是在其自身。也就是说，戏剧家们对西方话剧的学习借鉴只是停留在形式上，未能与具有中国独特文化底蕴的思想内涵和审美特征结合起来，将其融化为本土文化的一部分。因此，话剧虽在中国生存了上百年，却始终漂浮于现实生活之上，浮游于中国文化和审美传统之外，在现代中国不能化为有生命力的艺术形式，为中国大众所接受。

三

这种对传统文学"道"和"器"关系理解上的误差，特别是对传统文学整体理解上的简单化和片面化，还对作家们在回归传统方面的努力产生了负面影响。

20世纪末以来，不少中国作家表达了回归民族文学传统的愿望和要求。这是作家们在创作实践中传达的内在要求，蕴含着作家对民族个性和自我主体的强烈自觉，也是文学正常发展的必然结果。然而，值得关注的是，作家们所表达的要求和创作实践，几乎无一例外都集中在文学形式层面，很少涉及文学思想和文化精神。如莫言采用传统章回体形式叙述，贾平凹对明清小说语言的借鉴，格非对传统诗歌意象的化用，等等，都是如此。作家们的努力值得充分肯定，但在回归传统文学的内容和方式上，却不无可商榷和讨论之处。

如前所述，文学传统的精髓和底蕴不在"器"而在于"道"。舍弃"道"的内涵而寻求"器"的回归，是舍本逐末之举，很难获得真正的成功。简单地说，传统文学形式（"器"）的时代局限性较大，难以跟随时代变化，现代化的转换是必然的潮流，每个时代都有最适应这个时代发展的文体形式，像旧体诗、章回小说等传统文体形式在现代社会就很难再重获昔日的辉煌，明清小说叙述语言也不可能在今天再获得新的生命力。事实上，在当前社会背景下，各民族对文学形式的探索已经相当充分，试图单纯依靠文学形式的独特性引领文坛已经很难实现。文学真正的独特性只能是内在的思想精神——它需要以深刻的文化为底蕴，既不容易被模仿，也非常难以获得。

新文学历史上为数不多的几次尝试回归传统的努力都可以作为负面例子。比如20世纪40年代的"民族形式问题讨论"和"旧瓶装新酒"创作潮流，以及50年代的"英雄传奇小说"，都是试图在形式层面激活和借鉴传统文学，也都走向了失败。

最典型的是中国新诗的格律化追求者。从闻一多、冯至到何其芳、卞之琳，无数优秀诗人尝试将传统诗歌的格律特点沿袭到新诗中来，但始终没有获得成功。究其原因，也许在其错误的起点。格律是旧体诗之所以成为旧体诗的最显著特征，在旧体诗形式被全盘否定和取代的情况下，想要在新诗中回归格律，显然是不可能的事情。此外，曾经在20世纪80年代兴盛一时的"新笔记小说"也是类似情况。由于年轻的参与者缺乏深厚的传统素养，不能在形式中融入与之相统一的"道"的精神，而是只能在形式方面着力，于是不可避免地堕入昙花一现的结局（参见本书第二章的相关论述）。

这种误将"器"作为传统文学的主体却忽略更内在"道"的行为，在根本上源于长期以来对文学"道"的轻视和对文学传统的简单化理解，而它也未能有效地针砭当前中国文学的深层匮乏和不足。与世界一流文学相比，当前中国文学最匮乏的，也是严重限制其高度的，是深刻的思想和审美精神，即那种独立而深刻的认识世界和表现世界的方式。只有具备这些思想和精神，中国文学才能够在以西方文学为主导的世界文学中显示自己的独特之处，呈现真正的个性和价值。从根本上说，这种思想和精神个性只能来源于传统文学的"道"，背后所接续的则是中国深广博大的传统文化。

所以，对于当前中国文学来说，最需要借鉴和继承的传统，不是具体的形式（"器"），而是侧重于精神的"道"，也就是将中国传统文化独特的精神、视野和世界观融入创作中，特别是将它与真正鲜活的日常生活书写结合起来，使其融化、再生于现代生活，从而创造出独特而有深度的文学思想，才能造就真正的文学辉煌。就基本方式而言，最需要的是对传统文化和文学的涵泳，是真正深入地熟悉和了解它们，将它们化作自身的精神和文化素养，而不是单纯的实用主义。

近年来中国文学"走向世界"方面的结果也充分证明了这一点。近几十年以来，我们文学界的绝大多数人，包括文学管理者，也包括一般作家，都在想方设法地试图"走向世界"，以之为工作和创作的最高目标。特别是最近几年，国家花费大量资金资助一些规模宏大的"当代文学外译工程"，许多作家也在以自己的方式努力将作品翻译、介绍到国外。但是，这些活动所取得的效果却远不让人乐观。根据一些资料反馈，国外文学界对中国当代文学的接受很有限。真正对西方文学、西方社会产生影响的，不是中国当代文学作品，而是中国古典文学作品。

其原因也与当代中国文学思想独特性的匮乏有直接关系。因为按照一般的文学规律,作为弱势一方的中国文学要得到强势一方的西方文学的认可,只有两个方面的可能:一是在西方文化所认可的文化、文学领域取得超越西方的成就,比如文学方面就要在人性揭示的深刻度、人类关怀的深远度方面超越西方文学,让人家对你刮目相看;再一个就是依靠独特的个性,以不同于西方文学的新颖和异质性引起他们的关注,并得到认可。显然,第一种可能的难度很大,因为在不同于西方的文化背景下,要在西方文化深度方面超越西方作家,是很困难的。更大的可能在于第二种方式,也就是以自己的独特性获得成功。这种独特性的源泉,最根本的就在于文学深层的"道",也就是以独特民族文化为背景的思想和精神、审美内涵。从文学史看,那些能够被西方文学界认可的非西方作家,大都是具有浓郁民族个性的作家,如日本的川端康成、印度的泰戈尔,以及拉美的马尔克斯、博尔赫斯,等等,都是如此。中国古典文学之所以在西方始终还具有很大的影响力,原因也在于此——如果论形式的现代,论生活的切近,古典文学肯定不如当代文学,但它所蕴含的民族独特意蕴,却是当代文学所无法比拟的——而这正是能够吸引和感染西方大众之所在。

当然,特别需要说明的是,强调传统文学"道"的意义,提出对"道"的继承,绝对不是主张没有批判精神的复古。事实上,现代的精神立场、开阔的思想视野以及反思性的态度,都是这种继承的重要基础和前提。具体来说,有以下这样几个方面需要特别注意。

其一,"道"的内涵需要细致的甄别、选择和现代转换。正如我们在前面反复强调的,不是所有的传统文学之"道"都有值得继承的价值,而是需要细致的甄别和选择。那些具体的、与社会文化层面关联比较密切的层面,如"载道"文学观等,就应该予以批判性地弃置。值得继承的只有那些与哲学和审美文化联系密切的部分,简言之就是中国文化视野下审视世界的眼光和艺术化表现世界的方式,它们具有超越时代、超越现实功利的特质,可以继承,也值得继承。同时,对"道"的继承也不是固守,而是应该与西方先进的现代思想结合起来,融入现代的、开放的元素,给予创造性的现代转化。

其二,赋予"道"现实活力与生命气息。也就是说,对于"道",不是继承其空洞概念和抽象内容,而是要赋予其现实生活内容,让其鲜活起来,生动起来。传统绝对不只是存在于典籍之中——如果是这样,就说明传统已经失去生命力了——传统同样存在于今天鲜活的生活现实当中。或者说,传统其实从未远离我们,只是期待着我们的发现。而挖掘日常生活中的传统内涵,能够让传统焕发出现代生命力,展现其最鲜活也是最真实的面容。如果远离真实而广泛的现实日常生活,去寻求抽象的"道",结果只能是缘木求鱼、舍本逐末。

其三,客观认识"器"与"道"的关系。如前所述,"器"与"道"之间不是截然割裂的,而是存在着内在的密切关联。在传统文学中,也存在部分有价值的,能够超越时代局限的"器",它们是可以继承、被赋予现代生命的。并且,对这些"器"的继承,也能够有助于更好地继承和把握"道"的传承。只是需要警醒的是,不应该习惯于在单一"器"的层面上来理解传统文学,或者将"器"等同于"道",却忽略了"道"的独立和更重要的价值及意义。特别是当前文学最迫切和最需要的是对"道"的涵泳,而非对"器"的简单借取。

所以,对于当前作家们在"器"层面向传统的回归,我并没有贬斥之意,而是充分尊重其探索和努力。毕竟,对"道"的继承,"器"也有着非常密切的关联。而且,真正深刻而完美地体现中国文学之"道",是一个漫长而艰巨的过程。它需要作家有深厚的传统素养和思想涵泳,也需要其有开放的视野和创新精神;既需要作家有过人的天赋,也需要其辛勤地追求和探索;既体现为作家的审美和艺术能力,更要求作家以深刻的思想能力为底蕴。所以,当传统文学之"道"真正以现代方式呈现于世人面前,即是中国文学复兴之时,而之前的每一次探索、每一种努力,都有其奉献的价值。

第二节　别求新声寻异路:废名的本土化探索

废名是中国新文学史上特立独行的作家之一。关于他创作的成就和特点,学者们论述得已经非常详尽。然而,正如 20 世纪 80 年代初有学者所指出的,废名的意义主要不在其文学价值本身,更在其对新文学发展方向的探索和创新。① 在这方面,也许还存在一定的研究空间,因为现有研究者多关注废名在现代抒情小说传统中的开拓性意义。但在我看来,废名的更深层意义在于他对新文学西化方向的反思和批判,以及试图在与古典文学的联系中寻求新文学一条新的发展路径。

一

从 20 世纪 20 年代的《竹林的故事》,到 40 年代的《莫须有先生坐飞机以后》,废名的创作存在较大的变化。真正能够代表其创造性探索的,是自他 1930 年创作发表的《枣》开始的后期创作。因为他早期的创作虽然有很好的社会反响,但他自己后来却持否定态度:"我以前写了一些小说,最初写的集成为《竹林的故事》,自己后来简直不再看它,是可以见小说之如何写得不好了。"② 并且,他在一定程度上改变了自己的创作特征。从《枣》到《桥》,再到《莫须有先生传》,每一部作品都有新的特点,总体方向是探

---

① 杨义. 废名小说的田园风味 [J]. 中国现代文学研究丛刊, 1982 (1).
② 废名. 立志 [M] //止庵. 废名文集. 北京:东方出版社, 2000: 275.

索意味更浓，艺术表现愈显艰涩。虽然随之而来的多是批评和否定之声，读者也日渐稀少，但废名却相当自信。在谈到《桥》时，他这样说："我感谢我的光阴是这样的过去了，从此我仿佛认识一个'创造'。真的，我的《桥》它教了我学会作文，懂得道理。"① 可以说，正如人们对他的评论："他从不趋时媚俗，哗众取宠，从不知投机为何物。"② 废名的坚持中自有其独立所在。

废名所进行的文学探索，最基本的，是将中国古典文学的某些因素融会到现代文学中，以之承接中国古典文学的传统精神。

废名创作的传统因素是很突出的。首先是在艺术表现上，他将中国传统文学（主要是诗歌）的意象和韵味挪用到新文学中来。其典型的体现是小说。废名的小说充满着中国古典诗歌的意境特点，甚至可以说，他的小说就是古典诗歌的现代化改写。其叙述形式是完全的散文构架，传统小说中故事情节的中心位置被诗意所代替。关于这一点，学者们已多有论述，不再赘语。③ 废名的诗歌也是这样。他所创作的新诗中，往往都会夹杂几句表现古典意象的诗句，这些句子有些是借以传达美的特质，有些则是直接袭用古典诗歌名句，融为其新诗之一部分。其次是在思想意蕴上。废名的文学作品大多寄寓着传统文化色彩，如在中国传统文化中卓有影响的佛学、禅学和道家精神，在他的诗歌、小说中都能看到，甚至可以说，他作品中所传达的生命和生活态度从根本上说是具有中国传统文化色彩的。传统文化笼罩着他作品的思想意蕴，决定着他对世界的审视，或者说决定着他对文学世界理解和表现的方式。唐弢先生曾评

---

① 废名.《桥》序［M］//陈振国. 冯文炳研究资料. 福州：海峡文艺出版社，1991：107.
② 卞之琳.《冯文炳（废名）选集》序［J］. 新文学史料，1984（2）.
③ 代表作如：凌宇. 从《桃园》看废名艺术风格的得失［J］. 十月，1981（1）；吴晓东. 意念与心象：废名小说《桥》的诗学研读［J］. 文学评论，2001（2）.

价废名的创作:"保持着东方文学的历史传统,反映了中华民族淳厚的气派与作风。"① 这应该说是独具慧眼、准确犀利的。

但是,废名的借鉴传统,化用传统,绝对不是一味地回归传统,排斥西方文学影响。事实上,正如废名所喜爱和尊崇的对象既有李商隐等中国古代诗人,也有莎士比亚等西方文豪,他的创作中也深深地镌刻着西方文学和文化思想的痕迹。就思想而论,他的作品基调应该是现代的。如对普通民众充分尊重的平等精神,对儿童和女性的爱和热忱,都体现着现代人道主义色彩。所以,其作品虽然蕴涵着深重的禅机和道家人生观念,却并不是遗世而居,远离世俗。从艺术上来说,他的叙事方法也是完全的中西融合。其叙述者既承担传统中国小说中说书人的角色,又承担现代小说抒情和思考者的任务。小说的意象充满古典美,但在结构上的承接过渡间,又有很清晰的现代小说技巧。

所以,废名的文学创作虽然以回到传统为特征,但其内涵是西方底蕴与中国传统的汇合,其意图是对新文学单一西方化方向自觉的弥补和纠偏。这一点,正如钱理群所考察到的,废名作品传达出强烈的现代堂吉诃德精神。这一精神既是源自西方文化传统,又与中国传统思想精神有着千丝万缕的联系,是中西文化、中西文学高度而自然的结合。②

废名的创作有这样自觉的探索,与废名的文学素养有关。他受西方文学影响颇深,但同时也对传统古典文学艺术有充分的喜爱和肯定。尤其是到 20 世纪 30 年代后,废名多次表示对中国古典文学成就的推崇:"而古人的文章(包括诗在内)每每有到现在(这是

---

① 唐弢. 四十年代中期的上海文学 [J]. 文学评论,1982 (3).
② 钱理群. 废名:现代堂诃德的归来 [M] //钱理群. 精神的炼狱:中国现代文学从"五四"到抗战的历程. 南宁:广西教育出版社,1996.

说我现在的标准甚高）令我不厌读的，是可见古人如何写得好了。"① 在一篇谈孔子论诗的文章中，他更表示了对中国文学诗教传统的认可，认为新诗应该将自己纳入古典诗歌精神传统之中："这个诗是中国民族的诗。这里也就是道，因为孔子的道是伦常，离开伦常就没有道。这个伦常之道又正是中国的民族精神。……中国作家如不本着伦常的精义，为中国创造些新的文艺作品来则中国诚为病国，这里的小孩子没有一滴精神养料，如何能长得大呢？"② 他的创作之所以凝聚那么深的传统文学因素，与这种认识和积淀是分不开的。

但是更重要的，这是废名对新文学发展方向整体认识的结果。在文学创作过程中，尤其是到20世纪30年代后，废名有一个越来越明确的思想，就是认为新文学的发展方向主要是西方化的，缺乏对传统文学的继承和借鉴。对此，他持明确的否定态度。因此，他在对自己早期创作进行反思的文章里这样写道："我们当时对于文艺都是从西方文艺得到启示，懂得西方文艺的'严肃'，若中国不是'正经'便是'下流'，即是一真一伪，……"③ 这显然针对的不只是个人，更是一种时代潮流。之后，他曾借谈新诗发展的机会，清晰地表达了自己对新文学与传统关系的思考。一方面，他认为新诗（新文学）肯定不能像旧诗（传统文学）那样写法，需要有思想和艺术的创新；但另一方面，他又认为新诗（新文学）应该在传统诗歌（文学）中寻找路向。建立在这一思想上，他对30年代后期诗歌界的回归传统趋向表示了充分的肯定，对五四文学方向表示了质疑："我们现在的新诗是白话诗，但当初新文学运动者所

---

① 废名. 立志［M］//止庵. 废名文集. 北京：东方出版社，2000：275.
② 废名. 响应"打开一条生路"［M］//止庵. 废名文集. 北京：东方出版社，2000：239.
③ 废名. 响应"打开一条生路"［M］//止庵. 废名文集. 北京：东方出版社，2000：237.

排斥的古典派乃正是今日新诗的精神了。"① 在谈到林庚的新诗创作时，他更明确表示新文学的发展不应该循着西方文学的方向走，而是应该在传统里找资源："在新诗当中，林庚的分量或者比任何人要重些，因为他完全与西洋文学不相干，而在新诗里很自然的，同时也是突然的，来一份晚唐的美丽了。……这不但证明新诗是真正的新文学，而中国文学史上本来向有真正的新文学。……真正的中国新文学，并不一定要受西洋文学的影响的。"② 他所进行的一系列探索，正是这种思想的体现，是他努力将传统文学灌注于现代形式，将本土与现代予以融会的实践。

二

虽然废名作品的晦涩在新文学中是首屈一指的，但这并不意味着他的思想和创作是完全的个人化产物，相反，在其背后潜藏着一种群体性的文学潮流。

自五四以来，新文学的发展方向基本上是明确的，就是循着西方文学的路往前走。包括到 20 世纪 30 年代，以"新感觉派"和"现代诗派"为代表的作家也在坚持这样的方向。但是，这中间也始终有批判和否定的声音，尤其是到 30 年代中期以后，许多作家明确对新文学所取得的成就和发展方向表示不满，有了寻求新路的思考。

这其中大家耳熟能详的，是 20 世纪 30 年代的"文学大众化"运动。在这场规模宏大的讨论中，瞿秋白、茅盾等人对新文学提出了尖锐批评，一些作家和学者提出了颇为极端的"方言化运动"等，在文学形式上提出了尝试"旧瓶换新酒""大众文学"等思想

---

① 废名. 十四行集 [M] //废名. 新诗十二讲. 沈阳：辽宁教育出版社，2006：203.
② 废名. 林庚同朱英诞的新诗 [M] //废名. 新诗十二讲. 沈阳：辽宁教育出版社，2006：188.

主张。"文学大众化"运动所代表的是对新文学过于西方化、忽视大众接受进行的批评。这一点已经引起了大家的充分重视。然而,几乎在同时,还有另一种方向存在,它的对象不是传统"大众文学",目标也不是获得大众,而是希望借取传统的因素,承接起中国古典文学的传统。它可能不如"文学大众化"运动那样因为有政治的因素掺杂而显得轰轰烈烈,也没有那么尖锐的意见表达,但却是更实在也更持久的文学思考和文学探索。

比如,曾经的五四文学倡导者周作人,在20世纪30年代曾这样反思新诗的发展:"新诗本来也是从模仿来的,它的进化在于模仿与独创的消长。近来中国的诗似乎有渐进于独创的模样,这就是我所谓的融化。自由之中有节制,豪华之中含青涩,把中国文学固有的特质因了外来影响而美化,不可只被上一件呢外套就了事。"① 在此基础上,他提出要想从事文学创作,"须略了解中国文学的传统",而这一传统的主流应该是以传统文化为中心的:"中国人的人生观也还以儒家思想的为主流,立起一条为人生的文学的统系,其间随时加上些道家思想的分子,正好作为补偏救弊之用,便得调和渐近自然。"② 包括文言文于现代汉语中的位置,他也表示"五四前后,古文还坐着正统宝位的时候,我们的恶骂力攻都是对的",但是在白话文运动胜利后,"应该把古文请进国语文学里来,改正以前关于国语文学的谬误观念"。③ 周作人在此期间写作《中国新文学的源流》,立足于从古典文学传统中去寻找源头,就体现着明确的思想意图。

---

① 周作人. 扬鞭集序 [M] //周作人. 谈龙集 谈虎集. 长沙:岳麓出版社,1989.
② 周作人. 苦口甘口 [M] //钟叔河. 周作人文类编:3. 长沙:湖南文艺出版社,1998:157.
③ 周作人. 国语文学谈 [M] //艺术与生活. 上海:上海文艺出版社,1999:61-62.

在创作界，施蛰存是另一个代表。他虽然借鉴了西方心理主义进行创作，但也曾有往传统文学回归的努力。1937年，施蛰存明确表达对"与旧的传统完全脱离，而去过继给西洋的传统"的新文学小说发展方向的不满，指出可以探索从中国传统小说中吸取养料，"从这中间去蜕化出一个新的阶段，我想一定能够使白话文获得一种新的妆束的"。他还表示："对于西洋式的正格的小说却有点怀疑起来了，到底它们比章回体、话本体、传奇体甚至笔记体的小说能给读者若干好处呢？"① 在此思考上，他"有意地试验着想创造一种纯中国式的白话文。说是'创造'，其实不免大言夸口，严格地说来，或者可以说是评话、传奇和演义诸种文体的融合"②，创作了《黄心大师》等探索性作品。

施蛰存的创作得到了京派著名理论家朱光潜的认同和赞赏，其着眼点正是它与传统文学的关系："施蛰存先生的《黄心大师》很有力地证明小说还有一条被人忽视的路可走，并且可以引到一种新境，就是中国说部的路。……读许多人的小说，我们常觉得作者是在做文章；读《黄心大师》，我们觉得委实是在'听故事'，而且觉得置身于'听故事'所应有的空气中，家常，亲切，像两个好朋友夜间围炉娓娓谈心似的。"③

所以，沈从文在对废名进行批评时，明确将矛头对准了他背后的周作人等人："在文章方面，冯文炳君作品，所显示的趣味，是周先生的趣味。""趣味的恶化，作者方向的转变，或者与作者在北平的长时间生活不无关系。在现时，从北平所谓'北方文坛盟主'

---

① 施蛰存. 小说中的对话［M］//吴福辉. 二十世纪中国小说理论资料：第三卷. 北京：北京大学出版社，1997：466-471.
② 施蛰存. 关于《黄心大师》［M］//陈子善，徐如麒. 施蛰存七十年文选. 上海：上海文艺出版社，1996：356.
③ 朱光潜. 编辑后记［M］//朱光潜. 朱光潜全集：第8卷. 合肥：安徽教育出版社，1993：548.

周作人,俞平伯等等散文糅杂文言文在文章中,努力使之在此等作品中趣味化。"① 沈从文批评得正确与否暂且不论,他所指出废名的创作背后有更深的思想源流,显然是确实的。准确地说,废名的创作源自新文学的自我反思、寻求新路的潮流。只不过,相比于其他人,废名虽然没有表现出太激烈和耸人听闻的姿态,但在思想和实践上却是走得最远。因此,废名的创作比其他人的更具代表性,其影响也更能持久。

三

废名的创作不是孤立地横空出世,显然,对其意义和得失的论述,也不仅只立足于其本身,而应该从新文学的发展潮流上来进行。

最基本的一点,应该充分肯定废名思考和探索的方向性意义。因为新文学在其开端中确实有其偏激和片面处。这在五四新旧更替的特殊时期是完全可以谅解甚至是必需的,但是,对它此后的发展需要做出某些纠偏和矫正。从这个方面说,20 世纪 30 年代的"文学大众化"运动在一定程度上体现了人们对五四文学过于西方化、忽视大众接受方面的偏差的批判,而以废名为代表的向古典文学传统寻求新路的作家们则针砭了新文学的另一个缺陷,就是对古典文学传统的处理过于简单化。因为新文学要真正建立自己的独特精神和审美个性,古典文学的传统是必须要借鉴和吸收的。从这方面说,废名对新文学道路的反思和探索集中体现了新文学本土化的自我要求。

而且,废名的思想不只具有宏观的方向性意义,还提供了颇具新意的具体思路。比如他对新诗与古典诗歌关系的认识,在具体方

---

① 沈从文. 论冯文炳 [M] //沈从文. 沈从文全集:第十六卷. 太原:北岳文艺出版社,2002:148.

法上强调继承,在精神实质上又突出差异,颇超出一般人的简单继承或简单割裂思想。这一点,与近年来有影响的美国学者王德威的看法有相当的共识:"新诗出来是一个绝然不同的文类,虽然也叫诗,但这个文类是完全跟古典诗歌是不同的。"① 它具有很强的启迪意义。更突出的是在小说创作中,他完全摒弃了传统小说的形式(包括体裁和艺术方法等方面),将古典诗歌的艺术特点借用到小说中,将古典文学的意境美特点嫁接到新文学小说中,其意图在于为新文学小说道路寻一条新路——一条不完全跟随西方文学方式,而是浸润中国古典文学特征的本土化方式。正是在这里,废名实现了对新文学小说艺术的另一种新的探索,是一种创造性的实践——这种探索的意义绝不是对传统旧形式的简单回归所能比拟的。这一点,就像朱光潜对《桥》的评论:"它表面似有旧文章的气息,而中国以前实未曾有过这种文章。它丢开一切浮面的事态与粗浅的逻辑而直没入心灵深处,颇类似普鲁斯特与伍而夫夫人,而实在这些近代小说家对废名先生到现在都还是陌生的。《桥》有所脱化而却无所依傍,它的体裁和风格都不愧为废名先生的特创。"②

在这方面,废名的创新意义远远超过当时和之后的许多对旧形式的模仿和回归者。当时流行的"旧瓶装新酒"和后来的"新英雄传奇",都因为缺乏足够的创新,很快陷入失败的境地。而废名凭借其对传统的"现代化"改造,使传统与现代有了巧妙的融合,既开创了新文学的"诗化小说"传统,也展示了独特的小说艺术魅力,其成就是颇为突出的。

但是,废名也存在某些误区。其一是对传统在文学中的位置认识有所偏离。传统文学确实有值得融入新文学的内涵,但是,这种

---

① 吕周聚. 美国现代中国文学研究的现状与展望:王德威教授访谈 [J]. 海南师范大学学报(社会科学版),2009(2):48.
② 孟实(朱光潜). 桥 [J]. 文学杂志,1937:1(3).

传统不应该是纯粹精神的、古典的，它应该与现实生活融合起来，融入生活的新鲜与活力。这样的传统才能真正有生命力，才是真正实现了现代化的运用。废名在这方面显然有所不足。他的创作追求古典文学精神，却没有将它们融入现实生活当中。它所导致的结果，首先是缺乏自然的、鲜活的生活气息，也缺乏个性化的、鲜明的人物——在这方面，废名后期创作逊色于前期的《竹林的故事》《桃园》等作品，失去了那种浓郁的、强烈地方色彩的生活气氛。这也是其后期作品感染力和影响力不如前期作品的重要原因——其古典文学韵味虽然存在，却与其所表现的生活相游离，没有体现真正的现代特征。这一点，就像余冠英当年对《桥》的批评："本书的意境和文章，都好似'不食人间烟火'的。"[1] 沈从文也批评废名的《莫须有先生传》"把文体带到一个不值得提倡的方向上去，是'有意为之'了"，从而"使中国散文发展到较新情形中，却离了'朴素的美'越远，而同时所谓地方性，因此一来亦已完全失去，代替这作者过去优美文体显示一新型的只是畸形的姿态一事了"。[2] 1957年，废名在为其小说选作序时对此也有所认识："反映了生活的就容易懂，个人的脑海深处就不容易懂。"[3] 虽然在这篇序中可以感受到一定的外在压力，但这段话还是有一定合理性的。

其二是在如何化用传统的方法上。在这方面，正如前所述，废名的探索很有创新意义，取得了很高的成就，但是，其中也存在一定的反思空间，关键也许还是在生活。因为缺乏鲜活的生活为基础，他的古典文学传统运用有显得生硬和勉强之处。比如，他的诗化语言在叙述时也许缺点还不突出，但运用在人物语言的时候就明

---

[1] 灌婴（余冠英）. 桥 [J]. 新月，1932：4（5）.
[2] 沈从文. 论冯文炳 [M] //沈从文. 沈从文全集：第十六卷，太原：北岳文艺出版社，2002：148.
[3] 废名. 废名小说选：序 [M]. 北京：人民文学出版社，1957.

显显得过于静态和生硬，缺乏口语的活泼和变化，直接影响生活表现的生动性。这必然导致其小说诗意表达与生活场景之间存在一定脱节。尽管废名采用了跳跃性的叙事方式来勉强维持，但效果并不理想。同样，其诗歌借用古典诗歌意象也存在过于死板和滞重之处。虽然学者们对其诗歌成就的评价存在一定分歧，但一个客观的事实是，在废名诗歌已经有了半个多世纪历史的今天，他的诗歌始终没有引起文学史的关注，更没有受到读者欢迎，缺陷是明显的。① 卞之琳的评价应该说是很准确的："他的诗，语言上古今甚至中外杂陈，未能化古化欧，多数诘屈聱牙，读来不顺，更少作为诗，尽管是自由诗，所应有的节奏感和旋律感。"②

尽管废名存在着这样那样的缺陷，但正如李健吾先生所说："如若风格可以永生，废名先生的文笔将是后学者一种有趣的探险。"③ 废名的探索方向对新文学很有开拓意义，有着非常值得继承的发展空间。遗憾的是，20世纪30年代的背景不适宜废名文学探索的发展，西方化为主流的五四传统自然是排斥他，以实用为目的的现实政治文化也与之相颉颃。在这种情况下，曾与废名从事过类似探索的施蛰存在表达对新文学方向不满之时，显得战战兢兢，如履薄冰④。废名虽然有更坚强的个性，但在全民都呼"看不懂"、一片批判声的背景下，他的探索也难以为继。废名后来曾反思自

---

① 陈建军. 废名研究综述［M］//陈建军. 废名年谱. 武汉：华中师范大学出版社，2003.
② 卞之琳. 冯文炳选集：序［J］. 新文学史料，1982（4）.
③ 李健吾. 画梦录：何其芳先生作［M］//咀华集. 上海：文化生活出版社，1942.
④ 施蛰存将自己的思想表述为"蕴蓄甚久而不敢宣泄"，并承认自己"心里虽然纠缠着这个问题，但因为到底不敢不承认自十九世纪以来的那些西洋小说为正格"，不敢表达自己的思想。施蛰存. 小说中的对话［M］//吴福辉. 二十世纪中国小说理论资料：第三卷. 北京：北京大学出版社，1997：466，468.

己:"当时有人笑我十年造《桥》,同时又有《莫须有先生传》的副产品,其实《桥》写了一半还不足,《莫须有先生传》计划很长也忽然搁笔,这都表示我的苦闷,我的思想的波动。"① 他的探索在无奈中走向末路。此后新文学的发展背景依然如是。因此,虽然时有对新文学西方化方向不满和批判之声,但基本上只从实用和民间传统上去思考,很少有人像废名一样从古典文学传统上去为新文学寻路,更少有人像他那样做执着而深远的探索。正如黄裳所说:"我觉得废名在新文学史上的努力与表现是应该受到注意的。他开了一条寂寞的头,接下去就被人忘记了。"② 废名成为新文学的一个遗迹、一个符号。人们或者认同他,或者批判他、躲避他,却很少有人思索他、继承他、超越他。对于新文学的发展来说,这是一件非常遗憾的事情。

第三节 文学人物如何本土化
—— 以格非《江南三部曲》为个案

长期以来,人物形象都是文学的重要组成部分,甚至可以说,漫长的文学史几乎也同时就是星光熠熠的人物形象历史。但是近年来,文学人物形象失去了曾经的风采,以往那种个性鲜明、让人记忆深刻的人物形象似乎很难找到了。这种情况已经引起评论界的广泛关注。早在21世纪初,就有多位学者指出当前文学出现了"人物形象弱化"的现象③。此后,更有学者以"拯救文学人物"和

---

① 废名. 废名小说选:序[M]. 北京:人民文学出版社,1957.
② 黄裳. 废名(下)[M]//陈振国. 冯文炳研究资料. 福州:海峡文艺出版社,1990:247.
③ 张恒学. 文学人物形象:世纪之初的文学关怀:来自"世纪之交中国文学人物形象研讨会"的理论思考[J]. 文艺理论与批评,2001(4).

"人物画廊关闭了"的字眼来形容当前文学中人物形象的没落局面，表达不满和忧虑的情绪①。显然，对于当前中国文学，特别是以叙事为中心的小说来说，人物形象的存在状况，以及在未来文学中的命运和发展趋势，都是非常值得关注的问题。考虑人物形象的塑造涉及作家创作意旨、创作方法、艺术技巧和艺术能力等方面的差异，采用全面扫描式的分析会遮蔽很多细微的问题症结，所以，在这里，我选择了格非的《江南三部曲》作为典型个案，希望通过对它的细致剖析，透过那些具有代表意义的侧面，去探究问题的深度和方向。

一、《江南三部曲》中的人物形象

之所以选择格非的《江南三部曲》②来作为人物形象分析的典型对象，有这么几个方面的原因。

首先，《江南三部曲》是近几年来影响很大的系列长篇小说。在所有叙事文体中，长篇小说是最擅长塑造人物形象的一种，中外文学史上的很多优秀人物形象都由这一文体来完成，以长篇小说为对象来探讨这一问题，较之其他文体更具典型性意义。而且，《江南三部曲》的作者格非是一个严肃认真的作家，他成名很早，表现出很高的艺术才华。为了该著作，格非花费了十多年心血，创作态度细致虔诚，作品也充分体现了宏阔与精致兼备的艺术效果。作品出版后，作者多次表示对该作的珍视态度，评论界也给予了广泛好评。

---

① 汪政，晓华，贺仲明，等. 谁来拯救文学人物[J]. 上海文学，2005(7)；木弓. 文学人物画廊就要关闭了[N]. 文艺报，2013-04-19.
② 《江南三部曲》包括格非创作的三部系列长篇小说，分别是：《人面桃花》（春风文艺出版社2004年初版）、《山河入梦》（作家出版社2007年初版）、《春尽江南》（上海文艺出版社2011年初版）。2012年，上海文艺出版社出版《江南三部曲》的完整版。

其次,《江南三部曲》非常重视人物形象,作品的内容、结构都与之密切相关。格非对《江南三部曲》中的人物形象倾注了很深的感情。几乎每一次对作品的访谈,格非都会重点谈论其中的人物,表达对他(她)们的喜爱和珍视之情。比如他这样谈到《山河入梦》中的姚佩佩——"读者对《山河入梦》小说本身如何评价我并不介意,我更在乎读者对姚佩佩这个人物是否有误解。这是我用心创作的人物,她的心理变化和对世界的看法同我的内心世界很难分割"①,并以"人类心灵史"来概括该作品的主旨②。而且,《江南三部曲》的三部作品都是以一个中心人物的生活轨迹为线索,这些人物之间又有直接的血缘关系,准确说是祖孙三代人,所以,作品在一定程度上可以看作是一部人物的史诗。人物的思想、行动,特别是他(她)们命运的沉浮和变迁,是贯穿每部作品的基本内容。与之相应,三部作品的情节也都是以人物为中心来进行构架,在人物命运变迁中展开故事叙述。人物内心追求与外在世界之间的巨大张力,是推动作品情节发展的最基本因素,也是作品的主要叙事线索。

文学评论(研究)是一种科学,被研究者本身的意图是论述成立的重要前提。如果研究对象的意旨本不在人物形象,却硬以人物形象来考察和评判它,就会有强人所难、郢书燕说之嫌。从这个角度上说,以《江南三部曲》为典型个案来考察人物形象塑造问题,是符合作品和作者基本意图的,是具备合理性的。

再次,《江南三部曲》在人物塑造上做出了很多努力和探索,这些努力,也包括它的得与失,在当前文学中都具有一定的代表性

---

① 丁杨. 格非:好的小说一定是对传统的回应 [N]. 中华读书报,2007 - 02 - 14.
② 格非,王小王. 用文学的方式记录人类的心灵史:与格非谈他的长篇新作《山河入梦》[J]. 作家,2007(2).

意义。格非是"文化大革命"后"先锋小说"的重要作家,"先锋"时期的格非作品以哲理、虚幻为特征,传统的人物形象塑造既非其所长,也不是他所追求的目标。进入20世纪90年代后,格非的创作发生了较大转型,突出的表现就是回归传统的故事叙述,重视人物形象的塑造。也就是说,格非是一个经历了从"先锋"到"传统"的变化型作家,在他的创作中,可以鲜明地看到从传统到现代多种文学观念和方法的嬗递变迁,也可以看到文学人物形象塑造的多元方法和前沿轨迹。

以人物塑造方法为例。《江南三部曲》的人物塑造方法既有传统的,也有现代的。传统方法如写实和描写。虽然三部作品的故事时间跨度长达一百余年,分属于不同类型的政治社会,但作品始终以写实为基本方式,描绘了人物的具体时代生活场景,在现实再现中塑造人物。作品的描写手法运用得也很多,不乏对风物、生活场景和人物行为的描述,特别是以直叙和方式展示人物对话,对人物口语进行描绘,都是传统人物塑造的重要方式。与此同时,作品也广泛采用了现代的人物塑造方法。如通过跳跃性的方式来叙述人物故事,有意识地将时空错杂,将现实与想象杂糅在一起,以及对同一事件采用多角度、多侧面的叙述,等等。传统方法和现代方法结合的典型是对人物心理的展现。作品既有传统的细腻心理描写,也有深入人物潜意识,在现实、幻想、梦境不同层面间复杂转换的现代方式。《江南三部曲》采用的这些方法当然并非特别,但确有突出之处,其对人物的专心和着意的营造,以及描写的细致,在当前文学中都很少见到。以描写为例,当前文学流行的是故事的叙述,追求快节奏叙述和跨度大的语言,在人物语言上,作家们普遍放弃了传统的用引号的直叙方式,采用更简捷快速的间接叙述方式。

《江南三部曲》人物塑造的方式丰富多样,作品的人物形象塑造也获得了一定的成功。它所塑造的秀米、谭端午、姚佩佩等形象具有相当独特的性格气质。他们都蕴含着强烈的理想主义精神,这种精神使他们的性格充满自我矛盾，更与外部现实世界之间构成本质上的冲突。共同的性格和一致的悲剧命运，铸就了他们的人物群像。在中国文学史上，这一群像的内涵是很具有创新意义的。而且，这些形象与现代中国的社会文化有内在而深刻的联系，从他们的命运和性格中可以看到中国传统文化的某些影子，蕴含着传统文化与现代文化的复杂冲突，也投射着中国社会近现代嬗变的现实印记。这些方面，使作品与其人物形象构成了不可分割的密切整体，只要一谈到这部作品，就自然会联想到其人物形象。对于一部长篇小说来说，这应该是一种值得肯定的成功。

二、匮乏与根源

《江南三部曲》在人物塑造上有很突出的努力，然而，从传统人物塑造的角度来考察，作品也存在一些比较严重的问题。大体而言，以下两方面是比较突出的。

第一，人物缺乏统一的性格为支撑，思想和行为缺乏内在的精神主导。

任何现实生活的人，其思想行为都有基本的一致性，有时候可能貌似脱出常轨，或者会发生变化，但不管怎样，它们都会统一在一个整体之内，遵循着某种逻辑——这就是人的性格逻辑。也就是说，一个人的性格是具有基本统一性的，无论它怎么掩饰或发生变化，都有内在的核心存在，其变化发展只能建立在其内在可变性的前提之上。性格决定着人按照某种内在逻辑思维和行动，使人构成一个完整的统一体。生活如此，文学中的人物也是这样。正如黑格尔说过的：人物"必须具有一种一贯忠于它自己的情致所显现的力量和坚定性"，"如果一个人不是这样本身整一的，他的复杂性格的种种不同的方面就会是一盘散沙，毫无意义"。[①] 统一的性格赋予

---

① 黑格尔. 美学：第 1 卷 [M]. 朱光潜，译. 上海：商务印书馆，1979：307.

人物思想、行为充分的精神驱动力，反过来，由统一性格主导下的思想行为，又能够进一步凸显人物的性格特征。人物形象要做到清晰、鲜明，性格的统一性是很重要的前提。

《江南三部曲》的人物形象在这方面普遍存在缺陷。也就是说，作品人物的性格大多不具备统一的完整性，他们的思想和行为也没有表现为统一性格的精神主导。比如《人面桃花》中的秀米。作品以她的生活为中心，书写了她几乎整个的人生，但她的性格特征却并不清晰，更缺乏一个中心性格来将她所有的思想行为串联成一个完整而统一的整体。因此，在作品中，你可以看到秀米做了什么、想了什么，但是你却根本不知道（也难以理解）她为什么会这么做，为什么会这么想。作品以秀米被绑架为时间节点分为前后两个部分，但这两部分之间似乎是割裂的，她后来的变化在前面找不到清晰的缘由。即使在各个阶段内，她的性格和行为也缺乏统一性与合理性。比如秀米对张季元的爱是决定故事进程，也密切关联人物命运的情节，但是，这种爱究竟来源于何处？她与张之间几乎没有任何感情交流，为什么仅仅在看了一本日记之后就会陷入那么狂热的爱情之中，乃至将整个的人生托付给他，成为他事业的追随和继承者？

同样，《春尽江南》中庞家玉也缺乏性格上的统一性，其行为也让人难以理解。作品中，庞家玉的精神身份是多元的，她似乎是一个爱和理想的追寻者，又似乎是一个事业强人、物欲的同化者。或者准确地说，她经历了从精神—物欲—精神，也就是从乌托邦幻灭到堕入物欲再到自我救赎的复杂过程。在当前中国这么一个变化巨大的时代，人的身份多元是正常的，发生较大的变化也完全可以理解，问题是任何变化肯定都有原因和契机，但作品却完全没有展示这一点。比如，从庞家玉改名和所追求的生活方式看，与谭端午的初恋失败似乎让她的乌托邦幻想破灭了，于是转向了物质化生活。但是，让人奇怪的是，在分别多年之后，一见到曾经欺骗她、让她产生幻灭感的谭端午，她就毫不犹豫地抛弃了准备结婚的男友,回到了谭的身边。这么强大的感情究竟怎么产生,又源于什么?之后,在她按照新的生活方式生活,并与谭度过了多年貌合神离的婚姻生活,她又有了顿悟式的精神救赎。我们如何理解她这么复杂的精神轮回?难道仅仅就因为一场疾病?

相对而言,《山河入梦》中的谭功达性格算是比较完整和一致的。谭功达的内心冲突,包括在爱情与事业中的表现,基本上可以统一在他的"乌托邦精神"性格特征中。但是,这仅仅指的是作品中直接叙述的部分生活,作品追忆叙述的部分与之有着严重的不一致。如在追忆叙述中我们知道,谭功达在战争时代曾经担任过中层军事指挥官,而且还颇有魄力,在"大跃进"中还做过一些"轰轰烈烈"的傻事。但这些行为与作品直接叙述所展现的人物精神气质几乎没有任何共同点,它们完全是割裂的。现实中的谭功达耽于幻想,毫无现实政治能力,行为近乎梦游,这些方面如何能够与那位有魄力的军官和官员统一为一个整体?

第二,作品的情节安排不够真实和完备,缺乏生活的真切、鲜活和质朴。

早在两千多年前,亚里士多德就说过:"刻画'性格',应如安排情节那样,求其合乎必然律或可然律;某种'性格'的人物说某一句话,作某桩事,须合乎必然律或可然律。"① 也就是说,人物的性格必须密切关联着具体的生活,符合生活的规律。只有这样,人物才能与生活的质朴自然结合起来,呈现鲜活生动的生活气息,具备生活所赋予的内在生命力,也才具有足够的艺术感染力。

《江南三部曲》在这方面有明显的不足。作品的许多情节不合乎生活常理。以《人面桃花》为例。小说开头部分写秀米父亲的出走和失踪,对这一事件,秀米和她的家人表现得异常镇定,既无悲戚,也无紧张。如果说秀米母亲这么做是因为她不爱丈夫,那么,

---

① 亚理斯多德(现译为"亚里士多德"),贺拉斯. 诗学 诗艺 [M]. 罗念生,杨周翰,译. 北京:人民文学出版社,1959:49.

作为女儿的秀米如此表现就非常不合情理了。在父母身边长到十几岁，难道与父亲一点感情都没有，面对父亲的出走和失踪能够那么理性和镇定！此外，作品还有两个重要的情节也缺乏真实性。一个是张季元死后，喜鹊将他的日记偷偷给了秀米，这是决定秀米此后人生道路的重要情节。但是，按照前面的叙述，喜鹊与秀米之间关系隔膜甚至相互存有敌意，那么，她为什么在拿到日记后会毫不犹豫就交给了秀米呢？另一个是秀米出嫁时将金蝉留在家里，这也不合乎情理。因为既然秀米那么爱张季元，金蝉又是张郑重托付给她的重要信物，她在远嫁外地的情况下怎么可能会不随身携带呢！同样，《山河入梦》的许多情节也不真实。如作品中一个很关键的情节——洪涝灾害之前，谭功达到养猪场度过了导致政治生涯完全终结的几天生活，让人完全难以置信。作为一个曾有所作为的一县之主，面对那种大雨滂沱的天气，他难道不知道可能会导致乡村的洪涝灾害？他想不到需要与人联系一下，哪怕只给自己的秘书打一个电话？而且，整个县都发大洪水，他所在的那个养猪场难道是世外桃源，一点都感觉不到？另外，作品中被作为理想试验地的"花家舍人民公社"，也很难想象在20世纪五六十年代的社会背景下，在那种中央高度集权的政治环境中，会有一个花家舍这样的世外桃源存在。

　　情节不真实、不完备，直接的副作用之一就是损害生活环境的真切性，因为真正的生活是自然的，是按照生活本色而质朴的方式流动着，进行着的。不真实的情节，必然会使人怀疑其生活的可信性。而且，作品在生活细节描写方面也缺乏鲜活性。它虽然广泛采用了描写手法，一些景物和生活场景描写也比较细腻，但许多生活场景描写明显不够真实和真切。如《山河入梦》描写谭功达与白小娴交往的细节，忽而疯狂，忽而理性，忽而狂热，忽而冷静，完全是依靠理念在支撑，距离生活的鲜活生动相当遥远。再如《人面桃花》的人物语言描写。如前所述，作品能够直叙人物语言，让不同身份的人张口说话，是一种值得肯定的方式。但遗憾的是，作品中的人物尽管年龄、身份、个性有别，但说话的方式、口气却几乎相同，完全不具备生活语言的口语特点，更遑言体现人物的性格特征了。

这些缺陷，严重影响了《江南三部曲》的人物形象塑造。首先，它严重损害了形象的生动性和鲜明性。因为人物性格缺乏统一性，生活没有建立在真实、合理的情节和环境当中，人物的精神个性和气质就难以稳固而坚定地形成，其个性特征难以鲜明，也就不能如生活中活生生的人一样，拥有鲜活而自在的生命力，他们只能是如同模糊缥缈的影子，漂浮于作品的故事之上，不能给人以深刻的感染力，让人产生深刻的印象。所以，《江南三部曲》的人物形象尽管气质独特，但个性却相当模糊，没有成为独特的、"这一个"的个性化形象。其次，它影响人物对时代的折射力。《江南三部曲》的三部作品都营设有具体的时代背景，让人物与现实时代相关联。但由于缺乏合理的情节安排和真实的生活细节，人物与时代的关系就不可能深入和牢固。可以说，它的人物身上确实带有时代的某些印记，但也仅此而已，他（她）不能作为时代的缩影，从他（她）们身上也窥见不了时代的轨迹和暗流（相比之下，也许是因为时代切近，《春尽江南》的故事更真实一些，对时代的投射力也更强一些）。

三、观念与潮流

任何作品都是作者的精神产物。《江南三部曲》人物形象塑造上的复杂表现，与格非的文学观念和创作思想密切相关，或者说，作品在人物形象上所做的努力以及所存在的遗憾，都可以在格非个人的文学理念中找到根由。

自20世纪90年代以来，格非多次表示向传统文学回归的意图，在文学与生活的关系上，也表达了对昔日"虚构"文学观的许多否定，展示了这样的立场："作家的禀赋和想象力、形式的转换固然可以弥补个人经验贫乏，但对于写作来说，经验或经历毫无疑问依然是最为重要的资源。"① 从这方面说,《江南三部曲》对人物的重视和运用人物塑造的传统方法,都可以看作是格非"回归传统"文学思想的产物。事实上,从作品中我们也多少可以看出传统文学特别是《红楼梦》的影响痕迹。

然而,格非对传统的回归并不全面和彻底,而是存在着很多的犹疑和矛盾。甚至可以说,格非对传统的回归只是部分性的、有选择性的,其思想内核并没有脱离他在"先锋文学"时期形成的理念。比如他近年来对小说本质的看法就不无先锋文学的印记:"首先小说是一个寓言,是一个故事,是打了一个比方。通过一个抽象的寓言,一个形式表达作家的看法。"② 正因如此,格非的"回归传统"并非传统文学本身,而只是针对符合他"象征"理念的那一部分:"用具体表现抽象,用简单表现复杂,以写实达到寓言的高度。"③ 也就是说,格非的回归传统,其实更多是试图在"先锋"与"传统"之间找到一个新的平衡点,"先锋"的核心并没有被他放弃。有学者这样评论《人面桃花》是准确的:"它并没有改变从前先锋小说的形式和精神。如果说有什么变化,只是它读起来更容易,讲述也更清晰完整,……"④ 而且,不只是《人面桃花》如此,整个《江南三部曲》中都可以看到强烈的"先锋文学"的痕迹。

《江南三部曲》人物塑造上的缺陷与之息息相关,因为它们形成的相当部分原因是作者主观上的有意为之。也就是说,作者本人并不认为这些是缺陷,甚至可以说,它们就是作者所要追求的目

---

① 格非. 卡夫卡的钟摆 [M]. 上海:华东师范大学出版社,2004:176.
② 格非. 格非访谈实录,谈新作《山河入梦》[EB/OL]. (2007 - 01 - 25). http://book.douban.com/review/1115918/.
③ 王中忱,格非. "小说家"或"小说作者"[J]. 当代作家评论,2007 (5).
④ 张晓峰. 从《人面桃花》看向中国小说叙事传统回归的误区 [J]. 中国现代文学研究丛刊,2011 (12).

标。正如格非对《人面桃花》主旨的阐释:"《人面桃花》虽然披上了一件中国近代革命的外衣,但我的确无意去复现一段历史事实……我由此想到了中国历史传统中的一个个梦幻,并想赋予它一定的社会学意义。"①《江南三部曲》的创作主旨并不在于"事实"和"人物",而在于探究一个梦幻,一个"乌托邦理想"的精神理念。乌托邦梦幻本身就不可能是清晰的,而且,为了更好地适应乌托邦梦幻的主题,作者在艺术上也着意追求"象征"和"寓言"的书写方式(这种朦胧和迷离的叙述方式正是格非所习惯和擅长的)。如此一来,作品的人物性格不清晰、不统一,情节背景交代不清晰、不完整,就是很自然的事情了。

不过,另一方面的原因也许在作者主观意图之外——换句话说,作者意识到自己在生活积累上匮乏的这一缺陷,也想努力进行弥补。作品的多方面缺陷,诸如生活缺乏真切鲜活、情节不真实完备等,都与这一匮乏有直接而深刻的关联。对于自己这方面的不足,格非有清醒的认识。在谈到《人面桃花》时,他感慨过:"我有时写到旧时代的生活,根本不敢去写那个器物的,为什么不敢写,你没有那个经历,你就真的不敢写……我觉得想象力固然重要,但没有经验的基础,想象力也无用武之地啊。"② 为此,他通过大量查阅资料等方式以图改善——对历史资料的熟悉以及将它们与现实生活进行关联,确是一种增进文学的现实和生活积累的有益方式。只是格非的努力还不够成功。之所以这样,我以为最根本的原因还是格非的文学理念——对于格非这样有文学造诣的作家来说,能力应该不是主要问题,关键是文学理念和文学旨趣决定着他

---

① 格非. 重返故乡的相像性的旅途:2004 年度杰出成就奖获奖演说 [N]. 南方都市报,2005-04-11.
② 格非. 中国小说与叙事传统:在苏州大学"小说家讲坛"上的讲演 [J]. 当代作家评论,2005 (2).

与生活之间的距离。换句话说,是从"先锋文学"时期即形成的、根深蒂固的"虚构"观念在影响和限制着格非,使他即使在理性上意识到了,也难以真正脱离出来,走进"生活"和"现实"当中去。

文学既是个人的创造物,同时也与时代有着密切关系。《江南三部曲》也是这样,它既体现着格非独立的个性追求,甚至与时代潮流有悖逆之处,但总体来说,它也从自己的侧面折射出时代文化和文学观念的某些影子。

首先,它折射出当前文学中人物形象地位的变迁和转向趋势。变迁的首要表现是传统的个性化人物形象呈现衰落局面。这一趋势是世界文学范围内的,也与社会整体的发展态势有关。从哲学层面说,人类社会进入到后工业时代,物质的主体性位置显著加强,人所曾经具有的中心位置旁落,其结果是作家主体精神和自我信心的严重匮乏。福柯的名言"人死了"反映的正是这一人类文化处境。从文学接受层面上说,17 到 19 世纪是人类自我认识向上发展的时期,读者也期待在文学中看到人——自我的体现。但是,进入后工业社会,物质文化成为绝对主导,人们希望在文学中看到的已经不再是人,而是物质消费;从作家层面上说,面对 19 世纪现实主义大师们创造的辉煌个性化人物形象,当代作家不免产生难以超越的"影响的焦虑",很自然地转而寻求其他方式来实现自己的突破和创新愿望。不管原因如何,总之,20 世纪中期以后,传统的个性化人物在文学创作中呈现出衰落的趋势。特别是期间出现的现代主义和后现代主义文学思潮,都普遍不再将人物塑造当作文学的中心,个性化人物形象更为作家们集体放弃。

变迁的另一表现是象征型人物形象的兴起。这类形象不再强调人物独立的个性特征,也不再强调生活真实性,甚至没有自己的性别和名字,他们的意义更在于其身上所寄寓的象征意义,传达对时代现实的某种讽喻或批判主题。卡夫卡《城堡》《审判》等作品中塑造的约瑟夫·K 和《变形记》中的格里高尔是较早的代表。此后，这类形象大量出现，如加缪的《局外人》、萨特的《恶心》、乔伊斯的《尤利西斯》，以及米兰·昆德拉、托马斯·品钦等许多著名作家的作品，等等，都塑造了这类人物形象。虽然不能说它们象征人物与个性化人物是取代和被取代的关系，但其兴衰对比确实是比较明显的。

中国文学也清晰地体现了这一发展趋势，除了受西方文学大潮的影响，还有中国本土的原因。长期以来，特别是"文化大革命"文学中，人物塑造被极度地异化，对"典型人物"的片面强调，导致文学中出现了许多"高大全"的虚假形象，也导致"文化大革命"后作家们强烈反感与疏离人物形象的塑造。20世纪90年代后的"新写实小说"是一个典型潮流。"凡俗化""生活流""平面化"特征背后体现的，正是思想上反崇高、人物形象上反典型的潮流。此后的文学更是如此，人物形象被许多作家有意无意地弃置，塑造人物的传统方法更受到普遍冷落。包括在文学理论界和评论界，也很少有人再讨论和关注人物形象问题，叙事、话语和各种时髦的文化批判概念完全取代了人物形象之类话题的位置。

其次，它也折射出当前文学疏离与生活关系的潮流。从世界文学潮流来说，与注重"再现"的现实主义相比，20世纪中叶兴起的现代主义文学更看重"表现"和"形式"，自然会比较忽略文学与生活的关系。就中国文学而言，除此之外，还有自身历史和现实方面的原因。就历史而言，20世纪五六十年代文学中，现实主义被片面地强化，也颇流行形式主义色彩的"体验生活"模式。这让作家们集体萌生了对"生活"的反感。从80年代开始，批判文学与生活关联、轻视生活对文学意义的言论不绝于耳。就现实而言，经历了惨痛的历史之后，很多作家选择了轻逸的方式来面对沉重，以规避的方式来面对生活——与直面现实相比，这种方式显然危险性更小，更能够让自己远离社会困扰——正是在这一背景下，以"想象"和"虚构"为中心、以颠覆文学与生活关系为己任的"先锋文学"轰轰烈烈地兴起,产生了广泛的社会影响。之后,作为潮流的"先锋文学"虽然衰落,但其观念依然很有影响,甚至可以说已经深入文学潮流之中。

不能完全否定作家们的选择,但是,客观来说,当规避生活成为潮流,文学与生活的关系逐渐越来越远,作家们关怀现实的信心和能力也越来越弱。毫不夸张地说,虽然由于历史传统等方面的原因,近年来的中国文学中并不缺少写实方法的创作,但是真正立足于生活、秉持写实精神、坚持传统写实方法的作品却非常少见,更多的是迎合利益与权力、背离生活真实的虚假之作,漂浮于生活表面、以生活为点缀之作,以及完全漠视生活、局促于一己世界的狭隘之作。流风之下,是作家们认识和表现生活能力的普遍降低。作家们失去了对生活的切近和把握能力,难以进入生活的深层世界,捕捉生活的复杂和潜流,也普遍匮乏细致再现生活、展示生活的能力。无论是描写能力,还是语言能力,都出现明显的退化趋向。

从这个方面说,格非的《江南三部曲》确实以典型个案的姿态凸显了当前文学中人物形象塑造的问题,也可以说,《江南三部曲》具有突破时代潮流的某些愿望和企图,只是遗憾的是,它最终还是为潮流所困,未能真正走出昔日的自我。

四、我们应该如何回到文学人物

《江南三部曲》的人物形象塑造虽然是一个个案,但它背后蕴含着复杂的时代和社会因素,对这一作品的分析和认识,显然也应该放在对整个文学人物形象变迁的背景上。我个人的看法,大致在以下三个方面。

首先,我们应该宽容冷静地看待当前文学人物形象观念的变化和人物形象的新趋势。正如前所述,人物形象关联着社会文化的方方面面,背后蕴含一定的必然因素,我们应该持以宽容的理解态度。特别是对待象征型人物形象,我们更应该在理解的基础上给予积极的认可。自从福斯特的《小说面面观》提出圆形人物与扁平人物的差异,人们就一直将内涵丰富作为人物形象评价的最高标准。恩格斯"典型理论"的问世,更是极大地促进了传统个性化人物形象的发展。然而,我们也应该看到,圆形人物与扁平人物的优劣比较并不能体现在所有层面上,而对"典型性"的过分强调也会对人物塑造构成某些限制,让人物丧失自由生长和独立生存的空间。在社会发展的背景下,我们对人物形象的审美标准、理论规范完全应该有大的发展,应该以发展的眼光来看待新的文学形象的出现。像象征型人物形象,尽管不那么生活化,也不以个性见长,但他们是对传统个性化人物的突破和创新,具有自己独立的存在意义和审美价值。比如卡夫卡笔下的约瑟夫·K和格里高尔等形象,从传统审美要求看,也许不够典型和个性化,但他们以象征和变形的方式真实地揭示了人类的现实生存处境,我们每一个现代人都能够在他们身上看到自己的影子,绝对是具有充分意义的人物形象,应该受到我们的充分肯定和推崇。

其次,我们应该依然呼唤文学对人物形象的关注,坚持人物形象(包括传统类型人物形象)在文学中无可替代的重要价值。这一看法基于这样两个理由:其一,正如人们习惯说的"文学是人学",文学以反映人的生活为基本,文学(特别是叙事文学)的感染力也很大程度在于其人物形象的塑造,在于它对人物命运的关怀和对人性的揭示上。建立在鲜明、生动和真实个性基础上的人物形象,以及人对命运的顽强抗争,表现人类精神和力量,是人们喜爱和记住那些优秀文学作品的重要原因。这一点,即使在今天,也依然没有大的改变。我们阅读文学(特别是叙事类文学)作品,可能会有比关注人物更多的选择,但也会被人物命运所感动,被鲜活的形象所吸引。作品的成功,相当程度上要依靠人物形象的成功——从这个意义上说,我们的许多作家批判和反思政治化文学历史的初衷是值得肯定的,却绝对不能因此而从一个极端走到另一个极端,将人物形象本身的意义也忽略了——在开放性的视野下，那种传统的、以个性鲜明生动为基本特征的人物形象，与现代的、象征型的人物形象各有特色，不可互相替代，而应相互补充，共同构成当前文学人物形象的基本内容。其二，文学的人物塑造，其实不仅仅在于人物形象本身，而是关系一种文学态度和文学精神。因为文学（特别是叙事类作品）以人物为主要书写对象，如何对待这些形象，是否赋予他们主体性，最核心的是作家的叙述态度，他是否尊重这些人物，是否具有对人的关怀。也就是说，人物的塑造问题，不仅仅是文学内部的事，它内在关联着对人的热爱、尊重等人文精神。文学史上那些优秀的作家全身心地塑造人物，正是因为他们内心有对人物的深切关怀，在人物身上寄托了自己的情感和思想。沈从文在谈到人物塑造时有一句名言："贴着人物写。"这绝对不只是在技术层面，更是在精神层面。而反过来说，这种对人物的尊重和关怀态度，既是文学人物塑造成功的前提，也是文学具有感染力的重要保证。因为正是在与作家寄托感情的深刻共鸣里，读者产生对人物强烈的感情，从而形成对文学的热爱。文学永远不可能是技术，它最大的魅力是人，最终的价值也在于人。

最后，文学人物形象应该遵循生活的原则，让人物自由地在生活中生长。也就是说，无论是塑造哪类形象，要想让人物具有生命力，实现人物形象的价值，都需要遵循一定的原则。这一原则大体体现在两个方面：其一，遵循人物的逻辑原则，让人物拥有独立主体精神，具备自由生长的前提。所谓人物的主体精神，就是说文学人物形象虽然是作家的创造物，但是，人物一旦被创造，就应该具备自己的独立性格，它会依照自己的性格逻辑发展，在一定程度上脱离作者的控制。这就是为什么文学史上许多作家在塑造人物时，往往会根据人物的发展需要修改或推翻自己原来的设想，重新安排情节和人物命运，甚至会被人物所感动和影响。典型如托尔斯泰根据安娜·卡列尼娜的性格发展而改变了小说的结局。同样，福楼拜在叙述爱玛自杀时不由自主地失声痛哭。所以,在人物塑造中,遵循人物的独立性格逻辑,赋予人物形象充分的主体性,让他(她)成为真正有生命力的人,才是人物形象塑造最大的成功。其二,遵循生活的逻辑,让人物与生活融为一个整体。生活是人物自由生长的重要基础。一方面,人物的生存背景是具体生活,他的主体性只能在生活中自在地呈现。生活的气息、完整、真实是人物生长的必要条件。所以,传统文学的人物塑造固然是非常注重对生活环境的细致再现,即使是现代主义文学,在尝试对生活进行变形和扭曲式叙事时,也并不背离生活的一般原则。比如卡夫卡的《变形记》《地洞》等作品,以荒诞、变形的方式塑造人物,但它也是尽量遵从生活的原则,情节安排上符合生活逻辑,生活细节上追求真实。另一方面,人物只有来源于生活,与时代现实密切关联,才能真实折射更广泛的大众的生存状况,对人的生存处境和意义表达关注。约瑟夫·K 的形象之所以有意义,就在于它高度集中地浓缩了后工业时代人被物质挤压的生存状况,它的价值与现实生活是密不可分的——我们可以设想一下,如果这一形象出现在 19 世纪或以前,它的意义绝对会大打折扣,甚至会被时代所湮没。

而归根结底,就是文学人物应该植根于真正的现实生活,真正的本土文化,是切实的历史和现实的产物,而不是作家纯粹虚幻的想象。而要做到这一点,作家除了需要对生活的熟悉、积累,还需要对人物的尊重,需要放下高高在上的知识分子身份,用切实、真诚、平等的态度去对待人物。也就是说,虽然从表面看,文学人物形象塑造是一个技术问题,但实际上,它所涉及的远非只是技术层面,而是与文化立场、生活态度等密切相关。换言之,它也是文学本土化要求的一个侧面表现——沈从文曾经告诫人们写人物要"贴着人物写",内涵其实也就是要"贴着生活写""贴着本土写"。

所以,虽然我在这里所剖析的作品是格非的《江南三部曲》。但我并非不肯定格非在人物塑造上所付出的努力,甚至也不否定其人物塑造的方式——它既代表着格非突破和创新的愿望，也体现一定的新的美学质素。我只是认为在一些外在和内在因素的束缚下，作品有些很好的愿望没有能够充分地实现，影响其形象塑造的最终效果。而且，我剖析《江南三部曲》的主要目的并不在于对作品的简单臧否，而是意图以之为镜，窥探当前文学人物形象中更普遍的症结和问题，特别是文学人物乃至整个文学的本土化问题。丰富而优美的人物形象是文学的重要魅力之一，而文学与本土生活和大众的深入关联，则是其更丰沛创造力和生命力的重要源泉。

第四节　本土深度的意义与难度——以雪漠作品创作为例

文学本土性包括多个层面的内容：最表层是现实物质生活，其次则是进入生活文化世界，最深层次则是伦理、宗教等精神文化层面。不同层面有不同的内涵，作家们也可以分别选择不同层面进行表现。就思想深度来说，精神领域肯定要超过现实层面。也因此，有许多作家不满足于对现实生活的表现，而致力于探索复杂深邃的思想文化。甘肃作家雪漠就是其中之一。作为在21世纪崛起的重要西部小说作家，雪漠早在21世纪初，就以"大漠三部曲"（《大漠祭》《猎原》《白虎关》）而名世。这些作品以对西部艰难日常生活的细致写实而获得文学界的广泛好评。但是，他却并没有延续他的创作风格，而是发生了重大变化。在从2008年以来的十余年中，他先后创作了《西夏咒》《西夏的苍狼》《无死的金刚心》（所谓的"灵魂三部曲"）、《野狐岭》等作品，在这里，他放弃了他所熟悉的日常生活题材和写实的艺术方法，转向了对传奇、神秘的宗教文化领域的探究，艺术方法也与之前迥然不同。乍看之下，人们很难相信这两个阶段的作品出自同一个作家笔下。雪漠的创作转变在评论界引起一定争议。而这一转变，既关联雪漠个人的创作，同时也是一种文学创作模式的典型——从日常生活转向深层精神文化世界，从物质到精神，从世俗向宗教……对雪漠转型的认识和思考，有助于我们认识文学本土性的多个层面，也可以理解作家在不同层面书写的复杂性，以及其所存在的意义和难度。

一、从"肉"到"灵"

这里所谓的"肉"与"灵"，基本上按照字面意思，即"肉"指的是比较外在的、现实层面的，比如日常生活、自然风貌等；而"灵"则是指抽象的、精神层面的世界。

雪漠曾宣称："作家应该描绘的，就是这些平常的，然而又是最真实的生活。作品的价值也就在于真实地记录这段生活，真实地记录一个历史时期的老百姓如何活着。"① 雪漠的"大漠三部曲"是这一观念的很好体现。作品的重点不在于故事的曲折和复杂，而在于致力于日常生活描绘，真实描述底层大众的生存状态和性格特征，展现了丰富的乡村生活图景。

"大漠三部曲"里的三部作品均以写实笔法书写甘肃腾格里沙漠边缘的底层老百姓的生活。它们叙写了底层生活的极度贫困，也展示了基层生活中的复杂矛盾，既包括底层百姓所受到的权力凌辱和无奈的决绝反抗，包括百姓与各级政府管理者之间的矛盾冲突，也包括百姓日常生活中的小纠葛、小冲突，以及青年农民的情感困惑和伦理矛盾，等等，从而真实还原了原生态的西部百姓日常生活。此外，作品还对西部的自然生态环境进行了描述和关注，将老百姓的艰难生存与恶劣的生态环境联系在一起，试图从更高层面去理解和改变环境的问题。

当然，这并非说雪漠这些作品完全不触及"灵"的世界。它们也关注人物的精神生活，如它们有细腻复杂的心理描画，深入到人

---

① 雪漠. 大漠祭 [M]. 北京：中央编译出版社，2015：13.

物心灵世界，展示村民们内心的苦闷和痛苦，以及对幸福的追求和渴盼。比如《大漠祭》中的灵官，是一个有知识的乡村青年。作品充分展示了他的个人幸福与乡村伦理之间的尖锐冲突，将他的痛苦和迷茫与对幸福的追求和渴望交织在一起。人物有复杂的内心世界，也有自己真实的个性和精神。《白虎关》塑造月儿、莹儿、兰兰三个青年女性人物，在展示她们不同生活态度的同时，也传达了她们委婉复杂的内心衷曲。这一点，在三部作品对西北民歌"花儿"的书写上可见一斑。正如《白虎关》借女主人公莹儿之口表达的："唱'花儿'，必须对人生有特殊的感悟。否则，口一张发出的，是干巴巴的乐音，而不是曳血带泪的'花儿'。'花儿'里有笑，是含泪的笑。'花儿'里有泪，是带笑的泪。"作为广泛存在于底层民众世界的民歌形式，"'花儿'作为民间社会的一种独特的心灵表达方式，也是将西北特殊的地域文化特征和精神气质融入其中，在夹杂着些许苍凉悲壮的意境里，流淌着个体生命对美好爱情的渴望，凸显着人的生命活力和自由意志。"① 几部作品借人物对"花儿"的吟唱，曲折地揭示了人物的不幸命运，也隐含着她们对幸福和爱情追求的强烈愿望。

这些作品对人性世界也有较深刻的揭示。如《猎原》就典型而充分地揭示了人性恶。作品将人物置于极端恶劣的生存环境中。生态环境的迅速恶化，致使一口近乎干涸的水井成了许多人和动物维系生存的唯一水源。为了争夺水源，人性中的丑恶被极度地激发出来。原本熟悉的朋友、邻居变成了毫无情义的生死对头，包括羊这样看似软弱的动物也变得凶残无比。那些偷猎者则更是为了金钱铤而走险，残杀无辜，是人性恶的集中表现。

然而，总的来说，"大漠三部曲"的中心还是以现实（所谓的

---

① 何清. 无力的挣扎与无望的救赎［M］//雷达，等. 解读雪漠：上卷. 北京：中央编译出版社，2014：187.

"肉")为主,即使书写了一些精神世界,也基本上与日常生活紧密联系在一起,或者说依然停留在生存层面,没有进入到真正的形而上的精神世界中。

但是,2008年后,雪漠的创作发生了很大变化。正如雪漠的表述:"我一直想写生活在另一个'时空'中的人们。他们生活在世俗世界之外,有着自己独有的生存模式。他们追求灵魂的安宁,而忽视红尘的喧嚣。他们有自己的梦想,有自己活的理由,有自己的价值判断,有自己的灵魂求索。不进入他们的世界,是不可能了解他们的。"① 在这之后的作品中,他放弃了曾经的对百姓日常生活的书写,进入到另一个新的领域,就是西部的精神文化世界。

首先,在创作题材上,雪漠作品远离普通人的日常生活,进入到神怪、传奇的神秘世界。它们的故事基本上与现实无关,人物和事件都带有超现实主义色彩。如《西夏咒》的故事融汇了历史、传说、佛经、幻想、呓语等多种因素,故事主人公的行为和思想异于常人,其身世更是跨越时空,体现强烈的灵性和神异色彩。《野狐岭》也一样。作品虚构以神秘仪式召集到一百年前失踪驼队的幽灵,让他们讲述当年发生的故事。故事"跨越阴阳两界、南北两界、正邪两界、人畜两界……"②,既扑朔迷离,又充满异域传奇色彩。《无死的金刚心》叙述的则是一名传说中的得道高僧的传奇故事,其生命轨迹中充满着神秘和宗教色彩。只有《西夏的苍狼》以当今生活为题材,但其主旨完全不在现实本身,而是在对现实的强烈否定中表现宗教拯救的主题。可以说,所有这些作品中的生活基本上不遵循现实生活逻辑,而是依照灵异和虚幻的超现实逻辑。

---

① 雪漠. 谈"打碎"和"超越"(代后记)[M]//雪漠. 西夏咒. 北京:作家出版社, 2010: 434.
② 陈彦瑾. 从《野狐岭》看雪漠(责编手记)[M]//雪漠. 野狐岭. 北京:中央编译出版社, 2015: 424.

换句话说，作品中的人和事，都很难与现实的西部生活挂上钩，而是对应着其精神和灵魂的部分，是其宗教信仰和神秘虚幻世界的体现。

其次，在作品主题上，雪漠作品转到信仰、人性、历史等层面，探索宗教和灵魂等精神内涵。比如《西夏咒》，将人置身于最极端的残酷环境和人性炼狱当中，致力于探索的是人性的极限和生命的意义，在表达对传统历史观质疑，对民族国家等宏大主题予以解构的同时，将最终的意义归结于宗教信仰。《无死的金刚心》副标题是"雪域玄奘琼波浪觉证悟之道"，书写的是一个著名高僧的宗教追求和信仰道路。作品书写主人公的一系列超验生活和各种考验的背后，印证的是宗教信仰的艰难和伟大价值主题。《西夏的苍狼》的主题更为明确。生活在当今城市的主人公紫晓，一直有逃离现实的强烈愿望，她最大的人生热情在于对西夏神秘文化世界的认识和向往，其人生目的则是寻求内心的宁静。最终，她在"最自由最隐蔽最神秘的世界"中找到了自己的终极信仰。

二、从"他"到"我"

创作内涵上从"肉"到"灵"的变化，不是单一和表层的，而是丰富而复杂的，关联着雪漠创作整体上的嬗变。其创作姿态和创作方法上的表现就非常显著。

雪漠早期作品都是现实主义写实作品，叙述都带有对乡村很强的关怀色彩，情感和笔调都质朴真切，融入生活自然。在叙述方法上，采用的是第三人称叙事，或者说，叙述者力图站在乡村外对乡村进行展示和思考。比如《大漠祭》的隐含叙述者是一个知识青年，作品多处以乡村外的客观口吻来审视人物的命运和前景；《猎原》和《白虎关》的叙述者更多的是农民主体气息，但客观审视的立场是贯穿始终的。

它们的叙述姿态则是大致的平视和强烈的认同感。这些作品中的人物都是挣扎在贫困线的农民,他们文化程度不高,没有很高的人生追求,生活也极为平淡甚至卑微,但作者并没有忽略其价值,而是站在平等的立场上,给予人性的关注,赋予深切的理解和同情。甚至对那些有欺压百姓之举的乡村管理者,包括对盗猎的罪犯、破坏生态的盗伐者,作品也不是进行简单的谴责,而是思考促使其犯罪的背后原因,对人物自身的无奈寄予了相当的理解和同情。显然,作品的叙述始终保持在乡村外的高度,它们没有表现文化上的优越感,而是有对乡村的强烈认同,但又始终没有放弃审视乡村的"他者"视角,理性色彩也一直存在。

但是,雪漠近期作品的叙述姿态有了完全的不同。首先,它们表现出强烈的主体介入姿态,叙述姿态也更具俯视和教诲的意味,隐含着强烈的主导性立场。这些作品大多采用第一人称叙述(或隐含第一人称),在叙述中经常融入叙述者的感想和体会,部分作品(如《西夏咒》和《无死的金刚心》)叙述者的情感生活与虚构人物故事完全连在一起,将叙事与抒情杂糅在一起,让叙述者直接对生活发表评判。在一定意义上,这些作品中的叙述者高居于人物和故事之上,是完全的统率者和主导者。而他所代表的就是西部文化,传达出西部文化的声音。如《西夏的苍狼》,作品对女主人公所持的完全是具有精神优势的俯视态度,她的痛苦、困惑、迷茫、焦虑,都在叙述者的把握之中。《野狐岭》更明确以西部文化代言人的立场,站在对"个体生命"关注的基础上,重新审视历史人物,特别是历史上的英雄人物,表达自己独立的历史观、文化观和生命观。

其次,是神秘和宗教文化主导下的叙事方式。正如有论者所说:"作者永远是用一种满含悲悯的目光注视着出现在他笔下的一个个人物。雪漠的这一思想线索明显是受惠于藏传佛教的人生观。"[①]

---

① 宋洁. 论雪漠小说创作中的藏传佛教文化[J]. 当代文坛, 2007 (5).

雪漠近期作品的叙事方式与他多表现的宗教和神秘文化之间有着非常密切的联系，具体说，就是宗教化的世界观和生命观主导了其叙事和结构形式。《野狐岭》《西夏咒》等作品书写了超越时空的灵魂对白，将现实、过去和未来置于同一个空间进行叙述，又将现实与传说、真实与灵异、人与神鬼，完全放置在一起（《西夏咒》就赋予了动植物以灵魂，让它们成为有灵的物体），以内在的全知全能方式进行叙述，叙述视角随着空间转换发生改变，完全可以看作是作家生命轮回观念的产物。① 典型如《无死的金刚心》。作品中的现实只是过去的投射，未来也只是现在的循环，生命是轮转，是因果的报应，所有的一切都相互关联。这其中显然有强烈的宗教文化因素，或者换句话说，作品的叙事方式背后都密切关联着西部的民俗文化和民间信仰世界，是西部神秘文化的文学版再现。②

叙述姿态的改变，在根本上影响了雪漠小说的叙述主旨，改变了他所展现的西部形象基本特征。如前所述，雪漠早期作品叙述西部生活的中心之一是苦难。它通过细致地表现现实人们的苦难，揭示其残酷性和给人们所带来的悲剧，对遭遇苦难者表达同情，进而对苦难原因进行质疑，对人物生存的意义和出路问题进行思考。这当中也涉及宗教书写，对宗教信仰表示了尊重。或者说，在这些作品中，宗教是底层百姓寻求解脱苦难的重要方式，是关联他们生存意义和人生出路的一种伦理。兰兰等苦难的牺牲品最终就是在对宗教的皈依里找到了内心的宁静。在这个思路下，正如雪漠曾表达过的："从严格意义上说，我仅仅是个信仰者，而从来不是——将来也不是——教徒。我仅仅是敬畏和向往一种精神，而从来不愿匍匐

---

① 参见：陈晓明. 雪漠《野狐岭》：重构西部神话 [J]. 南方文坛，2015（2）.
② 张惠林. 西部大地上的民俗图景 [M] // 雷达，等. 解读雪漠：上卷. 北京：中央编译出版社，2014：204 - 205.

在神的脚下当'神奴'"①。雪漠早期作品对宗教的态度是客观的、冷静的,他所展现的西部世界也以客观性为基本特征。

但是,到了近期,雪漠作品中的西部更多了主观气息,苦难和宗教的位置也有了根本性的改变。这些作品的基本主旨和中心都是带有强烈神秘色彩的宗教信仰,或者展示宗教的神秘和威严,或者宣示宗教信仰的意义和超自然力量。它也写到苦难,甚至是非常残酷、血腥的苦难(如《西夏咒》《无死的金刚心》都有这样的场景),但是,在这里,苦难的内涵有了大的变化。或者说,这里的苦难已经远远不再是苦难本身,而是与牺牲、奉献、磨难、考验等联系在一起,它们成为信仰追求过程中不可缺少的历练,其意义更多的在于彰显信仰的价值,以及获得信仰所必需的付出。也因此,这些作品对苦难的态度不再是同情和怜悯,而是带有了欣赏和赞美的意味——这正如雪漠的自我陈述:"我经历的是诗意不是苦难,西部的好多老百姓也是这样的。"②

三、境界与迷失

评价雪漠的创作转型,确实是一件很困难的事。因为它既牵涉作家创作的整体认识,也关联文学创作的丰富性,特别是思想意蕴的多元化问题,文学创作方式多样、作家的精神追求多样,评论家不应该以自己的普洛克路斯忒斯之床来做简单的臧否和衡量。但是,价值标准毫无疑问又必然存在,评论家没有理由予以回避和躲闪。

我以为,立足于作家创作主体的角度,对雪漠创作变化应该给予充分肯定。对于一个作家来说,不满足于自己的成绩,寻求自我

---

① 雪漠. 写作的理由及其他(代后记)[M]//雪漠. 白虎关. 北京:中央编译出版社, 2015:497.
② 雪漠. 西部的声音[J]. 文艺争鸣, 2010 (3).

的改变和发展,永远都是一种优秀的品格,也是创作发展的重要动力。雪漠曾经这样阐释过其创作变化的原因:"西部民歌对我的滋养,重点反映在《大漠祭》《猎原》和《白虎关》中。在《西夏咒》中,则明显可以看出大手印文化对我的影响。"① 并且,他将作家的创作与对现实文学的认识关联起来:"文学的诸神形态仍然存在,但文学精神却不见了。一种徒有形体而乏精神的僵死,是不能在这个世上永存的。换句话说,时下的一些小说,已经丧失了存在的理由。欲继续存在下去的小说,必须找到那已经迷失的精神。"② 也就是说,雪漠的创作转型既是对西部认识变化或是深化的结果,也蕴含着他对自我和时代文学的批判和超越精神,这都是值得称道的。

对雪漠前后期文学成就的高下,也不应该太简单地做出评判。因为文学创作有不同的追求方向和侧面,作家可以自由选择,也很难说孰高孰低。更恰当的方式也许是综合起来,看待它们各自的特点和文学史价值。

雪漠的早期作品以扎实的生活功底和真诚挚切的书写态度,细致而真实地展现了西部的整体现实生态,揭示了西部现实中的人文、生态等诸多问题,展示了具有浓郁地方特色的西部自然风情和生活劳动场景,其中包含各种生活习俗和地方文化,从而构成了西部农牧民真实细致的日常生活图画,呈现了乡土小说的质朴生活美,并以强烈的人道主义精神,体现了传统现实主义文学的精华和魅力。不只是在当代西部书写,即使在整个当代乡土书写中,其成就都是处于前列的。

---

① 雪漠. 谈"打碎"和"超越"(代后记)[M]//雪漠. 西夏咒. 北京:作家出版社,2010:443.
② 雪漠. 写作的理由及其他(代后记)[M]//雪漠. 白虎关. 北京:中央编译出版社,2015:498.

同样，雪漠近期作品的西部灵魂世界书写也有其价值。西部的精神文化世界确实具有独特性，典型的自然是宗教。西部宗教文化深植于西部自然与生活当中，蕴含着对生命意义和生存伦理的独特理解，或者说体现了艰难环境下人对生存意义的执着探求。雪漠较广泛地展示了西部宗教的仪式和过程，揭秘隐藏在历史和民俗背后的地方神秘文化，揭示信仰与西部民众生存不可分割的密切关系，确实是拓展了人们对西部文化的视域，让人们认识到现实之外的另一个西部，一个深层的、具有独立主体性的西部世界。从美学方面说，其也对西部灵魂世界的揭示赋予了日常生活之外的另一种美学特征。如雪漠所说："西部文化……可以从两个方面体现出来，一是西部民歌，二是大手印文化。……西部民歌以大美承载大善，大手印文化是大善体现大美。西部民歌以鲜明的地域色彩而赢得世界，大手印文化则以恒久的普世性而滋养世界。"① 日常生活之美、自然和民俗之美，是西部生活的重要美学特征，而由宗教文化为中心所带来的神性色彩，也是另一种风貌的美。② "把我那个土地上整个我认为的灵魂融入我的灵魂之后的一种创作，创造一个世界，我认为这个世界比真实世界更真实。"③ 雪漠的自我期许有一定的道理。

这一点，如果是考虑文学史上以往书写西部现实生活领域的作家作品比较多，但深入到精神世界的却很少见，雪漠近期创作的价值则更为充分。而将思路拓展开，不只是西部文学是这样，整个中国现当代文学又何尝不是如此？也许受中国传统文学过于切近现实

---

① 雪漠. 谈"打碎"和"超越"（代后记）[M]//雪漠. 西夏咒. 北京：作家出版社，2010：443.
② 丁帆在《中国乡土小说史》（北京大学出版社2007年版）谈到乡土小说审美特征时，提出"三画四彩"的思想，神性色彩为其中之一。汉民族比较重视现实生活，宗教观念比较淡薄，这也导致汉族作家创作的乡土小说大多匮乏神性色彩的美学特征。
③ 雪漠. 西部的声音[J]. 文艺争鸣，2010（3）.

政治的特点所影响，更由于中国新文学诞生于急切的民族自强文化背景中，中国新文学的一百年历史基本上都密切关联着现实，很少有人去探索和关注纯粹精神领域的创作，哲学方面是如此，宗教方面更是如此。这也是导致中国新文学在思想深度上始终存在较大欠缺，没有诞生具有独特哲学或宗教思想内涵作品的原因。从这个层面看，雪漠的转型无疑具有探索性和开拓性意义。

与创作题材和思想内涵上的转变相一致，雪漠近年来的艺术表现手法也有改变。他近年来的创作更多采用主体性介入的叙述方式，侧重从"我"的角度来写西部，与以往更客观的"他者"角度写，分别呈现了浪漫主义（神秘主义）和现实主义（写实主义）的审美特色和追求，很难评价二者的轩轾。但是，最合理的书写方式无疑是能出乎其外，又能入乎其内，将深刻性和超越性结合起来。雪漠近期的创作也有这方面的努力，如他经常采用跳出叙述的故事，回到自己的现实生活，甚至发表一些客观性评论的叙述方式，就是想营造一种超越于所书写对象的效果。但由于作品总体上主体介入色彩太过浓郁，因此，超越的性质还是比较薄弱的。

"灵"与"肉"、"他"与"我"的合一，也许能够更完整地实现对一个全面、立体的西部的塑造，也更完整地体现雪漠小说的创作意义——正如有批评家所说："浩瀚而苍凉、剽悍而腥膻、遥远而亲切、粗犷而缠绵，凉州的、西域的、大漠的、猎原的，只是在地球上这一片生存的环境中才有的。"① 雪漠小说尽管前后期差异巨大，但浓郁的西部地理和文化色彩却是共同的，也是其难以湮没的突出个性。在中国乡土小说历史上，其作品将有自己独特而不可忽视的重要位置。

但是，雪漠的转型也存在一定的不足——由于涉及宗教，这一

---

① 崔道怡. 地球是这样毁灭的（代序一）[M]//雪漠. 猎原. 北京：中央编译出版社，2015：5.

批评显然是困难的。因为在一些人看来，宗教批评的前提是深入宗教之中，只有如此，才能理解宗教，否则就没有批评的资格。我以为这一观点违背了基本的逻辑性，或者说它陷入自我保护的悖论。因为既然信仰了宗教，就皈依于它，又何来对它的批评？而且，这一观点也是对文学批评的误解。既然是文学作品，当然可以对它展开文学性的批评，即使它属于宗教题材作品，只要不从宗教角度出发，不对其宗教信仰内容进行简单置评，就应该是完全可行的。这是文学批评的自然资格，本文对雪漠的批评基础即建立于此。

这其中首先涉及一个文学与宗教关系的重要问题。多年前，我曾经撰文讨论过张承志近期的宗教书写对文学性的伤害[①]，有学者认为我的批评过于苛刻。但我始终认为，文学与宗教尽管有很多相通的地方，但仍然有较大差异。具体说，在关注人类精神指向、探索生存价值意义方面，它们是一致的，甚至宗教在极端深度方面有可能超过文学。但是，宗教与文学之间的区别也不可忽略——最显著的区别是文学更开放和包容，其关爱无条件地指向所有人，而宗教则往往具有排他性和狭隘性，极端的宗教更是严厉排斥甚至伤害非同类者，二者显然是有相背离之处的。所以，文学与宗教的关系可以是相互沟通和促进，但也可能是互相冲突，它们和谐共存的重要前提就是开放和包容。正如陀思妥耶夫斯基说的："我并不是像小孩子那样信奉基督并宣扬他，我的颂扬是经过了怀疑的巨大考验的……"[②] 文学作品表达宗教，需要遵循文学的原则，以人为中心，展示人与宗教的复杂关系，精神的矛盾、困惑、坚持和伟大等等，决不能是简单的教义宣示。从文学史上看，陀思妥耶夫斯基这样的伟大作家尽管具有深广的宗教关怀，但其创作从来没有脱离文

---

① 贺仲明. 论张承志近期创作及其精神世界 [J]. 钟山，2006（3）.
② 陀思妥耶夫斯基. 陀思妥耶夫斯基论艺术 [M]. 冯增义，徐振亚，译. 桂林：漓江出版社，1988：390.

学原则。而像《天路历程》这样的作品尽管在西方文化语境中也被视为文学杰作，但实际上只能说是优秀的宗教宣传作品。①

就雪漠的近期创作而言，从总体上说，其宗教主题中蕴藏着人性关怀，或者说，他作品中的宗教更多是一种超越，一种舍身、无我的牺牲精神，内在精神是对人的关怀，思考人的信仰和意义价值，归结点不是简单的、世俗的宗教手段或仪式，不是对宗教的简单宣传。这种人性关怀思想是文学精神的体现，符合文学的价值取向。但是，具体到作品中，以宗教为中心和目的的思想倾向仍然不同程度地存在，而它又不可避免会影响作品的人性关怀精神。比如《西夏的苍狼》这样以宗教为归宿的作品固然存在图解人生意义之嫌，即使如《西夏咒》这样意蕴更深刻复杂的作品，也因为其将一切意义都指向信仰的主旨而影响思想内涵的丰富性。

这种宗教中心的思想观念也会影响作品的艺术表现。最显著的是宗教的目的性太强，导致作品的主体意识凌驾于生活客体之上，影响作品对生活的客观展现。雪漠近期作品的强烈主体色彩，甚至让叙述者直接代言，将叙述者的宗教感受与作品中的故事杂糅在一起，绝对会影响、遮蔽，甚至取代所表现的生活本身，损害文学客观展现生活的基本魅力。而且，这样的表现方式，也会对小说文体构成伤害，影响文学审美的趣味性和生动性。

作为雪漠个人来说，他还处于创作的黄金阶段。以其创作转型之大，以及与宗教之间的复杂关系，要预测其未来的创作方向是很难的。也完全可以看出，雪漠确实是一个不甘于平庸，具有不断突破自我精神的作家，他的转型代表着强烈的自我突破，虽然目前看得失难定，但也许其意义未可限量。

---

① 昆，延斯. 诗与宗教 [M]. 李永平，译. 北京：生活·读书·新知三联书店，2005：229 – 231.

第五章

我们如何进入本土(二):

以乡土作家为典型

新文学深入本土，要遭遇到多方面的阻力和障碍。其中有外在的，也有内在的；有文化的，也有政治的。就新文学的发展历史来说，总体上是一个从自发走向自觉，从压抑走向自由的过程。事实上，只有在宽松而自由的文化政治环境中，文学才能更深入地进入本土之中，与民族生活和文化融为一体。这当中有时代的宿命。但那些在艰难时代执着地追求和探索的作家也非常值得敬佩，他们的成绩固然值得我们佩服，即使失败也有充分的启迪价值。

中国是一个传统的农业国家，本土文化更与乡土文化有深刻的联系。新文学创作中，乡土文学也是最繁荣、成就最高的一部分。而在这方面，作家与本土生活及文化关系的探索者特别多，也具有更充分的典型意义。20世纪40年代的孙犁生活在战争背景下，乡村文化对他的滋育几乎是不自觉却又非常深刻的。这也决定了他一生的荣辱和悲喜。50年代的周立波则经历了从西方化向本土化的转型，他的追求是高度自觉，也是非常艰难的。在时代环境限制下，他的许多努力未能取得所期望的成效，但意义不可低估。而在改革开放背景下开始创作的莫言，拥有前辈作家所不可想象的自由文化环境。正是因为这，使他获得了对广袤乡村文化深层次的沉潜和涵泳，并借助它达到了文学的高峰。任何个人都是时代的产物，从这个角度说，应该一点都不是虚言。

第一节　乡土文化的无声浸润：孙犁

说孙犁是主要受中国乡土文化影响的作家，可能有人会不认同，人们大多把孙犁看作受中国传统文化影响深厚的知识分子（如有学者认为孙犁体现了"体认正统的传统儒者心理"[①]）。我也曾将

---

① 杨联芬. 孙犁：革命文学中的"多余人"[J]. 中国现代文学研究丛刊，1998（4）.

孙犁的精神品格概括为"仁者"①。但仔细深究,孙犁与一般的传统知识分子有很大的差别,他的精神品格中带有非常明确而强烈的乡土文化气质,或者说,他的"仁者"之气的根源主要不是来自于知识分子文化,而是乡村社会(尽管这二者并非可以完全分割开)。说得更细一些,孙犁应该属于传统的乡村知识分子层面,在他的身上有深厚的中国传统文化影响,但却不是主流传统文化,而是通过乡村这个"小传统"过滤后的文化,他的本质精神是乡村的传统文化。而孙犁对乡村的深厚情感和接受的文化浸润,深刻而细致地影响了他的创作,甚至他整个人生。

一、乡村知识分子的情感记忆

孙犁与乡村社会的深切渊源,以及在思想情感上所受到的乡土文化影响,主要体现在以下几个方面。

首先是对乡村深厚而挚切的情感。老一辈评论家鲍昌曾说过,孙犁对"人民(主要是农民)有着深厚的爱。这种爱我怀疑在他的思想中往往超过了他对一般政治问题的思想,从而成为他进行创作的根本契机"②,这确非虚话。在孙犁的自述中,多次将农村作为自己心灵的归宿和情感的所在。比如,他曾对自己的一生这样概括:"我出生在河北省农村,我最熟悉、最喜爱的是故乡的农民,和后来接触的山区农民。我写农民的作品最多,包括农民出身的战士、手工业者、知识分子。我不习惯大城市生活,但命里注定在这里生活了几十年,恐怕要一直到我灭亡。在嘈杂骚乱无秩序的环境里,我时时刻刻处在一种厌烦和不安的心情中,很想离开这个地方,但又无家可归。在这个城市,我害病十年,遇到动乱十年,创

---

① 贺仲明. "仁者"的自得与落拓:论孙犁创作的精神世界[J]. 天津社会科学,2002(4).
② 鲍昌. 孙犁:一位有风格的作家[J]. 河北文学,1980(7).

作很少。城市郊区的农民,我感到和我们那里的农民也不一样。关于郊区的农民,我写了一些散文。"① 在对自己整个人生进行回顾时,他明确地将记忆和情感放置在乡村之上,"我每天都在思念农村,在那里,人与人的间隔大,关系会好得多"②,"对于我,如果说也有幸福的年代,那就是在农村度过的童年岁月"③。

正是这种心态的反映,孙犁自从离开农村来到城市生活,就始终感到不习惯,尤其是晚年,居住在天津的孙犁特别渴望隐居乡村:"我是在农村长大的,先后在农村生活、工作近三十年。我很爱我的故乡,虽然它经历了长期的苦难和贫困,交通不便和文化落后,经历了频繁的战乱和天灾,无数农民流离失所。但我一直热爱它,留恋它,怀念它。直到现在,我已经很老了,还经常不断地做梦,在它那里流连忘返。"④ 他对城市的拒斥和对乡村的怀念,不是一般的怀旧情感,而是寓含着深刻的心灵归宿意识:"我的一生,是最没有远见和计划的。浑浑噩噩,听天由命而生存。自幼胸无大志,读书写作,不过为了谋求衣食。后来竟怀笔从戎,奔走争战之地;本来乡土观念很重,却一别数十载,且年老不归;生长农家,与牛马羊犬、高粱麦豆为伴侣,现在却身处大都市,日接繁嚣,无处躲避。"⑤ "文化大革命"刚刚结束时,孙犁谈到离开故土的赵树理时曾经说过"其土欲故",未尝不是说他自己。

其次是思想行为上表现了浓郁的乡村道德精神。孙犁在童年和少年时代受乡村儒家思想的深刻影响。他的父亲是一个乡村小知识分子,行为儒雅,乡土文化观念很重。孙犁的母亲同样以乡村道德来教导孙犁,母亲的启蒙教导"饿死不做贼,屈死不告状",对孙

---

① 孙犁. 孙犁文集 [M]. 天津:百花文艺出版社,1982:自序.
② 孙犁. 老荒集 [M]. 济南:山东画报出版社,1999:14.
③ 孙犁. 孙犁文论集 [M]. 北京:人民文学出版社,1983:549.
④ 孙犁. 老荒集 [M]. 济南:山东画报出版社,1999:87.
⑤ 孙犁. 无为集 [M]. 济南:山东画报出版社,1999:276.

犁思想影响很深,到晚年还记在心中①。这些影响使他始终关注农村的命运,倾向于乡村道德的价值评判。1950年3月的一天,孙犁去看电影,新闻片中播放了农村的灾情,孙犁看了以后,很感难过,并联系到整个现实生活,写在日记当中:"难过不在于他们把我拉回灾难的农村生活里去,难过在于我同他们虽然共过一个长时期的忧患,但是今天我的生活已经提高了,而他们还不能,并且是短时间还不能过到类似我今天的生活。"②他深深慨叹农村生活的艰辛,其中包含着对乡村的感情,也包含着乡村要求公平的朴素的道德价值观念。

在个人生活中,孙犁也是乡村传统道德的良好遵循者。他自称自己有许多旧观念,对父母孝,对妻子"忠"。父亲在土改时去世,他还想过为之立碑,并以"弦歌不断,卒以成名"的碑文相告慰③。他的个人情感生活也一样。他一生中曾有过几次情感冲动,但最终都发之于情,止乎于礼,将这些情感最终掐灭在萌芽中。由此,他还多次表示自己对结发之妻深怀"惭德"。显然,传统的伦理意识是孙犁整个人生遵循的主要思想,也体现了乡土文化对他心灵的制约。

乡村道德还影响孙犁其他的行为方式,甚至影响他的人生道路。比如依他的资历和成就,在中华人民共和国成立后完全可以获得更高的职位,在文艺官场中占据一席之地,但他一直安于做《天津日报》的普通编辑,并且非常尽职,安于职守。尤其是在经历过政治运动之后,以过来人的目光审视自己的朋辈,感伤中带着乡土文化的人生态度——许多研究者认为这种态度体现的是中国传统道

---

① 郭志刚,章无忌. 孙犁传[M]. 北京:北京十月文艺出版社,1990:166-168.
② 金梅. 孙犁自叙[M]. 北京:团结出版社,1998:220-222.
③ 孙犁.《善闇室纪年》摘抄[M]//孙犁. 陋巷集. 天津:百花文艺出版社,1987.

家思想的影响，但我以为并非如此。一则孙犁整个人生中没有明确的道家思想意识，不可能突然出现；二则它的内涵与传统道家思想并不一样，它虽不追求腾达和光耀，却并不排斥参与和进取精神，它不是道家思想的完全自我的避世，而是略带保守的乡土文化精神。

最后是，价值观上的乡村立场。孙犁晚年创作的《芸斋小说》中对往事进行了反复的记叙和慨叹，也对许多故人进行了回顾和评骘，蕴涵着历史的智慧和人生的感悟。其中固然汲取了中国古典文化思想观念①，但也恰如一位饱经沧桑的乡村老人在闲谈世事，当中的许多人事感慨，不仅体现了中国古代哲学思想，更是民间文化思想的结晶。

尤其是晚年的孙犁，对改革后的现实表示了多方面的批判。包括市场经济下出现的众多社会现象，包括文学界的一些西方现代主义方法和创作思潮，孙犁都表示了许多不满和不理解。我们没有必要对这些观点做简单的臧否，只是从中可以清晰地看出孙犁内心所蕴涵的乡土文化色彩。

同样，孙犁在文学价值观上也始终认同传统文学和民间文学。尤其是在文学语言上，虽然孙犁很讲究语言的提炼和美化，但始终将自然朴素放在重要位置，其语言颇具口语美。在谈到自己的语言来源时，他更将它们完全归因于生养自己的土地，归因于自己故乡的亲人："我的语言，像吸吮乳汁一样，最早得自母亲。母亲的语言，对我的文学创作，影响最大。母亲的故去，我的语言的乳汁，几乎断绝。其次是我童年结发的妻子，她的语言，是我的第二个语言源泉。"②

---

① 张稔穰. 芸斋小说与古代文学 [J]. 济宁学院学报，2007（1）.
② 孙犁. 孙犁文集：第1卷 [M]. 天津：百花文艺出版社，1982：自序.

二、乡村伦理的文学标准

正如鲍昌对孙犁的评价:"孙犁作品中'善'的内核,是带有普通人们(主要是农民)的思想特色的。它表现为农民式的质朴、仁爱乃至农民式的乐观幽默,干脆说,它具有醇厚的农民的人情味。"① 乡土文化对孙犁的影响不只是表现在其生活中,在其文学创作中也有充分的体现。

孙犁作品具有比较明确的传统伦理思想,表现在孙犁《荷花淀》《铁木前传》等早期作品中塑造的众多带有浓郁传统色彩的女性形象。这些女性不只是在外表上具有了乡土文化标准下的美丽,更蕴涵着传统的乡村道德和精神的内涵。这些作品还清晰地阐释了传统道德精神,如《荷花淀》中水生对女人,《琴和箫》中"我"对未成年女孩子的嘱咐,都是将贞洁放在首位;《采蒲台》中女主人公小红所唱的歌词"我留下清白的身子,你争取英雄的称号",也带有强烈的传统伦理色彩。

除此之外,在文学观念上,孙犁一直坚持传统的"真善美"思想,尤其是注重功利和道德的文学观,可以说是以文学的方式执着地维护着美和善的世界。这与传统儒家文学思想有关系,也带有强烈的民间精神气息。这种文学观是传统文学的产物,也是与乡土文化意识相一致的。

这种观念最典型的体现出现在孙犁的晚年。如他特别将道德意识放在文学评价的重要地位:"意识与道德并存。任何时候,正直与诚实都是从事文学工作必须具备的素质。"② "文学艺术,除去给人以美的感受外,都是人类社会的一种教育手段,即为了加强和发展人类的道德观念而存在。文学作品不只反映现实,还要改善人类

---

① 鲍昌. 中国文坛上需要这个流派 [J]. 河北文学, 1981 (3).
② 孙犁. 孙犁文集:第4卷 [M]. 天津:百花文艺出版社, 1982: 512.

的道德观念，发扬一种理想。"① "写作是一种庄严真诚的事业，是有影响的工作。黑字印在白纸上，对生活和人民，对历史和将来，都要采取负责的态度。"② 在此前提下，孙犁对传统的文学观深表认同："文以载道，给人以高尚的熏陶。"③ 在具体的文学批评中，他也遵循着这一原则，如他评论从维熙的《大墙下的红玉兰》，因为该作品的悲剧结局与他理想的真善美标准有不一致处，他明确表示了不满："但是，你的终篇，却是一个悲剧。我看到最后，心情很沉重。我不反对写悲剧结局，其实，这篇作品完全可以跳出这个悲剧结局。也许这个写法，更符合当时的现实和要求。我想，就是当时，也完全可以叫善与美的力量，当场击败那邪恶的力量的。"④

这种文学观与农民精神更为本色的赵树理相比当然有一定的差别，或者说，孙犁文学观与中国古典文学传统有着更深的渊源。但是只要我们不拘泥于将乡土文化与中国知识分子文化做简单的割裂，只要我们认可在乡土文化中也存在着层次的差别，中国古典文学的传统与乡土文化（文学）之间本身也存在着密切的关系，并且在观念上存在着很强的一致性，那么，我们完全可以确定，孙犁的文学观念是立足于中国传统文学基础上，也是立足于乡土文化的基础上的。孙犁和赵树理，可以说是代表着乡土文化观念的不同方面：赵树理代表的是俗的一面、底层的一面；孙犁代表的则是较雅的一面、乡村知识分子的一面。

除了文学观念，在创作美学上，孙犁也充分体现了乡土文化的特点。孙犁的审美风格是淡泊雅致，有独特的抒情风格，既朴素自然，又单纯亲切，带有泥土气息和传统色彩。其中对自然美和人情

---

① 孙犁. 作家孙犁答问 [J]. 文汇月刊，1981（2）.
② 孙犁. 孙犁文集：第4卷 [M]. 天津：百花文艺出版社，1982：384.
③ 孙犁. 孙犁文集：第5卷 [M]. 天津：百花文艺出版社，1982：101.
④ 孙犁. 关于《大墙下的红玉兰》的通信 [N]. 文艺报，1979－11－12.

美的书写是最典型的表现。这种审美风格,当然不能简单地与乡土文化等同,但我们看到,孙犁的审美特点都是通过乡村的自然和人文环境体现出来,可以说,乡村是作者心灵的休憩所在,也是其美学风格的寄托者。只是这种寄托不是那种真正在底层的农民思想,而是与乡村有着深厚感情,又受到一定古典文学熏陶的乡村知识分子思想。

更重要的是,孙犁写乡村,描画乡村的美,不是站在乡村之上来看乡村,而是将自己和乡村融为一体。他不像赵树理那样完全代表农民说话,但他表达出了乡村内在的声音,是乡村追求美和善的声音。阎纲对孙犁有过这样的评价:"孙犁写他的人物,特别写他笔下的人民,关系是平等的。不但平等,而且不惜站在人民之下,眼睛朝上看人民,人民比他高。"还将他与另一乡土作家柳青相比较:"柳青写农民,是真心实意地歌颂农民,祝福农民;同时,又想指导农民,教育农民,有时把自己摆到教育者的地位。"① 这是非常中肯的。

从创作题材上也是如此。孙犁的文学作品始终以农民为主人公,并且以肯定、热爱之心来写农民(尽管并不回避他们身上的缺点和不足),而且,许多作品都融合着他的乡村童年记忆。事实上,他的许多创作都是起因于自己在农村时期(包括革命战争时期)的生活和感受。包括他在中华人民共和国成立后创作的《铁木前传》,也是缘于进城以后,在现实中遭遇的城市文化与内心的乡土文化之间的冲突:"进城以后,人和人的关系,因为地位,或因为别的,发生了在艰难环境中意想不到的变化。我很为这种变化所苦恼。确实是这样,因为这种思想,使我想到了朋友,因为朋友,使我想到

---

① 阎纲. 孙犁的艺术:在《河北文学》关于"荷花淀"流派座谈会上的发言[M]//孙犁作品评论集. 天津:百花文艺出版社,1982:298.

了铁匠和木匠,因为二匠使我回忆了童年。"①

在20世纪四五十年代中,有评论者批评孙犁的小说表现的只是"儿女情,家务事,悲欢离合",是"小资产阶级的恶劣情趣"②。确实,与许多同时代作家相比,孙犁有些游离于时代要求之外,但这绝不是缺点,而是源于他独特的观察角度和艺术个性。他观察生活和表现生活的角度是细微的,带有强烈的乡土文化色彩,区别于一般作家的政治、现代视角。费孝通在《乡土中国》中曾经阐述过:农民习惯于乡土,也习惯于从家庭、人情角度来看待生活。孙犁正是如此。40年代的孙犁尽管表现的是战争生活题材,但他以自己独特的视角,显示了自己内在的精神和文化个性。到50年代,他的《铁木前传》等作品更是明确地逆时代潮流而行,在家庭伦理和人性视角里坚持自己的独立文化精神。

正是出于这样的精神个性,孙犁对新文学的乡土文学作家轻视农民的现象和塑造知识分子化的农民形象表示不满:"大部分农民经过多年的斗争以后,他们的阅历很多,觉悟很高,然而很多作者对于农民的思想意识的变化,还缺乏具体的理解。直到现在,还有很多人用旧观点旧方法去描写农民,在他们的笔下,经过这样长期复杂斗争的农民,几乎成了异常单纯的希腊时代的放牧牛羊的男女。"③ 显然,他所期待和追求的,是真正朴素自然的农民生活和农民形象的再现。

所以,在文学理解的基本方面,孙犁与大家公认的农民作家赵树理是相一致的。尽管我们在上面分析孙犁时,曾多次比较了他与赵树理之间的差异,认为他们所受到的乡土文化层面和角度的影响

---

① 孙犁. 孙犁文论集 [M]. 北京:人民文学出版社,1983:541.
② 刘金铺,房福贤. 孙犁研究专集 [M]. 南京:江苏人民出版社,1983:281-288.
③ 孙犁. 孙犁文论集 [M]. 北京:人民文学出版社,1983:83.

有不一样的地方，但在根本方面，他们是相通的。

　　从情感上说，他们二人虽然交往不算太多，但一直有惺惺相惜之感，尤其是孙犁，对赵树理表现出很深的认同感和亲密感情。他在赵树理去世后所写的《记赵树理》，在对赵树理做出非常准确评价的同时，还充分表现了对赵树理的深切理解。在谈到赵树理离开农村来到城市生活的不适应感时，孙犁认为："在农村，是文学，是作家的想象力，最能够自由驰骋的地方。我始终这样相信：在接近自然的地方，在空气清新的地方，人的想象才能发生，才能纯净。大城市，因为人口太密，互相碰撞，这种想象难以产生，即使偶然产生，也容易夭折。"① 显然，这不仅是他对赵树理的看法，也是自己的亲身体会。

　　在对一些文学问题，包括对文学与大众，尤其是与农民的关系，以及对待通俗文学的态度上，二人也有很多相同点。在大众化问题上，孙犁非常认可赵树理的选择，给予了高度评价："抗日战争刚刚结束，我在冀中区读到他的小说《小二黑结婚》《李有才板话》和《李家庄的变迁》。我立即感到，他的小说，突破了此前一直很难解决的文学大众化的难关。"② 而且，孙犁对自己文学的评价，也将农民大众的评价看得很重："看看是否有愧于天理良心，是否有愧于时间岁月，是否有愧于亲友乡里，能不能向山河发誓，山河能不能报以肯定赞许的回应。"③ 这与赵树理的"文摊文学"观念颇为一致。

　　在对待通俗文学方面，孙犁的通俗文学观念与赵树理确实有一定的不同，显得更为客观，也更为开放："民间形式，只是文学众

---

① 孙犁. 谈铁凝的《哦，香雪》[M]//孙犁. 孙犁选集：理论. 西安：陕西师范大学出版社，2003：321-322.
② 孙犁. 谈赵树理[N]. 天津日报，1979-01-04.
③ 孙犁. 孙犁文论集[M]. 北京：人民文学出版社，1983：151.

多形式的一个方面。它是因为长期封建落后,致使我国广大农民,文化不能提高,对城市知识界相对而言的。任何形式都不具有先天的优越性,也不是一成不变,而是要逐步发展,要和其他形式互相吸引、互相推动的……文艺固然应该通俗,但通俗者不一定皆成文艺。"① 但他还是很支持通俗文学创作,并在具体创作方面表现出很大的热情,做了很多这方面的工作。20世纪40年代后期,孙犁一度基本上放弃了自己习惯的新小说创作,转向了民歌、快板词、梆子戏等通俗文艺作品,写了不少通俗文学理论文章,是当时通俗文化运动的积极参与者。他还因此受到别人的批评:"为什么一个创作了诗体小说并承继了五四新文学传统的作家,一个严肃的坚持用纯正的现代汉语写作的纯文学作家,突然执着地转向了通俗文艺,而且那么痴迷,缘由何在?"② 现在看来,这固然与大的时代形势有关,但更可以看作是孙犁内心文化世界的曲折表现。

三、多元的乡土文化心理

孙犁的思想和创作受到乡土文化的深厚影响,但是,他所受到的文化影响并不是单一的,而是复杂的,在其人生和创作历程中也存在着不同文化影响的阶段性特点。就复杂性而言,孙犁所受到的乡土文化影响,也不是单一纯粹的,其中既有普通农民的文化,也融合了中国传统儒家文化的内容,或者说它是乡土文化中的上层。此外,孙犁的文学观念中还可依稀看见西方文学的某些影子,较之赵树理等欠缺西方文学修养的作家,孙犁的眼界无疑要更开阔,现代的成分要多一些。同时,现代革命的思想文化,也在孙犁的思想中打下了很深的印记。可以说他是传统思想与乡土文化的结合,也

---

① 孙犁. 谈赵树理 [N]. 天津日报, 1979-01-04.
② 杨振喜. 为通俗化和大众化而努力:记孙犁与《平原杂志》[J]. 中国编辑, 2003 (4).

可以说是现代乡村知识分子思想与现代革命思想的结合体。

正是作为这种复杂性的表现，孙犁的作品中除了对乡土文化思想的遵循，也体现了现代思想引导下对传统的突破和创新。以伦理道德为例，孙犁既在《荷花淀》等作品中塑造了符合乡土文化理想的传统女性形象，同时还塑造了一些跳出乡土文化范畴，具有现代思想意识的女性形象。最成功的自然是《铁木前传》中的小满，这一形象内涵复杂，远非传统乡村伦理可以涵盖。它体现了孙犁对乡土文化的超越，是现代精神对乡土文化的投射。

就阶段性而言，20世纪40年代的孙犁处于比较"新"的时期，他的创作受革命文学观念和西方文学影响较大，乡土文化的影响只是潜在地体现在他的创作中。当然，孙犁身上的乡土文化色彩与四五十年代的政治文学观念并不矛盾，且有一定的和谐性。或者说，战争时代中国的政治文化本就带有很强的传统和民间色彩，孙犁与现实文学观念的和谐有其内在必然性。

20世纪50年代是孙犁乡土文化影响表现得比较自如的时期，曾经被时代所压抑的一些想法也偶尔得到释放，如在给友人田间的书信中就表示："从去年回来，我的精神很不好。检讨它的原因，主要是自己不振作，好思虑……关于创作，说是苦闷，也不尽然。这主要是不知怎么自己有这么一种定见了：我没有希望。原因是生活和斗争都太空虚。"[①] 他倾向于农民文化的文学思想也得到比较充分的表达。1950年，孙犁对新文学传统发表过这样的看法："五四以后的新文学，倒是多接受了一些西洋的东西，这当然和五四运动的精神有总的关联，而且也不是徒然的。但是这样做，造成了一个很大的损失，它使文学局限在少数知识青年的圈子里，和广大劳动人民失去了联系。"这与赵树理的观点非常相似，都体现了乡土

---

① 孙犁. 给田间的两封信［M］//孙犁. 无为集. 北京：人民文学出版社，1989.

文化的基本立场。由此出发，孙犁对传统和民间文学表示了更明确的肯定，希望加强对其"语言和人物性格故事结构方面的研究，叫广大人民从新的认识上阅读它们，学习它们。"①

"文化大革命"后，孙犁在人生观和文学观上都有比较大的变化，他深层的思想文化得到了比较真实而外在的表现，他的乡土文化道德观念和文学观念，在一系列忆旧散文中表现得相当直接。但由于此时的孙犁离开农村生活已经相当长时间了，对乡村的现实文化比较陌生，正如他自己所说："我的读书，从新文艺转入民间文艺，从新理论转到旧理论，从文学转到历史。"② 他更侧重于从中国传统典籍中寻找精神资源，受儒家文化的思想影响也更突出。这时期孙犁的思想是传统儒家思想和乡土文化思想二者的结合，儒家文化思想占据主导。

但是，就总体而言，决定和主导孙犁整个人生和创作思想的是乡土文化；在孙犁心中始终牵挂，也影响着他整个人生道路和文学创作的，是乡村社会，是他的童年记忆。在这个前提下我们来理解孙犁一生的创作轨迹，就会有更深切的体会。从20世纪40年代开始创作，孙犁就一直是边缘作家，尽管他的许多作品受到人们的喜爱，但也一直有非议存在，他也从没有在文坛上占据什么重要位置，得过什么重要评价。孙犁自己也多次表示对文坛现实的不满，怀念宁静单纯的乡村生活。正因此，有批评家将他视为"革命文学中的多余人"③。这是有一定道理的。问题是他为什么会成为"多余人"？显然是他的文学思想、生活态度与时代要求、时代潮流不合，是他内在的文学精神与时代政治有距离。从精神气质、文学理

---

① 孙犁. 孙犁文论集 [M]. 北京：人民文学出版社，1983：405-406.
② 孙犁. 布衣文录 [M]. 济南：山东画报出版社，1983：3.
③ 杨联芬. 孙犁：革命文学中的"多余人" [J]. 中国现代文学研究丛刊，1998 (4).

想、文学风格和文学标准看，孙犁的深层世界是属于乡村的，是乡土文化的心灵守望。他质朴而执着的"真善美"观念，在深层世界中是对立于现实的政治观念和新文学主流的。这种对立不以外在冲突表现，但却是根本性和内在性的，是不可调和的。这也意味着他的受冷遇是必然的。

这很容易使我们想到赵树理——从文化方面来说，他其实也可以算是另一个"革命文学中的多余人"，他经历了被主流文学接纳、赞誉和排斥的过程，主要也是源于时代的变化，缘于他所代表的农民文化与时代的复杂关系。在这个意义上，赵树理和孙犁都可以说是以边缘者的身份居于新文学之中的，他们是文化精神上内在的"同路人"，只是赵树理的农民文学表现得比较外在，更加底层，侧重从现实层面来表现乡村，孙犁表现得更含蓄深沉，更加知识分子化，也更侧重于乡村的灵魂。而且，赵树理的性格更外向，其创作特点也更容易与时代发生直接的联系，因此，他曾得到很高的荣誉，却也最终失去了生命；孙犁性格内敛，一直生活在文坛边缘，靠压抑自我来调整自己与时代的关系，却也保持了比赵树理更长久的生命力。

尽管孙犁的文学精神、文学观念与新文学的主流存在差异，但绝对不可忽略孙犁创作的价值。甚至可以说，如果不是受到时代的压制和坎坷经历的影响，孙犁完全可望达到更高的高度，取得更高的文学成就。因为说到底，文学的标准不同于政治、文化的标准，并不一定是现代的、进步的就可以成功，文学需要文化和生活的深入，拥有自己独特的创作道路和评价标准。孙犁以他对生活的浸润，应该说已经到达了乡土文化的深邃处。他结合了现代思想，对乡土文化进行了适度的超越，又能通过自然的艺术方式表现出来，确实具有了产生伟大作品的创作潜质。像《铁木前传》，基本上体现了一部艺术杰作的素质，只是未能最后完成，留下了太多遗憾。

更令人遗憾的是，孙犁所生活的时代没有给予他的文化姿态充分表现的机会。战争的影响使孙犁丧失了更自在的表现空间，20世纪 50 年代后的几十年中他更是饱受外在的打击和心灵的创伤。他长时期地生病，与其说是身体的，不如说是心灵的，其深层根源正是他的文化观念与时代的不协调，更使他的文化姿态不能得以充分舒展。尤其是"文化大革命"十年对孙犁的心灵造成了严重的伤害，使他基本上放弃了小说创作，也使他的思想更为悲观和保守①，在一定程度上更失去了早期的开放和自觉，也失去了向更高发展的可能性。这是新文学的一大损失，也是新文学与乡土文化可望进入深层交融却未能实现的一大缺憾。

但是，孙犁至少以个案的形式向我们证明了：乡土文化是相当博大而深厚的文化，即使是在现代，它也依然可以孕育出优秀甚至是伟大的作家②，当然，对于这一文化，不能完全依赖，也不能无保留地承继，而是应该有所继承又有所批判，应该对它进行必要的批判和超越。在这方面，孙犁也许比赵树理更有代表意义（当然，赵树理也具有他自己的文学史意义）。相较赵树理，孙犁的文化态度更开阔，也更内在，他的文化更具开放性。也许他的作品不具备赵树理的执着和切实，但它更接近文学的本质，也更具有文学的开放意义，思想价值更为深远。

而且，孙犁还具有更深广的文化代表意义，他不只是代表农民本身，还内在地代表着中国本土文化。他立足于现实生活之上对传

---

① 我不赞成一些研究者对晚年孙犁创作做过高评价的看法。我以为，无论从思想深度还是从文学表现力，晚年孙犁的创作都存在着较大缺陷，不能与他"文化大革命"前的创作相比。

② 在当代中国文学界，似乎还存在一种歧视农民文化和农民题材的观念，以至于有作家对评论界将他的创作称作"农村题材"而耿耿于怀。其实，从文学角度看，文化是不存在高下之分的，文学题材更是如此。指出作家的创作题材，只不过是一种便利于研究的分类，并无任何偏见。"乡土文学"的称谓也并不就比"农村题材"更高级。

统文化进行积极的继承和发挥,体现了深厚的传统和本土文化底蕴,也显示了浓郁本土文化特色的艺术魅力。这一点尚未得到人们的充分认识,但我以为,随着人们对此认识的深入,孙犁可望在未来获得更高的文学史评价。

第二节 坚韧的自觉与努力的回归:周立波

在中国现当代文学史上,周立波的文学地位有一定的错位。他创作于20世纪40年代、艺术上处于探索阶段的《暴风骤雨》因与时代政治的契合而获得较高的文学史评价,而其真正的代表作《山乡巨变》虽然在发表之初曾得到过评论家们的大力肯定,但学术界对它的认识却始终囿限于对"十七年文学"的整体否定背景中,评价一直不高。这也影响对其文学地位的整体认定。近年来,有许多学者重新审视了《山乡巨变》和周立波的整体文学创作,对其价值进行了新的发掘和评判,但尚未形成学界的共识。[①] 而我以为,周立波创作的意义不仅是在其本身,同时还体现在他对文学本土化方向的探索。

从文学与乡土文化的关系角度上说,周立波不是处于自发,而是进入到高度自觉的阶段。从20世纪30年代主要在西方文学影响下开始文学创作,到40年代创作乡村政治小说《暴风骤雨》,再到50年代回到家乡湖南益阳,书写乡村社会的普通人和事,是一个作家不断探索和自觉追求的过程。虽然受时代限制,周立波的很多

[①] 比较有代表性的如刘洪涛.周立波:民间文化与主流意识形态[J].文艺理论研究,1997(3);刘洪涛.湖南乡土文学与湘楚文化[J].长沙:湖南教育出版社,1997;董之林.周立波小说的唯美倾向[J].文学评论丛刊,2006,9(2);张卫中.《山乡巨变》的话语分层与配置[J].理论与创作,2007(2).等。

想法没有得到完全深入和落实，思想深度也有明显欠缺，但他的创作道路本身就很有意义。他的许多思考和探索更显示了一个真正作家的价值。

一

对于脱胎于西方文学和中国古典文学的新文学来说，欲实现充分的成熟和独立，必须经过两方面的本土化转换：一是传统与现代的融汇；二是西方文学形式的中国化。因为一方面，高度成熟的中国传统文学在其漫长发展中，已经成为中华民族集体无意识的一部分，新文学要想进入生活的深层世界，必然要与中国传统文学保持精神上的联系；另一方面，新文学的形式技巧多借鉴自西方，要真正将这些"有意味的形式"与中国人的生活交融起来，使它得到中国大众的认可，需要经过本土化的调整和改造。至于怎样才是实现了文学的本土化，学术界存在着多种意见。我以为，本土化应该包含两个基本核心：一是本土文化的深入；二是与现代文化的交融。本土化文学必须深入地揭示民族文化精神，从内在精神上呈现民族的独特处，同时在审美精神上具有民族特点，获得时代大众的基本认同。但是，本土化绝对不是孤立封闭，它应该与外在文化有所交融，尤其是受到现代精神的洗礼，体现出本土与外在、传统与现代的内在统一。具体到文学作品中，本土化又主要表现在以下几个方面。

首先，真实地再现最基层的大众生活，表现人们的日常生活细节、风俗和自然景观。正如别林斯基所说："每一个民族的这独特性，表现在什么地方呢？就在于那特殊的、只属于它所有的思想方式和对事物的看法，就在于宗教、语言，尤其是习俗。……在每一个民族的这些差别性之间，习俗恐怕起着最重要的作用，构成着它们最显著的特征。"① 民族精神不是抽象的存在，它往往隐藏在具体的生活背后，尤其是隐藏在普通老百姓的日常生活中。对日常生活的真实还原，也就是对民族独特性的自然呈现，是文学本土化的重要基础。

其次，塑造蕴涵民族文化精神的人物形象。人是民族文化的产物，是文化最鲜活而直接的体现者，也是现实生活的主体。对人的塑造，能够通过其复杂的生存状况和社会关系，通过对他们内心的困惑、希望和梦想的揭示，将民族文化精神具象化，唤醒深层文化的现代回响。所以，丰富生动的人物形象是文学本土化最生动的体现——就像老舍，我们说他最真切地表现了北京的本土文化精神，主要是因为他塑造了常四爷、王利发、虎妞等众多的人物形象，再现了他们的精神和心灵世界。

再次，文学形式的充分民族化和生活化。任何文学都有其独立的艺术特点和艺术方法，只有将它们与鲜活的现实生活相结合，与现实和民族的审美习惯相和谐，这些技巧和特点才会具有生命气息，才能融化为本土文化的一部分。在所有的文学形式当中，语言的本土化也许是最重要的。因为一方面，语言是民族精神最直接而深刻的体现："一个民族的精神特性和语言形成这两个方面的关系极为密切，不论我们从哪个方面入手，都可以从中推导出另一个方面。这是因为，智能的形式和语言的形式必须相互适合。语言仿佛是民族精神的外在表现；民族的语言即民族的精神，民族的精神即民族的语言，二者的同一程度超过了人们的任何想象。"② 没有生活化的语言，就不可能揭示出深层的民族精神。另一方面，文学语

---

① 别林斯基. 文学的幻想［M］//别林斯基. 别林斯基选集：第一卷. 满涛，译. 上海：上海译文出版社，1979：26 - 27.
② 洪堡特. 论人类语言结构的差异及其对人类精神发展的影响［M］. 姚小平，译. 上海：商务印书馆，1997：52.

言与文学人物的塑造，与文学细节的真实鲜活有着非常密切的关系，语言应用得是否本色和生动，直接关系生活再现和人物塑造的成败，也关系文学是否具有可读性，能否为大众所接受。

在中国新文学的本土化道路上，存在着不同题材和不同文体的差异。就题材而言，最早成熟的是知识分子题材，因为作家们表现的是自己身边的生活，也因为知识分子大多身兼传统和西方文化素养，作家们在表现这类生活时比较挚切，文学与生活也比较容易实现同一。市民生活题材也成熟得比较早。因为中国有较发达的市民文学传统，城市生活也较早开放，受西方文化的影响较深。因此，经过老舍、张恨水、张爱玲等作家的探索，新文学的市民生活文学较好地融汇了东西方文化，传统的通俗故事内涵和现代文化精神较好地结合到了一起。

相比之下，乡土文学的发展历程就比较艰难。因为文化上的隔阂，也因为中国农民文化水平低下等，乡土文学始终与乡村生活隔得较远，强烈的知识分子色彩与农民的现实生活构成了显著的反差。瞿秋白在20世纪30年代初曾经批评过新文学的状况"五四的新文化运动对于民众仿佛是白费了似的。五四式的新文言（所谓白话）的文学，……只是替欧化的绅士换了胃口的'鱼翅酒席'，劳动民众是没有福气吃的"①，针对的主要就是新文学与农民生活之间的距离，揭示了乡土文学在本土化方面的严重不足。进入40年代解放区文学，来自乡村的赵树理对乡土文学的本土化建设做出了不可替代的贡献。他以对农民文化的高度认同，以地道的农民文学形式，真实地再现了农民的生活，既形成了自己质朴自然的艺术风格，也成为新文学历史上第一个真正得到农民认可的作家。但是，任何一种突出的个性都意味着在其他方面的不平衡。就赵树理而

---

① 瞿秋白. 大众文艺的问题［M］//文振庭. 文艺大众化问题讨论资料. 上海：上海文艺出版社，1987.

言,他还原了生活本身的质朴和亲切,发展性地运用了农民文学形式,却较少融合西方文学和古典文学因素。所以,对新文学乡土文学来说,单一的赵树理方向显然是不够的,它需要更丰富的开掘和拓展。

二

正是在赵树理的基础上,周立波对新文学乡土小说本土化道路进行了新的探索。和赵树理相比,周立波有所继承,也有所创新。具体而言,周立波的本土化探索主要表现在以下方面:

第一,通过对乡村生活的深入体验,积累材料,再现乡村生活。

和有深厚乡村生活底蕴的赵树理不一样,周立波虽也出身于乡村,但长期在城市生活,现实乡村经验比较匮乏,因此,他花费了更多精力在乡村生活的体验上。比如,为了创作《暴风骤雨》,周立波长时期参加东北的农村工作,广泛深入地了解东北农村的日常生活。中华人民共和国成立后,为了更好地了解家乡农民的生活情况,他将全家从城市搬到农村,与农民做邻居,一同生活和劳动。经过多年的生活体验准备,他才开始《山乡巨变》等作品的创作。

周立波的生活体验不是走马观花,而是真正深入细致地体会。"观察"是他深入生活的最大体会,他认为"依我的理解,观察,比较,研究和分析,对于文学,是和对于科学一样的重要的"[1],总结出"我们熟悉人,要涉及他的工作、生活、家庭、性格和经历等各个方面,要事事注意,处处留心,不但要观察得广,而且要挖掘得深,体味得细"[2]。并且,周立波不是以旁观者的姿态看待生

---

[1] 周立波. 现在想到的几点:《暴风骤雨》下卷的创作情形 [M] //李华盛,胡光凡. 周立波研究资料. 长沙:湖南人民出版社,1983:287.
[2] 周立波. 深入生活 繁荣创作 [J]. 红旗,1978 (5).

活,而是清醒地意识到"心是需要用心换的",因此,他关心农民,了解农民所思所虑,为农民着想,和农民建立了很深的感情。①

长期地深入生活,细致地观察和潜心体验生活,令周立波积累了大量的乡村生活材料,深化了对乡村社会的认识和感受,为其创作奠定了坚实的基础。周立波小说的许多人物形象都来自乡村真实生活,如《暴风骤雨》中的老孙头、赵玉林,《山乡巨变》中的"亭面糊"、王菊生、陈先晋等,都有直接的生活原型为基础。更为突出的是在语言上。从20世纪40年代末开始,周立波就特别注意对地方方言的搜集和提炼,积累了大量生动鲜活的农民口语,《暴风骤雨》《山乡巨变》等都以生动丰富的方言而引人注目,在很大程度上就是得益于这种语言的积累。

第二,古典文学艺术与现代西方艺术的融合。

周立波出身普通农民,少年时代阅读过大量的古典文学作品,对传统文学有较深的了解。后来,他又受到西方文学的很大影响,具备了很好的西方文学素养。对这两大文学传统,周立波更侧重对传统文学的借鉴,但他并没有放弃对西方文学的借鉴,采取的是兼容和开放的姿态。正因如此,即使是在"大跃进"的背景下,他依然坚持"我的经验,看点书,古今中外都读点,并不坏事。不过要分清主次,近代的多看些,古人的少读一点;中国的多念几本,外国的少来一点。"②

这一点更突出地表现在其创作中。周立波对中国古典小说技巧的借鉴最为广泛,比如《山乡巨变》的艺术结构就带有很强的传统文学特点,它以人物塑造为中心,通过人物生活展开情节,使小说结构相对松散,但人物和故事非常突出。再如《山那面人家》《盖满爹》等作品,充分借鉴了传统小说的悬念、伏笔和环境点染等手

---

① 胡光凡. 周立波评传 [M]. 长沙:湖南文艺出版社,1986.
② 周立波. 谈创作 [N]. 光明日报,1959 – 08 – 26.

法，以很强的故事性取胜。此外，《卜春秀》等作品还运用了很多传统小说的说书体特点，叙述者经常以旁观姿态进入作品参与对人物的品评。但与此同时，周立波也广泛运用西方文学技巧，将现代艺术与传统手法进行结合。如心理描写和风景描写是周立波小说中运用得很普遍的方法，这对人物塑造的深化和故事背景的美化都起到了重要作用。此外，他的小说结构也借鉴了现代小说的技巧，突出了思想意蕴。① 正因为这样，批评家黄秋耘曾这样评论周立波："他近年来颇致力于钻研中国古典作品，认真学习这些作品的优点而不受它们的局限，把这些优点和他从外国名著中所吸收的长处糅合起来，加以融会贯通，有所发展，有所创造，逐渐形成一种更加圆熟、更加凝练而富有民族特色的艺术风格，有某种外国古典作品之细致而去其烦冗，有某些中国古典作品之简练而避其粗疏，结合两者之所长，而发挥了新的创造。"② 这一概括是很准确的。

第三，在本土生活基础上的艺术化提高。

周立波的文学创作充分地尊重生活，立足于生活，但不是对生活的简单复制，而是对生活做了艺术化的提高。比如说，在深入生活中，他固然强调作家的观察力，但同时也特别提出了作家想象力的意义，主张以"典型"方式反映生活③；同样，对待农民语言，他也不是一味地还原，而是主张"提炼、润色，要多少有一些藻饰"④；塑造人物，他采用的也是鲁迅"杂取种种人"的技巧，超越了生活的基本和原始面目。显然，周立波的文学观念不是简单的农民文学方式，而是寓含着丰富的现代性特征。正是建立在这一前

---

① 周立波的这些艺术特点，评论家已经做了比较充分的关注。参见冯健男. 周立波小说的真善美 [J]. 文艺研究，1981（4）；黄秋耘.《山乡巨变》琐谈 [N]. 文艺报，1961（2）.
② 黄秋耘.《山乡巨变》琐谈 [N]. 文艺报，1961（2）.
③ 周立波. 谈创作 [N]. 光明日报，1959-08-26.
④ 周立波. 关于《山乡巨变》答读者问 [J]. 人民文学，1958（7）.

提上，周立波小说中的艺术方法既都以乡村生活为前提，又有精细的提炼和加工。以其小说语言为例：他一方面大量运用农民生动质朴的方言口语，另一方面又时见优美动人的风景描绘，间杂有清新自然的抒情语句，将口语的生动和书面语的表现力很好地整合。

周立波的本土化探索过程并不简单，而是复杂和坎坷的。他早期的创作，走的也是五四知识分子的道路，他在延安的最初作品《牛》更是以知识分子腔调写农民的典型。只是在延安整风之后，周立波才改变自己的风格，逐步走到本土化上来。而他真正成功实现本土化探求的作品也并不多，主要集中在中华人民共和国成立后至20世纪50年代末几年时间里的创作，以《山乡巨变》《山那面人家》《盖满爹》《禾场上》为突出代表。之后，随着时代政治的要求越发严格，周立波的作品也被迫涂抹上了更多的政治宣传色彩，本土化探索逐渐枯涩。有研究者曾这样评述周立波的创作道路："从《暴风骤雨》到《山乡巨变》，周立波的创作沿着两条线发展，一条是民族形式，一条是个人风格；确切地说，他在追求民族形式的时候逐步地建立起了他的个人风格。"① 确实，在周立波的创作历程中，我们可以清晰地看到他不断蜕变、不断探索的轨迹，也可以看到他不懈而顽强的追求精神。

三

尽管周立波的本土化探索时间并不太长，成熟的作品也不算多，但依靠深入生活和艺术探索实践，周立波还是形成了自己的鲜明创作特色，取得了突出的文学成就。

第一，以丰富的生活细节和语言，多层面地描绘了乡村生活。

乡村生活包括日常生活和内在精神在内的不同层面，周立波在

---

① 茅盾. 反映社会主义跃进的时代, 推动社会主义时代的跃进 [J]. 人民文学, 1960 (8).

多个层面进行了揭示，描画了较为丰富的乡村世界。这首先体现在对乡村生活风俗和自然风景的细致描绘上。周立波的小说充满了大量生动的生活细节，尤其是通过强烈个性化又质朴自然的农民口语，再现了生动真切的乡村生活风俗。像《山那面人家》对乡村婚礼现场的写实，《禾场上》展现的乡村农闲生活，都非常真切，很有现实感，《山乡巨变》更是一幅乡村生活的全景图画。周立波小说还以描绘湖南乡村的自然风景取胜，他笔下那些优美自然的山乡图画，是其清新淡雅艺术风格形成的重要基础，也是他曾被誉为"茶子花派"典范的主要原因。

周立波的乡村风俗和风景描绘不是孤立和单一的，而是与乡村人物的塑造，以及乡村精神的揭示结合在一起的。周立波在人物塑造上花费了很多的功夫，他既表现了人物的个性化语言，也挖掘了人物的深层心理世界，既表现了人物质朴、真实和丰富的性格，也寻觅到他们与土地、与乡土文化之间的深刻联系，具有了较为深刻的历史维度。像"亭面糊"、王菊生、盖满爹等老农民形象是早被人们所称道的，而像邓秀梅、刘雨生这样的乡村干部，盛淑君、盛佳秀、卜春秀这样的乡村妇女形象，同样塑造得生动而有内涵，体现了乡村社会独特的文化气质。

乡村伦理精神的深层揭示是周立波笔下乡村世界的重要特点。以《山乡巨变》为中心，周立波描画了乡村世界的浓郁乡情，他笔下的人物不是单一的政治身份，人物之间也纠结着复杂的血缘和亲情，蕴涵着多元的乡村伦理，反映了农村社会中复杂而密切的人际关系。这种着力于挖掘乡村社会的人情伦理表现，虽然可能没有鲁迅对乡土文化国民性批判得那么深刻，但对于以"差序格局"[1]为基本特点的中国乡土社会来说，无疑有着自己的价值和准确性，是对乡村世界深层结构的还原。

---

[1] 费孝通. 乡土中国[M]. 北京：生活·读书·新知三联书店，1985.

第二，一定程度上突破了时代囿限，还原了乡村真实。

周立波的作品多创作于20世纪五六十年代的环境中，不可避免地要受到政治时代的遮蔽，但他依然在一定程度上还原了乡村真实。这首先是缘于其对本土民间生活的细致再现，营造了浓郁的民间生活氛围，客观上自觉不自觉地形成了一定限度的民间立场，构成了对主流意识形态一定的冲淡和消解，从而对时代政治的囿限有所突破①。比如《山那面人家》中对"包办婚姻"的民间解读，就显示了乡土文化与政治之间的疏离。《扫盲志异》《新客》等作品叙述的本都是时代主题，但以民间化的男女误会喜剧故事来叙述，政治色彩被冲淡了许多。尤其是《山乡巨变》，大量民间化的喜剧化情节、自然生动的乡村生活场景，严重限制了政治严肃性的传达。在周立波的作品中，这种民间气息弥漫得如此之浓郁和普遍，以至于我们在其中很少能看到剑拔弩张的斗争场面，包括像《山乡巨变》中李月辉这样注重实际、反对冒进、明显悖逆于时代潮流的干部，也看不到叙述者的简单批判，而是蕴涵着基本肯定的态度。这种立场，在同时期创作中是非常突出的，它也因此具有了独特的真实特征。其次，依靠乡村生活的丰富细节和语言真实，依靠深厚的乡村生活底蕴，周立波的一些作品在客观上突破了作者的主观创作意图，具备了恩格斯所说的"现实主义的最伟大胜利"的效果②。如在《桐花没有开》和《腊妹子》等作品中，可以清晰地看到乡村基层管理者的官僚主义作风，以及"大跃进"中存在的浮夸风气。《山乡巨变》更是客观上反映了农业合作化运动后期"冒进"举措之后出现的问题，为此还招致了时人"没有鲜明、准确地

---

① 刘洪涛. 周立波：民间文化与主流意识形态 [J]. 文艺理论研究，1997（3）.
② 恩格斯. 致玛·哈克奈斯 [M] //中共中央马恩列斯著作编译局. 马克思恩格斯选集：第4卷. 北京：人民出版社，1972：463.

体现党在农村中的阶级路线和政策"① 的批评。

第三，表现与再现、抒情与写实相结合的艺术风格。

新文学乡土小说在艺术上主要有两种传统：一是象征和抒情的，侧重于表现生活，以鲁迅的《阿Q正传》、沈从文的《边城》等为代表；二是写实的，侧重再现生活，以赵树理的《小二黑结婚》等为典型。周立波可以说是融合了这两种创作传统，又进行了自己的创造。一方面，在以写实手法再现乡村生活上，在反映生活的质朴和真切，以及塑造乡村人物的本色上，周立波与赵树理类似；但另一方面，与赵树理相比，周立波的表现色彩和抒情性更突出一些，他的景物描写和心理描写更多，艺术风格也更细腻委婉。有学者曾这样对赵树理和周立波进行比较："在语言上，赵树理虽是写来干净利落，但有时未免令你感到单调而欠韵味，周立波的语言虽有点不像赵树理那样纯净似的，但你可从他作品里发现那诗意洋溢的语言，令你兴奋而读下去。在表现方法上，你会觉得赵树理的手法虽容易接受，但有时你会觉得他的写法有些呆板了，而当你看周立波的作品却需要细心去领会，你发觉他在艺术表现技巧是来得多样。……你会感到周立波的作品所描绘的生活画面来得宽阔些而变化多样些，用以反映复杂的社会生活会更恰当些。"② 虽然其中的褒贬不一定完全准确，但确实显示了周立波突出的艺术个性。周立波与赵树理，可以说是乡土文学在本土化探索过程中结出的不同硕果，风格各异，魅力不同，却具有共同的本土实质。

经过多方面的本土化艺术实践，周立波在作品中描绘了一幅细腻清新的乡村社会图画，颇为真实地还原了具有独特美学意义的中

---

① 唐庶宜. 对《山乡巨变》的意见 [M] //李华盛，胡光凡. 周立波研究资料. 长沙：湖南人民出版社，1983：402.
② 林曼叔，海枫，程海. 中国当代文学史 [M]. 巴黎：巴黎第七大学东亚出版中心，1978.

华人民共和国成立后的农村生活世界。它幽默、温情、轻松、宁静（相对于当时的社会和文学环境更是如此），有浓郁的民间气息，并蕴涵着作者强烈的情感色彩。虽然受作品数量、题材范围、思想深度等方面的限制，这一生活世界在内涵的丰富和宽广上有所不足，尚难以与沈从文笔下的"湘西世界"相媲美，但却更为真切和朴实，更为接近本色的乡村，具有自己显著的特色。

在这幅图画中，最为全面而深刻，也是最能代表周立波创作成就的，是长篇小说《山乡巨变》。《山乡巨变》的生活细节、自然细节和风俗画特点，在同时代同题材创作中非常突出，其生动的口语和丰富的民间色彩，以及深藏的乡土文化精神，在一定程度上可以和20世纪90年代韩少功的《马桥词典》相媲美。所以，尽管小说带有一定的政治目的，也没有完全摆脱政治服务的影响，其视野也受政治视角的囿限，表现得不够丰富和宽阔。但是，它的民间气息、风俗色彩和乡村伦理，使它具有了独特的文学价值。著名乡土文学研究者丁帆认为"建国后乡土小说创作最具有风俗化、风景画特色的长篇小说是《山乡巨变》"①，而我以为，不仅是在"十七年文学"中，即使在整个新文学历史上，《山乡巨变》的风俗化和美学特点都非常突出，它都应该拥有自己的独特地位。

四

周立波本土化探索具有突出的文学史意义。这体现在他文学道路的典型性上。周立波的探索路途，在很大程度上缘于他对中西文学的熟悉和深入。正是这种基础和视野，使他能够在艺术上不偏执，不单一，而是采用兼容的态度，使中西艺术在他的作品中得到融合。除此之外，则应该是得益于他对本土生活的关注精神。在文学史上像周立波这样兼具中西文学素养的作家并不少，但很少有人

---

① 丁帆. 中国乡土小说史 [M]. 北京：北京大学出版社，2007：228.

像他那样在本土化上探索得那么深,就是因为周立波具有在其人生和文学道路中贯穿性的执着现实精神。尽管他曾受到西方文学影响,但他从没有真正西方化过,他的文学接受中蕴涵着明确的本土色彩,内在地切合着中国的生活现实。所以,他所关注的西方文学,主要局限于以俄国和法国为代表的批判现实主义传统,他所认同的现实主义"观察"方法,以及对文学社会功利性和文学与生活密切关系的强调,都与他的现实精神相关,后来也都成为他深入乡村生活的思想基础。也同样以这种本土精神为底蕴,周立波最初选择的文学体裁是报告文学,其早期小说也是以陕北乡村生活为题材,只是在经历失败之后才转到其他领域。

所以,从这个意义上,我并不赞同人们普遍认为周立波在延安整风运动之后进行的自我批评是"投降"和"虚假"的说法。他检讨过自己与生活的关系:"在延安的乡下,我也住过一个多月,但是我是在那里写我过去的东西,不接近农民,不注意环境。……因此回到学校来,有人要我写乡下的时候,我只能写写牛生小牛的事情,对于动人的生产运动,运盐和纳公粮的大事,我都不能写。"① 他还联系自己的文学创作进行反省:"许多和我一样,从旧式学校里出来的知识分子,对于工农兵和工农兵出身的干部的了解,我认为还是不够深刻,不够全面的。当他们描写工农兵的时候,容易歪曲他们的形象。有一些人仅仅表面地描写一些简单的动作,仅仅描写了工农兵的衣服,没有透视他们的心灵。更有一些人爱把工农兵写成愚昧、粗鲁和可笑的人。"② 尽管不能说这些批评的产生毫无现实压力,但是,它更适合看作是周立波内心的自觉和

---

① 周立波. 后悔与前瞻 [M] // 李华盛,胡光凡. 周立波研究资料. 长沙:湖南人民出版社,1983.
② 周立波. 谈思想感情的变化 [M] // 李华盛,胡光凡. 周立波研究资料. 长沙:湖南人民出版社,1983.

反思,《在延安文艺座谈会上的讲话》不过是帮他找到了一种答案而已。这也是为什么在《在延安文艺座谈会上的讲话》后,很多知识分子感到转换的艰难,周立波却能够比较快地改变自己的原因。周立波的创作历程,清晰地反映出作家本土精神对于文学本土化的意义。

我绝对不是简单地为某种文学思想声辩,更不是为整风运动寻找理由,但我们确实应该看到,周立波在延安时遇到过因创作与生活疏离所导致的创作困境,也孕育着寻找自我突破的愿望,他后来的本土化探索是这一困境和愿望经历自我选择后的自然结果。这一选择对于他本人和新文学的本土化探索,都有着突出的意义。这一点,联系周立波探索的具体方法来看也许更有说服力。

首先来看文学与生活的关系问题。这一问题在乡土文学创作中一直有着很突出的意义。因为正如鲁迅指出的早期乡土文学作家许钦文是"被故乡所放逐,生活驱逐他到异地去了"①,大多数乡土文学作家都有类似经历,他们来自乡村却已远离乡村,很少有丰富的现实乡村生活经验。中华人民共和国成立后,由于城乡差距等原因,出身于乡村的作家们多有逃离乡村的愿望和经历,他们虽然热爱乡村,但却受到文化上的压力,以及精神上的自卑,在理性上拒斥乡村,以俯视和简单的批判态度看待乡村,也往往以想象的方式书写乡村。② 对于这些人来说,他们与乡村生活亲近的方式就是"体验生活",但也面临着如何处理与乡村生活以及农民关系的问题。毛泽东在《在延安文艺座谈会上的讲话》中曾经非常明确地批评了知识分子与乡村的隔膜,要求作家"思想感情和工农兵大众的思想感情打成一片。而要打成一片,就应当认真学习群众的语

---

① 鲁迅.《中国新文学大系·小说二集》序 [M]//鲁迅. 鲁迅全集:第六卷. 北京:人民文学出版社,1981:246.
② 贺仲明. 论中国乡土小说的二重叙述困境 [J]. 浙江学刊,2005(4).

言"①。这段话里所包含的知识分子改造意图暂且不论，单纯从文学创作角度讲，它是有一定道理的。我不同意的只是：在作家深入了解并以认同的态度进入乡村时，也不应该完全放弃自己一定的批判姿态，尤其是在文学层面上。但是，不管怎么说，对生活的深入，尤其是对农民生活和心理世界的把握，是乡土文学成功，也是其实现本土化的重要前提。在这个方面，周立波具有很强的典范意义，他以其创作实绩显示了"体验生活"的真谛，也证实了生活对于乡土文学创作的意义。

事实上，我们还可以将之延伸到对整个文学创作的思考。因为文学与生活的关系问题是近年来文学界争议的一个重要话题。受西方后现代文学的影响，也因为长期以来理论界对文学与生活关系的理解过于狭窄，许多作家明确地反对将文学与生活做密切的联系。不能否定这些作家思想中包含的对文学本体追求的意义，然而，将文学与生活关系做简单的割裂却是违背文学基本原则的。文学只能来源于生活，生活的丰富性也正是文学生命力的前提，任何文学，没有生活的基础，没有呈现生活的丰富复杂和细致深刻，就很难表现出文学的魅力，也很难得到读者的认同。当前一些作品（如格非的《人面桃花》、李锐的《银城故事》等）表现出很精致圆熟的小说技巧，但由于这些技巧没有融会进鲜活的生活世界中，因此，它们的文学魅力也大受影响。

其次是传统手法和现代艺术相结合的问题。新文学如何结合中国传统文学和西方文学的优点，是一个复杂而艰难的话题，也关涉新文学的方向与前景。周立波当然不可能以一人之力对这一问题做全面的尝试和解决，甚至其创作中也有不成功和不成熟之处，但是，他的一些方法还是具有较大的启迪意义。

---

① 毛泽东. 在延安文艺座谈会上的讲话［M］//毛泽东. 毛泽东选集：第3卷. 北京：人民出版社，1968：808.

其一是将传统小说的故事性与现代描写手法相结合。注重故事性是中国传统小说的一大特点，也是中国大众接受小说形式的重要前提。新文学要想深入大众，需要适当考虑这一接受特点，但又绝不能一味迁就大众的审美要求，必须做思想的升华和艺术的提高。周立波在这方面有很好的探索。他以故事性为小说结构的中心，但又不满足于简单的叙事，而是辅以充分的描写，增加了小说的深度，丰富了小说的美感，也提高了作品的现代艺术品格。正因为这样，周立波的小说在出版时就得到了农民大众很好的认可，产生了较大的社会反响，而且也具有超越时间的美学价值，对乡土小说艺术有独特的贡献。

其二是方言的运用。方言的使用一直是困扰新文学发展的难题，因为中国地方广大，方言差异大，如果一味以普通话来规范作家的叙述，尤其是以普通话来代替人物丰富多彩的地方方言，势必影响语言的生动真切，也会影响人物塑造的鲜活性。但是，完全用地方方言叙述，又可能造成阅读的障碍，也会影响语言的统一性和文学传播的范围。在新文学发展历史上，曾经出现过多次"方言文学"的讨论，甚至到今天依然时有余响。周立波的作品广泛地运用了方言，还做了理论的肯定："我以为我们在创作中应该继续采用各地的方言，继续使用地方性的土话。要是不采用在人民的口头上天天反复使用的生动活泼的、适宜于表现实际生活的地方性的土话，我们的创作就不会精彩，而统一的民族语也将不过是空谈，或是只剩下干巴巴的几根筋。"但是，周立波的方言运用很注意节制和提炼，强调"在创作上，使用任何地方的方言土语，我们都得有所删除，有所增益，换句话说：都得要经过洗炼"[①]，并总结出一些必要的原则和方法："为了使读者能懂，我采用了三种办法：一

---

① 周立波. 方言问题［M］//周立波. 周立波文集：第五卷. 上海：上海文艺出版社，1985：543.

是节约使用过于冷僻的字眼；二是必须使用估计读者不懂的字眼时，就加注解；三是反复运用，使得读者一回生，二回熟，见面几次，就理解了。"① 丰富生动的地方方言是周立波小说鲜明的艺术特点和独特艺术魅力之内核，而且其作品的接受效果也不错，他的经验是值得总结的。

第三节 乡村精神的自由放纵：莫言

斯宾格勒曾说过："农民是没有历史的，因而没有书写。"② 这句话在中国传统文学中有充分的体现。即使进入到中国新文学时期，以鲁迅、沈从文、赵树理为代表的作家，在作品中广泛地书写了乡村，展示了乡村的历史和现实状貌，但作家们的这些叙述，呈现的基本上是俯视和外在的角度，没有传达出乡村自己的声音。甚至是拥有对农民深厚感情和坚定立场、以做"文摊文学家"为初衷的赵树理，在特殊的政治环境下，所表达的也只能是乡村和政党双重音符的杂糅。从这个意义上，莫言的小说显示了自己的独特，在20世纪80年代后较为宽松的文化环境中，他得以较充分地表现出乡村自我的立场，从而在较深层面上表现出乡村的精神，叙述方法上也融入了更多的乡土文化特征。可以说，莫言小说的基本创作姿态，是在为乡村代言，其内在精神则是乡村的自语。

相比于赵树理、孙犁等其他受乡村生活和文化影响比较大的作家，莫言接受乡村的影响是最深刻，也是最复杂的。这一部分原因在于他所经受的童年苦难，让他对乡村生涯具有特别的记忆——用莫言的文学化语言来表述就是"我曾经对高密东北乡极端热爱，曾经对高密东北乡极端仇恨"（《红高粱》），也对乡村有着特别深的

---

① 周立波. 关于《山乡巨变》答读者问［J］. 人民文学，1958（7）.
② 斯宾格勒. 西方的没落［M］. 北京：商务印书馆，1963：282.

情感眷恋和关注——他关注那些像他一样出生在农村却未能走出农村的农民弟兄,将自己的命运与他们相联系①。另一部分原因则是由于时代环境的变化,他能够突破某些政治和文化囿限,在更大范围内更自由地接受和认可乡土文化——这种自由度,在赵树理、孙犁等人的时代是不可想象的。当然,还因为这一时代的文化开放,极大地拓展了莫言的思想视野,使其能够更多元地认识到中国乡村生活和文化的价值和魅力,从而更自觉地予以探索和表现。

从这个意义上,说莫言是中国现当代文学迄今为止在接受乡土文化最为自觉、在乡村生活和文化表现上最为成功的作家,是没有任何疑问的。事实上,莫言创作所表现的本土文化深度来源于乡村领域,又在一定程度上超越了乡村,与整个中国文化密切相连。毕竟从根本上说,当代中国还处在以乡村为主的社会,至少在文化方面是这样的。

一、苦难的申诉

如果用一个词来形容中国的乡村社会,我想"苦难"应该是最合适的,无论在历史上还是在 20 世纪现实中,农民都处在社会的最底层,承受着各种利益代表的剥削和压榨,笼罩着兵、匪、饥荒以及各种权力争夺所带来的巨大苦难阴影。正因为如此,20 世纪 80 年代以来的几乎每一个写过乡村故事的作家,都不同程度地关涉到这些苦难,像高晓声的《李顺大造屋》、张一弓的《犯人李铜钟的故事》、刘震云的《故乡天下黄花》、余华的《许三观卖血记》、阎连科的"瑶沟系列"等。在这当中,莫言以他对乡村苦难的执着和对苦难的独特理解而引人注目。

这主要表现在莫言苦难书写的坚韧和持久上。他的第一篇小说《售棉道上》就是以一场乡村现实灾难为题材,此后几年时间里,

---

① 莫言. 愤怒的蒜薹 [M]. 北京:北京师范大学出版社,1993:自序.

他创作了《白狗秋千架》《枯河》《透明的红萝卜》等作品，不断深化自己对乡村苦难的叙述。1985年前后，莫言进入到"红高粱"时期，从表面上离开了苦难，转而以另一种方式表现乡村（具体情况后面分析），但很快，在家乡"蒜薹事件"的触动下，他放下手头正写着的"红高粱"续篇，转向了《愤怒的蒜薹》的创作。正如莫言自己所说："本来《透明的红萝卜》《红高粱》已经很红了，我完全可以按照这个路线红下去，可这一转向却让我对现实社会进行了直接的干预，因为我的责任感和良心在起作用。"① 在《愤怒的蒜薹》后，莫言一发而不可收，从《爆炸》《红蝗》和《欢乐》，一直到20世纪90年代后创作的《丰乳肥臀》《檀香刑》，以及《牛》《三十年前的一次长跑比赛》和《四十一炮》等作品中，他叙述了各式各样的乡村故事，几乎无一不与悲苦相随，无一不是他乡村苦难叙述的建构者。

从这个意义上，莫言以下这段话虽然说于20世纪80年代，但以之来印证他整个创作也丝毫没有走样："我近年来的创作，不管作品的艺术水准如何，我个人认为，统领这些作品的思想核心，是我对童年生活的追忆，是一曲本质是忧悒的，埋葬童年的挽歌。我用这些作品，为我的童年，修建了一座灰色的坟墓。"②

莫言对苦难的执着还表现在他对一些乡村灾难的反复书写上。比如蝗灾，比如童年的痛苦，比如饥饿，都是莫言20多年创作生涯的贯穿性主题，在不同的作品中有反复的书写。像《红蝗》《蝗虫奇谈》《食草家族》等作品中就反复书写了北方乡村的蝗灾；童年的痛苦和饥饿主题，更是从早期的《枯河》《白狗秋千架》开始，一直到最近的《拇指铐》《牛》和《四十一炮》等，被无数次

---

① 莫言. 寻找红高粱的故乡［M］//莫言. 小说的气味. 沈阳：春风文艺出版社，2003：130.
② 金汉. 再现与表现的结合［J］. 昆仑，1987（1）.

地反复书写，可以说已成为莫言小说创作最突出的故事母题。

有批评家认为这是莫言创作题材枯竭的表现，但我认为，不如说是因为这些苦难给莫言留下的记忆太深了，凝结在他思想情感的深处，他只有通过反复书写的方式，才能缓释和宣泄这种记忆的痛苦。我以为莫言自己的说法最有道理："一个作家一辈子可能写出几十本书，可能塑造几百个人物，但几十本书只不过是一本书的种种翻版，几百个人物只不过是一个人物的种种化身。这几十本书合成的一本书就是作家的自传，这几百个人物合成的一个人物就是作家的自我。"① 莫言的小说是他自我心灵的抒发，而他认为最能体现他形象的人物是《透明的红萝卜》中那个被苦难所浸渍的乡村孤儿小黑孩。这正反映出，莫言之所以如此执着于乡村的灾难和痛苦，是因为它们是莫言经历的乡村生活的写照，他自己就是这些痛苦曾经的承受者。

除了题材的繁复和创作的持久，莫言的苦难书写还具有多层面的复杂深度，呈现出从外在到内心，从现实到精神，从写实到抽象的变化过程，从而细致而全面地再现了乡村苦难的面貌。

莫言的早期作品多写现实苦难，艺术表现也以写实为主。最直接的表现是他早期作品中许多主人公都是残疾者，如"总是迷迷瞪瞪，村里人都说他少个心眼"的小虎（《枯河》），被剁掉了食指的大锁（《老枪》），失去了右手的苏社（《断手》），以及失去一只眼睛的暖（《白狗秋千架》）等。这些作品的内容，也多侧重于主人公现实生活中的痛苦，写他们在人生道路上受到的各种打击和失败。

然而很快，莫言开始将笔触落到苦难所给人精神带来的创伤上，更深切地关注人物心灵上的痛苦感受。《透明的红萝卜》是这

---

① 莫言. 在京都大学的演讲［M］//莫言. 小说的气味. 沈阳：春风文艺出版社，2003：122.

种变化的最初表现。作品中的小黑孩形象曾引起过众多关注和争论，主要是因为作品对这一形象塑造的抽象化，他的苦难感受被虚幻化。也就是说，这一形象具有一定的写实功能，但作者更侧重表现的是他精神上的孤独，而不是他现实上的苦难。我们比较一下《透明的红萝卜》和较早的《白狗秋千架》，两篇小说都叙述了类似的少女失明情节，但叙述情感却不一样：《白狗秋千架》充分宣泄了苦涩悲凉的情感，但《透明的红萝卜》的叙述态度却颇为冷漠。其原因正是莫言对苦难的关注重心从现实向精神的迁移。

莫言此后的大部分作品，更侧重从精神层面展现苦难的创伤，同时，在叙述方法上，他也从写实转向抽象，借助荒谬的手法展现苦难的无所不在，揭示受害者的痛楚和无奈，许多作品也因此呈现出浓郁的怪诞和超现实色彩。像《拇指铐》，就是一部带有浓重象征色彩的作品，少年阿义在无辜中突然遭遇莫名的暴力，陷入苦难之中不能自拔，就如同一幕现代荒诞剧。《铁孩》也一样，那个被饥饿和孤独折磨的小孩，最后用来缓解饥饿的食物居然是铁。这当然不是生活真实，而是小孩极度饥饿下产生的幻觉，就如同安徒生《卖火柴的小女孩》中小女孩的幻想，反映的是弱小者肉体和心灵的深切苦痛。这也使我们想到卡夫卡的著名小说《变形记》：在苦难的压力下，格里高尔被异化成了一只甲虫并死亡，这在现实中当然是不可能真正存在的，但它又确实是生活的真实，是人们在无所不在、无可逃避的苦难压力下恐惧感的折射，荒诞中蕴涵的是痛苦和无奈。

现实和超现实、写实与荒诞，不同的侧面和视角，展现了苦难的不同方面，也揭示了苦难的切肤之痛和无所不在的弥漫。当然，正如莫言所说："我在描写人的精神痛苦时，也总是忘不了饥饿带给人的肉体痛苦。"① 莫言小说对苦难的现实和精神层面的揭示大都不是分离的,而往往是密切的结合。像他在 1988 年创作的《愤怒的蒜薹》,既是他最直面现实、批判态度最为尖锐的一部作品,也同时展现了农民心灵的苦痛,对一次现代"官逼民反"事件的写实式再现与对无路可走的农民内心的恐惧和彷徨交织在一起,构成了对农民肉体和精神痛苦的双重揭示。

莫言对苦难现实和精神的复杂关注,还构成了莫言小说一个突出的艺术特点,就是场景写实和人物感受的巧妙杂糅,现实世界与感觉世界的高度统一。② 这种杂糅和统一,使莫言多层次的苦难叙述融为复杂的整体,而正是通过对苦难的多层次、多角度的挖掘,莫言的小说深入到乡村世界的内核,把握到乡村生活的某种精神和历史脉络。

二、梦想的天堂

如果莫言只是写苦难,那还不能说他真正表现了乡村自己的声音,因为乡村并非只有苦难,这一阶层之所以能够历数千年的痛苦而不颓,长处社会底层而不衰,在很大程度上依赖于其独特的幻想式文化精神——这其中多少包含着鲁迅所批判的"好死不如赖活着"的阿 Q 精神,也有自我嘲讽,将苦难娱乐化乃至狂欢化的精神③。像皮影戏、地方戏剧和民歌等中国农民艺术,在将历史、崇高和苦难等进行戏剧化和反讽化的表达中,充分地体现了这一文化精神。这是长期处在社会底层的农民被历史挤压的产物,其中包含

---

① 莫言. 饥饿和孤独是我创作的财富(代前言)[M]//莫言. 苍蝇·门牙. 上海:上海文艺出版社,2000.
② 张志忠. 莫言论[M]. 北京:中国社会科学出版社,1990.
③ 比较起来,另一位乡土小说作家刘震云在这方面就有所不足,他的"故乡系列"在表现乡村苦难方面非常深刻,但他最终将乡村导入绝望,就是因为他没有把握到乡村的另一种精神。

着深深的无奈，但也蕴涵着一种生存的机智，是其顽强生命力的体现。

　　从表面上看，这种幻想与乡村苦难是相背离的，但其实，它们之间存在着密切的相互依存关系，在一定程度上甚至可以说，乡村幻想是乡村苦难的必然结果。因为中国的乡村是苦难的历史，但人不可能完全沉浸在苦难中，否则就会被苦难淹没与击倒，他必须有所调节，有所回避，最自然的选择就是白日梦，是精神幻想，只有借助于幻想，他才有可能抗击那些无处不在、无可逃避的现实苦难——就像阿Q如果失去了"精神胜利法"，肯定难以正常地维持自己的生存。反过来看，幻想虽然来源于苦难，却不依附于苦难，它一旦成立，就具有了自己独特的气质，是对于乡村苦难的超越，也体现了乡村精神的某种自觉，它的极端表现应该是狂欢精神。

　　莫言的小说，在很多地方表现了这种幻想，从而在更全面和深刻的意义上再现了乡村精神。最突出的表现，是他在20世纪80年代中期创作的《红高粱家族》和90年代创作的《丰乳肥臀》。这两部作品从民族战争和爱情这两个最能张扬精神力量的角度，集中地表现了中国乡村生命力的原始、顽强和活力，以及壮烈的牺牲精神。这些作品所表现的激情、浪漫和壮烈，是中国乡村梦想的集中体现和大爆发。

　　正如前面所说，乡村幻想与乡村苦难是紧密相连的，莫言也往往从二者相融合的角度来进行表现。或者说，莫言在表达乡村幻想时，从来没有忘记过苦难，只不过是掩藏得更严，压抑得更深，换了一种方式和角度而已。在他的许多作品里，幻想只不过是苦难者试图摆脱苦难命运的一种乌托邦方式。像《枯河》《透明的红萝卜》《拇指拷》等作品中的无辜的小受难者，都在无奈之下寄希望于幻想，希望以超人的方式逃离苦难的压迫和束缚。《翱翔》也许更有代表性，陷入包办婚姻痛苦中的新媳妇为了挣脱苦难的命运而开始逃亡，围追堵截之下，她居然飞到了天空中，虽然她最终还是被人用箭射了下来，但飞行这一行为无疑是她超越苦难幻想的最大体现。

即使是莫言那些幻想色彩表现得最充分的作品，也始终没有真正偏离过苦难。像"红高粱"系列中，英勇的村民们尽管创造了种种奇迹，但他们从来都没有摆脱过屈辱和受欺压的地位，他们的每次牺牲、每次努力，所换取的都是失败，都是打击，最后命运无一例外都是悲剧。从这个意义上，《红高粱》中罗汉大爷被"剥皮"的细节具有双重的寓意，它既可以看作是乡民不屈灵魂的象征和歌赞，同时也是乡村苦难和乡村命运的写照。

莫言整个创作中，《丰乳肥臀》是将乡村的幻想与苦难结合得最为典型的作品。小说的主题之一是写母亲的苦难和"忍受痛苦的能力"①，写"母亲们和她们的儿女们在这片土地上苦苦地煎熬着、不屈地挣扎着，她们的血泪浸透了黑色的大地又汇成了滔滔的河流"，并试图结合母亲的命运折射中国的百年苦难历史，同时又力图"站在了超越阶级的高度，用同情和悲悯的眼光来关注历史进程中的人和人的命运"，讴歌了母亲的生殖力、生命力，认为"丰乳与肥臀是大地上乃至宇宙中最美丽、最神圣、最庄严，当然也是最朴素的物质形态，她产生于大地，又象征着大地"②。作品杂糅了幻想与痛苦，也体现了爱和痛到达极致后的冷酷，因此，作品同时包容着博大的温情，又充斥着残酷、死亡和暴力。

除了将幻想与苦难结合起来叙述，莫言也表现过一些具有某种独立气质的乡村幻想，寄寓着超越苦难的狂欢化精神意图。他当初之所以将小说《愤怒的蒜薹》改名为《天堂蒜薹之歌》，在某种程度上也许就体现了借梦想以否定、超越现实的想望，此后的《檀香

---

① 莫言. 我的《丰乳肥臀》[M]//莫言. 小说的气味. 沈阳：春风文艺出版社，2003：62.
② 莫言.《丰乳肥臀》解[N]. 光明日报，1995-11-22.

刑》《四十一炮》等作品，表现了更自足，也带有更强狂欢色彩的幻想精神。《檀香刑》虽然叙述的是一个关于牺牲者的故事，但在作者着意的渲染下，超越现实苦难的悲壮和幻想精神已经取代了苦难的中心地位。作品将檀香刑罚做如此精雕细刻的描述，是因为作者已经将这一残酷的刑罚超现实化了，它不再是真正的苦难，已经化为了一种纯粹、一种幻想。同样，《四十一炮》也通过夸张式的叙述方式，消解了故事本身的悲剧色彩。

正因为乡村幻想与乡村苦难之间有着割不断的复杂联系，所以，莫言对他笔下乡村梦想的态度也始终有些暧昧和矛盾。一方面，他将这一幻想与自己的苦难记忆密切地联系在一起；另一方面他又表现出自豪和自傲的态度，将它看作是自己一个神圣的精神领域，进行特别的护卫。例如，在谈到《红高粱家族》《天堂蒜薹之歌》《酒国》三部作品时，莫言就曾经说过它们"最深层里的东西还是一样的，那就是一个被饿怕了的孩子对美好生活的向往"①。但另一方面，他又曾指出这只是他的想象和虚构："这是我的想象。我的家乡有红高粱但却并没有血一般的浸染。但我要她有血一般的浸染，要她淹没在血一般茫茫的大水中。我的这个家乡是谁也不能侵入的。"② 其实，说到底，这都是源于莫言对乡村幻想精神复杂特点的深切体会——乡村幻想既具有超越的愿望，却又难以真正走向超越，沉重的纠结也许是它不解的宿命。

三、精神的独白

长期以来，中国现代乡村小说存在着一个叙述上的巨大困境，就是叙述文本和叙述对象之间在接受上的矛盾。作家们尽力去刻画

---

① 莫言. 饥饿和孤独是我创作的财富（代前言）[M]//莫言. 苍蝇·牙. 上海：上海文艺出版社，2000：8.
② 赵玫. 莫言印象[J]. 北京文学，1986（8）.

乡村人物，描画乡村图景，但他们的叙述语言和叙述结构，都与乡村的主人——农民的审美习惯存在着巨大的裂隙，农民也对它们持着冷漠和拒绝的态度。唯一的例外是赵树理，他曾以完全通俗和口语化的叙述方式，赢得了同时代农民的热烈欢迎，成为他们某种程度上的代言者。然而，我们也应该看到的是，赵树理在博得农民认可的同时，却失去了文学的深层艺术境界，失去了更丰富的艺术表现内容，并因此而缺乏真正的后继者。在这一问题上，莫言进行了自己具有独特意味的探索和创新，为中国乡土小说走出叙述困境提供了新的希望。

莫言叙述的一个重要技巧是采用多层次的叙述方法。莫言小说比较广泛地借用乡村人的叙述视角，通过乡村人物的自我叙述安排结构，从而使小说叙述语言具有生动、幽默、调侃和口语化的特点，故事也呈现强烈的民间化色彩。但莫言小说的隐含叙述者又始终保持着重要的地位，他潜在地保持着全知视角的态度和力量，主宰小说的进程，安排小说的基调、节奏，从根本上控制着小说的发展。在这方面，他的叙述态度始终是冷静而克制的。[①] 为了让这二者达到高度的和谐，莫言小说经常运用乡村儿童的视角叙述故事，因为儿童视角的最大好处是调节起来比较自由，当作品要穿插一些与儿童叙述不完全一致的另外的声音时，它能够过渡得相对自然，同时又不妨碍作品对乡村叙述特点的表现。正是因为运用了多层次的叙述方法，莫言的许多小说故事尽管经常用幼稚、简单的语言叙述出来，故事也通俗易懂，但在故事背后却往往蕴涵着深刻的思想意蕴，甚至具有反讽的艺术效果，从而实现可读性与艺术性的巧妙统一。

莫言叙述技巧之二是广泛借鉴乡村的文化和文学方法，却又融合着现代小说的技巧。他的小说中经常引用一些古戏文的唱词或民

---

① 王爱松. 杂语写作：莫言小说创作的新趋势 [J]. 当代文坛，2003（1）.

歌，讲述一些逸闻趣事，使小说自然地涂抹上乡土文学和文化的特点。在叙述方法上，他也借鉴中国古典白话小说的技巧，叙事流畅、简洁而又有所含蓄，故事性强又有所节制。更重要的是，他经常借助于不同乡村叙述者在年龄、身份上的差异，通过他们在叙述上的变化，巧妙地传达出乡村生活和乡土文化的复杂多样，绘成一幅内容丰富多彩的乡村图画。在浓郁的乡土文化和文学特点之下，莫言的小说其实隐含着许多现代小说的技巧。比如，他的许多小说的整体结构就具有很强的现代特点，叙述语言也往往隐含着强烈的反讽功能。像莫言为人所称道的作品《牛》，如果不是作者巧妙地以现代结构贯穿起来，如果没有作品对开头和结尾的有意设置，形成巧妙的反讽效果，那个乡村少年的叙述再精彩，也不能达到叙述的深入。

当然，正如莫言对乡村的描述经历了从现实到精神的过程一样，他的小说叙述也经历了一个发展和成熟的过程。莫言最初的那些小说基本上还没有摆脱知识分子式的语言，在20世纪80年代中的《透明的红萝卜》和《红高粱家族》时期，莫言的小说语言虽然已经显示了自己充满张力和象征性的个性色彩，但还略显粗糙简单，没有形成独特的风格。即使是90年代初的《丰乳肥臀》，也尚未达到成熟的境界——它以不同时期的上官金童作为叙述者，部分地表现乡村的声音，尤其是前半部分，他主要作为一个旁观者，较好地展现乡村的历史和声音，也不妨碍隐含全知视角的穿插；但是到了小说的后半部分，上官金童已经成年，已经成了作品所要表现的重要人物，他的叙述者身份就显得有些杂乱，与整个小说的风格不相和谐。

莫言叙述技巧的真正成熟是在20世纪90年代以后，在《拇指铐》《牛》《野骡子》《一匹悬挂在树上的狼》《四十一炮》等作品中，他的叙述技巧得到了细致和完整的体现。而最能体现这些技巧，达到高度和谐的，还是他于2000年出版的长篇小说《檀香刑》。在叙述结构上,作品高屋建瓴地安排四个部分,让分属不同阶层的叙述者进行叙述,自然地传达出多音部的声音,又合成了一个相颉颃又相互补充的整体,其隐含的全知视角遁于无形。这一点,莫言自己也有所阐释:"猪肚部看似用客观的全知视角写成,但其实也是记录了在民间用口头传诵的方式或者用歌咏的方式诉说着的一段传奇历史——归根结底还是声音。"① 在叙述语言和叙述方法上,作品也更广泛地借鉴了民间艺术特点,各部分的叙述风格随叙述者身份、年龄的差异而自然形成张力,更具备了丰富和变化,高密的地方戏曲"猫腔"则构成整个作品的叙述基调,影响整个作品的叙述走向,地方气息非常浓郁。

正是依靠叙述上的探索和创新,莫言的小说叙述实现了乡土气息和现代思想的高度融合。他的小说语言、故事,甚至立场、精神,都洋溢着浓郁的乡土色彩,传达了农民的文化和文学精神,并具备了较强的可读性。同时,他又实现了思想的深入,通过叙述上的整体特征和反讽效果的形成,他的小说远远地超越了故事本身,既体现了对时代政治的批判,对社会历史的思考,也揭示了人性中的复杂和矛盾。与赵树理的小说相比较,莫言的小说表现的农民语言可以说不那么地道质朴,但却传达了赵树理所缺乏的独特精神,呈现更深邃悠远的艺术魅力。莫言的小说,使赵树理和鲁迅所代表的中国现代乡村小说叙述上的两难处境得到了一定程度的缓解,为中国现代小说的乡村叙述提供了一个新的方向。

当然,莫言的叙述也不是没有限制,那就是他所表现的更多只能是乡村的精神领域,而不可能像赵树理一样完全深入到乡村的现实领域,他可以在深层次上表现乡村人的痛苦、无奈和愤懑,但他难以揭示出乡村人完整写实的现实生活。所以,不能说莫言是完美的,但他确实提供了另一种层次上的乡村叙述,莫言所体现的,不

---

① 莫言.檀香刑[M].北京:作家出版社,2000:后记.

是乡村现实的真实对话,却是乡村精神的深层独白。

四、母亲与大地

莫言能够具备乡村自语的创作姿态,与他在乡村长大,经历过乡村的苦难记忆,接受乡土文化的深厚熏陶,有着直接关系。在乡村近20年的生活中,莫言体会到了乡村的苦难,也感受到其中深挚的爱,体悟到乡村的梦想精神,也接受了大地母亲的沉重和执着。从这个意义上,正如著名心理学家荣格所说"不是歌德创造了《浮士德》,而是《浮士德》创造的歌德"①,既是莫言在寻找乡土文化的创作源泉,也是乡土文化在寻找莫言,寻找他作为代言者。当然,莫言个人对文学的领悟,对乡村的深厚情感和表现愿望,也直接决定他创作的深度和力度。莫言长期把创作之根扎在"高密东北乡"这块融注自己情感和泪水的故乡土地,将"饥饿和孤独"作为自己的精神资源,并且在21世纪初明确表示要放弃"为农民写作"的创作立场,转而"作为农民写作"②。虽然在中国农民文化的现代水平一直没有真正提高的现实情况下,真正的"作为农民写作"是难以实现的,但这充分体现了莫言对创作和故乡深层认知后的高度自觉。正是在这一前提下,莫言对昔日的乡村经历、对故乡有这样的体会:"这时我强烈地感觉到,二十年农村生活中,所有的黑暗和苦难,都是上帝对我的恩赐。虽然我身居闹市,但我的精神已回到故乡,我的灵魂寄托在对故乡的回忆里,失去的时间突然又以充满声色的画面的形式,出现在我的面前。"③ 这不是空谈,而是他能够把握乡村灵魂,真正表现乡村自我精神的基础。

---

① 荣格. 心理学与文学 [M]. 冯川,苏克,译. 北京:生活·读书·新知三联书店,1987:142.
② 莫言. 作为老百姓写作 [M]//林建法,徐连源. 中国当代作家面面观. 沈阳:春风文艺出版社,2003.
③ 莫言. 会唱歌的墙 [M]. 北京:人民日报出版社,1998:226.

莫言创作的意义是不可否定的。首先，在文学史上，莫言的创作为中国文学的真正本土化提供了经验。中国新文学以西方文学为蓝本，自鲁迅开始，新文学作家们一直在为本土化问题而困惑、而努力。新文学开拓者们将农民等社会底层人物拉进了文学殿堂，并在文学大众化道路上做出了种种尝试，是这些努力的成果之一。莫言的乡村小说，在表现乡村精神和借鉴乡土文学形式方面，也做出了非常有意义的努力。他所奉献的带有强烈自传色彩的"高密东北乡"世界，是一个真正本土的乡村世界，他所表现的，是真正的中国乡土文化和灵魂。

其次，莫言的创作对中国乡村的自主表现，尤其是使农民在文化上能够表现出自己的声音，也是很有意义的。中国新文学一直以启蒙的姿态审视乡村，形成了自己的特点，也构成了难以弥补的局限。莫言站在乡村自我立场上发言，自然表现出了新的角度和立场，展现了农民的历史、现实和美学态度。例如，同样是写乡村苦难，鲁迅等作家从启蒙立场上出发，更侧重于展现苦难于人心灵的扭曲和变异，表示对乡土文化的批判。莫言则不一样，他站在乡村内部，立足于乡村人的角度去写乡村苦难，态度更执着、偏激，却也更真挚切实。这一点，莫言与赵树理有些相似，只是赵树理表现的更多是乡村的现实声音，莫言表现的则更多是乡村的文化精神。与赵树理的质朴、本色相比，莫言更浸润着乡土文化的机智和幻想。不同角度，形成意义的互补。

莫言的创作为中国乡村小说，甚至为中国现代小说提供了可借鉴的经验，取得了当代乡村小说的最杰出成就。但是，任何作家都不可能是完美的，莫言的创作也存在着一些缺陷，影响了他所取得的成就。

最显著的是在对乡村现实表现和批判上的匮乏。虽然莫言在《白狗秋千架》等早期作品，尤其是在《愤怒的蒜薹》中，较充分地表达了农民的现实痛苦与要求，后来也有个别作品涉及乡村现实,但是,莫言后来的主要创作精力转向了乡村历史和传奇,比较起20世纪80年代中后期,90年代后的莫言在现实深度和现实批判上都有一定的退步。虽然我们不能苛求作家应该选择什么样的创作方向,但当下乡村社会正处在剧烈的社会转型中,乡村人和乡土文化的命运都经历着巨大的变化,其中的波澜起伏、洄流激荡,很值得作家关注,也是一个乡村小说作家不可推卸的责任。莫言之从现实转向,多少令人感到遗憾。

莫言之如此变化,根本的原因在于他的文学和历史观念。莫言很信奉艾略特的这段话:"任何一位在民族文学发展过程中能够代表一个时代的作家都应具备这两种特性——突发地表现出来的地方色彩和作品的自在的普遍意义……"① 他也非常推崇福克纳,试图像福克纳一样"在当前的时代中寻找某种联系过去的东西,一种连绵不断的人类价值的纽带"②。正是在这一前提下,莫言这样体会民间历史:"在民间口述的历史中,没有阶级观念,也没有阶级斗争,但充满了英雄崇拜和命运感,只有那些具有非凡意志和非凡体力的人才能进入民间口述历史并不断地传诵,而且在流传的过程中被不断地加工提高。在他们的历史传奇故事里,甚至没有明确的是非观念,……而讲述者在讲述这些坏人的故事时,总是使着赞赏的语气,脸上总是洋溢着心驰神往的神情。"③ 正是这些观念,使莫言更着意于选择乡村历史传奇进行叙述,疏离现实和苦难,去侧重表现乡村的浪漫与狂欢精神。

然而,事实并不如此简单。中国乡村的传奇故事并不是没有是非、阶级观念,只是隐藏得比较深而已。可以说,在有着沉重而悠

---

① 艾略特. 美国文学和美国语言 [M] //莫言. 会唱歌的墙. 北京:人民日报出版社,1998:244.
② 莫言. 会唱歌的墙 [M]. 北京:人民日报出版社,1998:244.
③ 莫言. 用耳朵阅读 [M] //莫言. 小说的气味. 沈阳:春风文艺出版社,2003.

久历史的中国大地上，每一片乡村土地都凝结着沉重和苦痛。换句话说，苦难的沉重和幻想的轻灵是乡村精神的两个方面。但正如我们在前面分析的，中国乡村的基调无疑应该是苦难。漫长的底层生涯，铸就了中国乡村的苦难特质，即使是幽默，即使是幻想，也自然地带有一些黑色，包含着沉重的反讽意味，而不像一些西方国家那样诙谐轻松。莫言曾经抓住过这一特质，但也有作品存在着失衡，甚至存在以幻想取代苦难、掩盖苦难的情况，他的一些作品也表现出缺乏沉重和力量的轻浮，叙述也显得炫奇和饶舌。像《长安道上的骑驴美人》《藏宝图》等作品，就存在着这样的缺陷。过于沉溺于纯粹的"民间"叙述，会丧失对现实的敏锐，也会失去对乡村精神叙述的全面性。

20世纪50年代，孙犁在谈到进入城市后创作变得"迟缓"和"拘束"的赵树理时，曾经将赵树理比作花木"从山西来到北京，对赵树理来说，就是离开了原来培养他的土壤，被移置到了另一处地方，另一种气候、环境和土壤"，并认为"对于花木，柳宗元说：'其土欲故'"[1]。对今天的莫言来说，虽然不再存在像赵树理一样的外在困境，但在精神上，我们也不应该忽略各种社会思潮（包括一些文学批评理论）对他的影响。这些影响有可能会促进莫言对乡村的自觉和深入，但也有可能会使他走向偏离，变得肤浅。至少他应该防止这种趋向。

---

[1] 孙犁. 谈赵树理[M]//孙犁. 孙犁文论集. 北京：人民文学出版社，1983：290.

附

关于文学本土化问题答客问

××兄，来信收到。首先感谢你对文学本土化问题的关注和肯定，你提出的问题很有深度，也很有启迪意义。我近年来花了较多精力关注这一问题，但是说实在话，响应者寥寥。最重要的原因是，学术界流行的是现代性、全球化、世界化等时尚概念，各级政府的文化宣传部门和绝大多数的作家更都以"走向世界"为最高目标，想尽各种办法将作品翻译成外国语言，并以国外读者的接受和研究者的认可为最高荣耀。相比之下，本土化似乎已经非常老土，远远落伍于时代了。还有一点，就是本土化牵涉的问题比较复杂，它不仅是文学自身的事情，它还关联到文化、意识形态，甚至政治观念问题。比如关于文学价值的讨论，涉及究竟有没有人类共通的价值观，就与意识形态上的普世价值关联到一起。这样，似乎谈论文学本土化又有了文化保守甚至政治保守的嫌疑。不过我认为，文学研究不是封闭的，只要我们立足于文学来谈论文学，就不会过多地牵涉文学外的因素。而且，正如一个人可以有多重身份，可以以不同身份发言，他也可以在文学、文化、政治方面持有多元的立场，他的文学观点不一定等同于他的文化或政治观点。

不管怎么说，文学本土化的讨论缺乏积极的呼应，是我觉得遗憾的事情。毕竟，作为一个重要的理论概念，文学本土化的内涵深邃，所涉及的问题是非常复杂的，只有更多的人来参与、切磋和砥砺，才有可能将对这一问题的思考推向深入。所以，关于文学本土化问题，我个人的思考很难说有多深入，更谈不上系统和全面。就你信中提出的问题，我也不能说能谈得多准确，只是我对这一问题思考的时间较长一些，有些个人的想法，提出来与你商讨，希望我们能够共同将对这一问题的思考向前推进一些。

首先，关于文学本土化的意义和内涵。你这样写道："全球化语境下为抽象的全人类写作是虚妄的，因为任何一个作家都要受制于具体的国家、民族和文化，从这个角度来说，任何作家的创作都是本土化的，本土化是一个不证自明的真理，那么我们提倡本土化创作的价值意义又在哪里呢?"这确实是一个非常重要的问题。在学术界,也有学者持同样的看法,认为中国人,写中国土地上发生的事,就已经是中国化(本土化)了,没有必要再来谈中国化(本土化)问题了。但其实,文学本土化不是字面上这么简单——如果这么简单的话,那么,也就没有必要谈文学的世界性了,我们谁不是同处在一个人类世界中呢?——它不只是停留在题材层面,甚至可以说,完全不是题材层面。写西方(其他地域)故事的,并不一定就西方化了;同样,写本土生活故事,也不一定就实现了本土化。

我曾经提到过文学本土化的三个层面内涵,其一是对本土生活的关注。关注是一种态度、一种立场,是为谁写作的问题。为西方,还是为本土大众?你作品揭示的问题是来自现实的真问题还是来自观念的伪问题?以前我们都否定作家谈理念问题,特别是对"文化大革命"文学"主题先行"的批判,似乎作家创作完全只是依靠生活,不能有任何观念。实际上,任何作家创作之前都会有自己的主题构想,也就是说"主题先行"(或者说对潜在读者的预想)其实是作家创作普遍的、正常的现象。单个作品如此,整体趋向也如此。一个作家,特别是成熟的作家,可能不一定会自己言明——像莫言曾经宣称的"作为老百姓写作"——甚至可能不一定非常自觉,但肯定是有自己潜在的写作和读者对象的比如是为商业化市场写作,还是为专业读者写作,或者是为自我写作。其文学目标是被西方文学接受,还是受大众喜欢,或者是获得政府的奖项。就像我们谈影视的拍摄、商业出版之前肯定会有明确的市场定位。文学(创作)事实上也如此,只是没那么公开、明显罢了。

那么,本土化的文学就不应该是哗众取宠的,刻意模仿西方文学方式,为了取悦西方文学趋向,不是这样的写作立场。它应该有现实的关怀,应该深入到本土生活中,写出真实的人的生活和命运,写的是真正现实中的问题。但是你看,我们现在的文学有多少做到了这一点?人为编造的、如同通俗电视剧的故事,完全建立在个人观念上、与生活基本无关的故事,太多了。你能说这样的文学是本土化的文学吗?它有对本土生活的关注吗?

这是立场问题。其次就是精神意旨问题。如果真正关注了生活,可以说实现了基本的本土化。但是从更高角度要求,更深层、更内在的本土化,应该进入到精神和审美层面。从精神上说,就是表现出具有中国文化内涵的生命观。这当然不一定只是继承,它可以有发展、创造,但内核是与中国文化传统相连的,具有独特文化深度的。审美也一样,它不一定是具体的方法和技巧,也不是说不能借鉴、学习西方文学,但它肯定不是对西方文学的简单模仿,而应该呈现中国文学独特的审美习惯和趣味。我这里把精神和审美分开说,其实它们之间的关系是非常密切的,它们都属于精神层面。如果能够做到继承并化用本民族的审美传统,并以之表达现实中国,就应该达到了文学本土化的最高境界了。

一个层面是大众接受层面。这个不是本土化的硬性指标,不是说本土化与否跟读者的多少挂钩;而是说真正具有本土化的作品肯定会拥有一定的读者,并且会产生一定的社会影响力。这个主要是从文学史角度,从文学经典角度来谈的,不局限于一时一地。

所以,我所理解的文学本土化,它不是字面意义上的,也不是容易达到的,它是对文学创作的高要求,是优秀文学的一个重要特征。

其次,你还对文学本土化问题研究的范围有所疑问,说:"本土化是中国文学对文学全球化做出的一种重整和反应方式,是中西文学融合交流的产物,那么哪些作品可以作为本土化研究的对象?如果新时期的先锋小说也可以纳入本土化研究的范围(即使是作为失败的例子),那么从广义上来说,新时期的任何一种文学流派似乎都可以进入本土化研究的视域,譬如改革文学,新写实小说等文学流派,因为它们都是中西文学融合的产物。本土化的关注对象是不是应该指那些经过中西融合，彰显中国作风、中国风格的作品？"确乎如此，本土化是一个视角，任何文学都可以纳入其视野中。但是，它存在着典型与非典型、成功与失败等多方面的差异，作为研究者，可以做出角度和范围上的选择，选择最适合自己选题的方面。就新文学历史看，有很多值得深入探究的作家和思潮。比如废名，就是一个值得深入探究的作家，他的思想资源，与中西文化的关系，以及在文学与传统文化方面所做的诸多探索，也包括在与现实生活方面的方向性失误，都值得好好思考。新时期文学同样有很多值得反思的作家和群体。

我一直认为，中国新文学的产生主要以西方文学为蓝本，这是一个正常的现象，因为在 20 世纪初，西方文学确实走在了中国文学的前面，特别是其中蕴含的现代因素更丰富，也更切合现代社会，而且，当时的中国与西方在政治、经济等方面也存在着非常大的差距。在这种情况下，中国文学认同西方、对中国传统进行贬斥，是可以理解的事情，这也确实促进了中国文学的现代转型——这种转型是绝对必要，也是无可避免的——但是，以他者为学习、仿效的对象，必然要经历一个艰难的融会，或者说本土化过程，否则必然是生涩的，与本土生活相疏离的。很简单，西方文学的观念、思想和艺术观念要融入中国社会，需要一个落地生根的过程，也需要与中国本土既有的东西关联、沟通和交融。从艺术方面说，西方的艺术方式也要经过本土生活的历练，要真正用来巧妙自然地展示本土生活，经过"排斥反应"考验的"移植"才算是成功。

客观地说，我们今天看五四文学，除了鲁迅奇峰耸立、鹤立鸡群，达到了很高水准之外，其他创作确实都比较幼稚。或者说，正如当时许多研究者注意到的，五四文学"破旧"有力而"立新"不足，五四尚处于未完成状态。这不是否定那一代人的成就，不是否定他们对新文学的草创之功，而是说这是一个在成熟前必然要经过的阶段。20 世纪 30 年代文学的整体成就比五四高，这应该没有什么疑问,这是文学发展的结果。按照正常的发展,40年代文学肯定是真正的辉煌时期,是新文学的成熟和高峰时期。遗憾的是,战争改变了新文学的正常发展轨迹,对它造成了无法弥补的巨大阻碍。但即使这样,40年代文学还是有其值得骄傲的辉煌,比如茅盾的《霜叶红似二月花》、沈从文的《长河》、曹禺的《北京人》、巴金的《寒夜》、萧红的《呼兰河传》等,都是新文学历史上多种文体的经典之作。此外,艾青、张爱玲、师陀、丁玲等,也都在诗歌、都市小说、讽刺小说和政治小说等领域有突出的贡献,废名、赵树理、无名氏等人的创作则充分体现了文学实验性的多种可能。

你也关注到抗战时期文学的本土化问题。的确,抗战时期文学大量的民族化和大众化文学实践,提供了文学本土化的多种经验,但其中需要清理的工作还很多。战争对新文学的伤害是极其严重而且是多方面的,战争对许多作家的创作生命造成了伤害和摧残,还有战争文化,被战争激发产生的统一、专制思想,是对自由、独立、个性的制约和戕害。所以,20世纪40年代文学值得思考的地方很多,特别是从新文学发展历史角度看,很多优秀作家的探索、未竟之路被迫中断,他们的经验和教训都有总结的价值。如冯至、卞之琳等人对诗体的探索,废名、路翎对小说文体的尝试,赵树理等作家对文学大众化的努力,等等,都是如此。遗憾的是,中华人民共和国成立后的政治和文化环境没能让作家们很好地总结教训,作家们的探索大部分就终结了,只有大众化方向得到政治的特别推崇,有充分的发展——但其实,没有竞争的单一发展,不是正常的、健康的发展,也不可能是充分的、成功的。

20世纪80年代后同样有这样的问题,这里就不展开说了。总之,新文学发展到今天,已经有近一百年历史。其中确实不乏名家名作,但总体上仍然多有缺陷。甚至可以说,个别作家的辉煌反而掩盖了更普遍的问题。以五四而论,五四作家以反传统而引人注目,但他们新文学创作的实绩很大程度上正是依靠其传统素养,鲁迅、周作人、朱自清……莫不如此。但是，后来人多汲取了他们的口号，却忽略了他们创作背后的文学资源。当然，对新文学历史的批评不是菲薄，也不是简单否定作家们的成就，而是从理性角度分析，新文学应该取得比目前更高的成就，新文学也有很多问题值得思索和探究。本土化问题就是其中的重要一部分。

其他不说，就说与大众化、民族化紧密相连的文学接受问题。很多人鄙薄文学的接受，甚至认为被大众接受只能证明其文学品质不高。这种看法是很荒谬的。文学被读者喜爱自然有其原因，最需要思考的是这些原因。低俗、迎合大众是受到大众喜爱的原因之一，但不是所有的因素，甚至不一定是最主要的因素。比如大家都熟知的白居易诗歌，通俗的形式是原因之一，更重要的还是他反映了普通老百姓的生活疾苦，表达了他们的物质和精神欲求。否则，你再通俗，也没有人会喜爱，也不会大范围流传。所以，关注现实大众生活，关注他们最迫切的愿望和要求，写出他们真实的处境，表达他们的内在心声，是文学获取大众认可的重要因素。这是很浅显的道理，文学是心灵的交流，你不投入你的关爱，要得到别人的喜爱，自然是困难的事情。如果你投入了真挚的感情，也自然容易得到相应回报。我曾经从文学接受角度分析过路遥的《平凡的世界》，这部作品的创作技艺并不算很高超，但读者，特别是出身于农村的青年读者非常之多，非常受他们欢迎，最重要的一个原因就是路遥非常真诚，以情感人，传达出了那些来自农村的青年人的苦闷、期待和愿望，让他们产生了强烈的共鸣。此外还有文化认同。金庸的武侠小说在华人世界那么受欢迎，固然有成人童话的原因，但它丰富的传统文化内涵，让华人在其中能找到亲切的文化认同，也是重要因素之一。

新文学在接受问题上态度一直比较矛盾，既想大众认可，又不愿意放下身段，20世纪三四十年代的几次论争都与此有关。抗战时期没有办法，为了宣传的需要，才有"旧瓶装新酒"的通俗化潮流。但这是现实环境勉强下的权宜之计,也是不正常的方式,当然不可能成功。五六十年代文学继续这一方向,在某些方面有成效,但非文学的因素太重了,不是文学的健康发展,所以有经验,也有教训。总体而言,新文学在大众中接受效果不好,原因当然很多,但文学自身需要反思的地方也有很多。

最后,你谈到文学本土化的方案问题:"本土化与否不是评价文学作品艺术成就高低的一个标准,甚至不是中国文学走向世界的唯一方式,作为一个国家的一个整体战略方案提出似乎可以,但却不能据此要求作为个体的作家都要追求本土化。本土化是一个动态的过程,处于一种永远的未完成状态,那么我们是否能提出自己的本土化方案?本土化是否是一个完型命题?"

你说得有道理,本土化不是评价某部文学作品的标准,它更主要是作为某一文学整体发展的方向来看待。但是,在一般情况下,文学作品是否具有本土性,却是文学评价的重要前提。也就是说,不排除在某些情况下文学作品具有跨文化或者是文化边际写作的特性,不是简单地以本土性可以涵盖。但是,在更多情况下,文学是否立足于本土,是否呈现本土生活和文化的独特个性,是评价它是否具有很高文学品质的重要因素。这里,需要再讨论下文学民族性与世界性关系问题。民族性与本土性不完全一致,但关联很密切,在某些情况下可以互通。文学当然不能局限于民族自我,它需要具有更深远的人类和人性关怀,但是,这种关怀不可能是完全抽象的,它肯定要建立在具体的生活叙述之中,这种生活往往不可能离开民族,或者说本土特性。这是一方面。另一方面,从世界文学之林看,真正有生命力、有创造性的文学,都是具有独立个性的,有独特深厚文化为精神资源的。模仿的、无个性的文学是不可能具有很高水平的。所以,作家的思想、创作目标当然需要高远,但所立足的基础还是本土。"见微"才能"知著",没有具体的、细微的、日常的生活和爱,怎么可能实现宏大的、深远的关怀呢?就像我们说一个人如果连身边的家人、朋友都不爱，却声称自己爱着全人类、整个世界，你会相信他的真实性吗？

另外，你说得很对，本土化是一个动态而不是静止的概念，是一个过程而不是一个终结。作家个人的追求没有单一的方向和规范，而是绝对多样化的选择，但作为一个时代文学来说，还是需要有方向性的倡导。比如，当前中国的文学管理者，特别重视中国文学的走向世界，花费了大量的人力和财力。尽管结果与预期相差甚大，但却丝毫不影响这一大的趋向。在我看来，这种方式其实是舍本逐末。文学要被世界承认，不是你硬翻译几部作品就可以的，文学阅读和接受依靠行政方式是没有作用的。文学得依靠自己的实力、独特性。所以，与其剃头挑子一头热地去追求"走向世界"，不如踏踏实实地让它先走向大众，被本民族大众所接受、所喜爱。这中间存在文化倡导、教育机制等多方面的问题，不是一朝一夕能够迅速改变的，但却应该是政府思维和行动的方向。我们提了一百多年的启迪民智，但实际上，以往的教育在这方面的努力远远不够。文学也是这样。文学是一种重要的文化，它对社会的直接影响力可能不如电影电视，但却是更深刻、更持久的，我们应该让文学更多地与大众的生活关联起来，更广泛地进入大众的生活，其价值观念应该对社会文化产生更大、更积极的影响。

还需要指出的是，提倡文学本土化，有两个方面需要特别注意：一是避免陷入文化保守主义。前面已经说过，文学与文化之间尽管存在密切而深刻的联系，但二者并不完全一致，谈论本土化不能将文学立场混同于文化立场，而是要尽可能立足于文学内部，从文学出发进行讨论和思考。否则，反而可能对文学有所伤害。二是避免陷入封闭和自我中心主义当中。我们提倡文学立足于本土，不是狭隘地固守，更不是单一和封闭，而是与开放和多元相并存。事实上，在民族和国家之间交往这么密切的情况下，即使想做到封闭和单一，也是绝对不可能的，交流、融合是大势所趋。最重要的是坚持立足于本土，从本土问题出发，发挥自身的独特个性和特征，坚持对身边世界的关注，才能触及世界共通的文学命题，也才能够被他人所尊重、所接纳。否则，跟在别人后面亦步亦趋、邯郸学步，只能是浮光掠影，永远也达不到文学和思想的高峰。

后　记

　　我近年来的研究重点，一个是乡土小说，另一个就是新文学的本土化问题。这两者之间并不矛盾，而是密切关联。或者说，我最初对文学本土化问题的思考就是源于乡土小说研究中的一些困惑。最早大概是在十几年前，在思考乡土小说与农民之间的关系时，很疑惑为什么乡土小说距离乡村如此之远。农民们很少读乡土小说，乡土作家们也多对乡土文化持疏离和否定的态度。因为按照常识，一个作家既然以乡土为书写对象，那么，对它拥有热爱和尊重的感情是很基本的前提。而对于书写自己生活的文学，被书写者怀有一定的兴趣也是很正常的事。但是，新文学乡土小说却不是这样。或者准确地说，乡土小说的主体不是这样。这令我更深入地思考整个新文学与大众之间的关系，以及新文学与本土生活、与民族文化之间的关系。于是就有了对文学本土化问题持续性的关注。这种关注对我也是有很大影响的，甚至于说，在我近年来的研究工作中，本土化已经不只是一个问题，也成了一种方法。我的许多思想资源和思考出发点都与之相关。

　　不知不觉，十多年间，我从不同的角度介入文学本土化的相关问题，断断续续地写下了近20篇论文。感谢那些编辑师友们，让它们在不同的报刊上先后面世。这次简单地做了一些整合，发现虽然其中的部分文章略有重复，但总体上却具有一定的互补性，也构成了一个尚不算全面的整体。所以，虽然觉得自己的思想还不够系统，特别是觉得尚待思考的问题非常之多，但还是想把它们集中起来，在进行一些文字和编辑处理工作之后，作为自己一个阶段性的思考成果，呈现给大家批评和指正。如果能够成为引玉之砖，激发有识之士对这个问题更深入和系统的关注，则深感庆幸了。就我自己而言，当然肯定还会在这个问题上继续思索，努力把问题想得更清晰，说得更明白一些。这既是一种规划，也是对未来自己的勉励吧。

2018 年 10 月于暨南大学第一文科楼